Marjana Gaponenko
Annuschka Blume

Marjana Gaponenko

Annuschka Blume

Roman

Residenz Verlag

Bibliografische Information der Deutschen Bibliothek
Die Deutsche Bibliothek verzeichnet diese Publikation in der Deutschen Nationalbibliografie; detaillierte bibliografische Daten sind im Internet über http://dnb.ddb.de abrufbar.

www.residenzverlag.at

Umschlagfoto: plainpicture/Readymade-Images
Umschlaggestaltung: www.boutiquebrutal.com
Typografische Gestaltung, Satz: Ekke Wolf, typic.at
unter Verwendung der Schrift Didot
Gesamtherstellung: CPI Moravia Books

ISBN 978-3-7017-1544-2

für Ruprecht

Nacht. Ich sitze im Haus und stelle mir vor, ich wäre im Bauch eines Schiffes. Ich sage, nicht Berge umgeben mich, sondern steinerne Wellen, und schon ist es geschehen. Riesig bäumen sie sich vor mir auf, und ihre Schaumkrone glänzt in der Sonne, die nicht zu sehen ist, denn es regnet seit Tagen. Ich sage, es ist kein Schnee, es ist Schaum, auf das Deck geworfen. Ich sage es, und schon ist es geschehen. Ich bin ein betrunkener Kapitän. Mein Gang ist verdammt sicher in seiner Unsicherheit. Ich gehe auf und ab, und Schaum knirscht unter meinen Füßen. Meine Taschenuhr schlägt wie ein Herz, ich zerre und zerre daran und kann sie nicht aus der Tasche ziehen. Auch meine Weste fehlt, und das Knopfloch ist in meine linke Hosentasche gewandert und hat seinen Knopf dabei verloren. Ich schweige und rede ununterbrochen. Ich sage, es ist nur ein Traum … ein Traum, und schlafe ein.

Liebe Anna Konstantinowna,

es wird ein langer Brief werden. So einen Brief haben Sie in Ihrem Leben noch nicht bekommen. Sollten Sie ihn gewogen haben, haben Sie sicher bemerkt, dass er exakt das Gewicht einer Woche hat: dreißig Gramm! Ist das nicht entzückend?

Wie Sie wissen, hat man mich in die Berge geschickt, in die Alpen, auf eine Höhe von tausendvierhundertfünfzig Metern, um zu beweisen, dass es keinen Unterschied gibt zwischen Bergen und Steppe. Dieser kühne Gedanke ist mir in einem Traum gekommen, den ich später bei einem Glas Birkenschnaps Iwan Iwanitsch erzählte, der ihn wiederum Wassilij Anatoljewitsch erzählte, der ihn, außer sich vor Empörung, Konew weitererzählt hat, dem Landwirtschaftsminister unserer ukrainischen Kornkammer. Und Konew war es schließlich, der sich den Scherz erlaubte, mich zum Zwecke der Forschung unbefristet in die Verbannung zu schicken. Kehre ich mit Berichten zurück, die kaum überzeugen, ist es um meinen kahlen Kopf geschehen. Wahrlich, wie im Märchen! Das macht aber nichts, ich habe ja nicht vor zurückzukommen. Und forschen würde ich nur im Namen der Poesie. Ja, wo ich schon einmal hier bin, bleibt mir gar nichts anderes übrig, als zu forschen. Ich kann gar nicht anders. Irgendetwas zwingt mich dazu, Vergleiche anzustellen, Unterschiede, so gravierend sie sein mögen, zu einer vollkommenen Ähnlichkeit zu verschmelzen, in den Bergen die Steppe zu sehen.

Es gefällt mir hier recht gut, liebe Anna Konstantinowna. Ich war zuvor noch nie in den Bergen, und Schnee sehe ich zum ersten Mal seit Jahren. Es schneit ja nie bei uns, nur wenn wir schlafen vielleicht, und am nächsten Morgen ist überall nur Dreck. Hier jubelt mein Herz vor Entzücken. Bei Gott, ich würde diesen Schnee essen, wenn ich nicht so einen empfindlichen Magen hätte.

Ich schreibe Ihnen, liebe Anna Konstantinowna, aus einem Zimmer mit dicken Wänden und kleinen Fenstern mit Sprossen, die in der Mitte ein Kreuz bilden. Dieses Kreuz wird von zwei durchsichtigen Gardinen mit Spitzensaum umrahmt. Wenn ich es lange genug anschaue und dann die Augen fest schließe, was ich gerade getan habe, sehe ich dieses Fenster hinter meinen Augenlidern wieder. Der Schnee ist schwarz, und das Kreuz ist weiß und wird immer weißer, je länger ich es fixiere, bis es schließlich blutrot ist. Die Spitzengardine bildet die Hälften einer Sanduhr, rechts und links. Mache ich die Augen noch fester zu, kann ich sogar ihr Saummuster erkennen. Es ist wie Flaum, lodernder Flaum. Wenn ich mir Ihr Bild so einprägen könnte, wenn es in meinen Augen nur so brennen könnte!

Ab und zu gehe ich an eines dieser Fenster und schaue hinaus und stelle mir vor, Sie bögen um die Ecke und sähen mich am Fenster stehen. Ich schaue so lange hinaus, bis meine Augen zu schmerzen beginnen. Dann kehre ich zurück zu meinem Brief, auf dem weiße Buchstaben in einer Substanz aus schwarzem Nebel zittern, und warte, bis sie sich beruhigt haben, ehe ich Ihnen weiter schreibe.

Anna Konstantinowna, ich wiederhole mich, indem ich Ihren Namen so oft wiederhole. Aber was kann ich tun, wie soll ich Sie sonst nennen? Und ich möchte Sie nennen, ich möchte es ausdrücklich. Da ich hier selten mit jemandem rede, rutscht er mir einfach so heraus, an allen möglichen Orten: in den Bergen, in den stolzen Bergen, in den einsamen Bergen, in den gefährlichen Bergen, in den Bergen mit dem blendenden Schnee, in den Bergen mit den Tannen, die in diesem teuflischen Licht schwarz erscheinen. Ihr Name, Anna Konstantinowna, ich rufe Ihren Namen so laut ich nur kann. Ich rufe ihn den Tannen zu, ich rufe ihn den Bergen zu, in alle Himmelsrichtungen rufe ich ihn. Ich drehe mich im Kreis. Ich drehe mich, und ich falle, Anna Konstantinowna.

Wo ich da so lag, spürte ich die flache Landschaft um mich. Ich spürte, wie die Weite sich zusammendrängte und vor mir aufbäumte, um sich wieder aufzulösen, wieder und wieder. Ich schloss die Augen und hörte das anhaltende Tosen des Schwarzen Meeres, unseres Meeres, in das die Steppe mündet. Auf einmal war ich zu Hause und lag im Gras, aufgewühlt von der spürbaren Nähe des Meeres und besänftigt von seiner Gegenwart. Und ich fragte mich, wo ich da so lag: Heimat, was ist das? Was ist Weite, und was ist Enge, und warum empfindet man so oder so?

All das ging mir im Kopf herum, als ein betagter Mann aus dem Dorf vor mir stehen blieb, sich bückte und mich auf die Beine stellte und etwas von Lawinengefahr sagte. Warum er wohl hier geblieben ist, hier, in der luftigen Enge, wo das Leben so viel härter ist als im Tal? Warum sie alle von Generation zu Generation dem Beispiel ihrer Vorfahren folgen, die mit ihren Kühen hier heraufklettern mussten? Warum bleiben sie jetzt noch in ihren dicken alten Häusern sitzen, wo sie doch schon seit Jahrhunderten die Gelegenheit haben, hinunterzugehen ins Tal? Auch wenn es keinen Fremdenverkehr und keinen Skisport hier gäbe, würde sie nichts hinunterkriegen. Auf jeden Fall nicht diesen Mann, so zäh und zufrieden, wie er aussah. Das dachte ich.

Der alte Mann… Sein braunes, faltiges Gesicht passte gut zu der massiven Gebirgslandschaft. Die Nase, breit und kurz, glänzte genauso wie sein mit Kückenflaum spärlich bewachsener Schädel. „Mit dr Laula darfscht net schpiela!“, drohte er mit dem Zeigefinger. Diese Drohung war mehr eine Mahnung, die weniger mir galt als einem Kind, das schon vor Jahrzehnten in der hitzigen Umarmung einer Lawine umgekommen sein muss, vielleicht auch einem Schulfreund, der Ambros oder Oswald oder Leopold geheißen hat.

Ich nickte. Ich nicke gern. Ich fühle mich dadurch weder kleiner noch ärmer, vielleicht etwas leichter. Ach, ich nicke übertrieben oft, schon zu Hause war das nicht anders. Kaum fängt jemand an, etwas zu erzählen, kann ich mich schon nicht mehr beruhigen, bis es mir und dem Erzähler von meinem Nicken ganz schwindlig wird. Manchmal vergesse ich mich dabei derart, dass ich mit herausgestreckter Zunge in Schlaf falle, was recht unhöflich und unschön ist. Also nickte ich einmal und gab dem alten Bergmann meinen Segen. Es wurde mir warm ums Herz, und so ging ich meines Weges.

Die Sonne schien, ganz sicher, nur nicht auf die Erde. Ich ging und stellte mir vor, wie die Sonne mit ihren langen spitzen Strahlen über die Wolkendecke tastet und sie irgendwo, nicht hier, wie eine Eisschicht mit einem ihrer Strahlenbeine durchstößt. Irgendwo, aber nicht hier. Das stellte ich mir vor auf dem Weg zu dem einzigen Trinklokal im Dorf. Ich ging und ging, und es wurde blau. Unten im Tal würde ich dunkel sagen, aber hier ist es blau. Blau werdendes Weiß, poetisch ausgedrückt, aber auch darüber könnte man streiten. Die Maler haben ja ihre eigenen Begriffe dafür. Sie reden von Farbkreis und Farbkontinuum und stützen sich auf große Philosophen und Mystiker. Die Physiker haben nicht weniger aufregende Vorstellungen von Licht und Farbe. Sie reden von farb- und lichtempfindlichen Zellen im Auge, was nahe legt, dass es Licht und Farben tatsächlich gibt. Wir gewöhnlichen Sterblichen, wir können uns jedoch auf nichts verlassen, wir wollen gar keine Beweise dafür, dass blau blau ist. Beweise müssen von Beweisen bewiesen und die wiederum von anderen Beweisen bewiesen werden, und so geht das ad infinitum, bis man blau wird. Darum ist blau niemals blau. Und ich gehe auch nicht, ich stehe. Eben ging ich noch, und jetzt stehe ich. Aber vielleicht gehen meine Beine immer noch, in einer anderen Sphäre.

Ich ging also (Tatsache, weil ich einmal stolperte und mit dem Gesicht in den Schnee fiel) und stellte mir dabei vor, wie die Geister der Murmeltiere, die hier, wie ich später erfuhr, Buuramänta heißen, sich vor mir aufbäumend meinen Weg säumen, rechts und links, wie gotische Chimären. Ich sah sie um mich, ihre klugen Kugelaugen, getrocknetes Gras im „Muul". Ich sah sie, sie waren da, und nichts kann das widerlegen. Anna Konstantinowna, auch Ihre Katze war da, Ihre verstorbene Katze, der Sie kurz vor ihrem Tod alle dreißig faulen Zähne haben ziehen lassen. Auch sie stellte sich auf die Hinterpfoten wie die anderen und riss ihren gigantischen Rachen auf, mich zu grüßen. Ich grüßte sie zurück, indem ich gähnte.

Ich näherte mich der Trinkstube, und schon von Ferne erkannte ich, dass es Petroleumlampen oder Kerzen waren, die da brannten. Ich blieb vor den Fenstern stehen. Scherenschnittähnliche Gestalten führten Gläser zum Mund, schüttelten beim Trinken ihr fehlendes oder dürres Haar, neigten sich beim Reden zueinander, schnitten beim Lachen Halbmonde in ihre Gesichtsprofile, ließen Mund geblasene Kugeln langsam durch den Raum schweben. Wie verzaubert stand ich da. Wenn es nicht so kalt und mein Durst nicht so groß gewesen wäre, hätte ich so Stunden verbringen können, Tage.

Ich trat ein, und alles wurde plötzlich gelb. Auch darüber kann man streiten, denn Gelb ist eine der listigsten Farben, wenn es sie überhaupt gibt. Zum Beispiel die Sonne: Schaut man sie nicht an, ist sie gelb. Schaut man sie an, wird sie schwarz, und alles andere um sie herum nimmt ihre wahre Farbe an. Ob es Gelb ist, kann man wiederum nicht sagen. Im Auge ist alles relativ. Und in Wirklichkeit weiß nur der liebe Gott, was gelb ist und was nicht. Aber so viel kann ich sagen: Die Beleuchtung in der Trinkstube war verdammt gut, wie bei uns zu Hause auf dem Land, in ärmlichen Dörfern, wo die Bauern mitunter nichts außer einer Petroleumlampe haben, die ihr Elend vergoldet und den vorbeiziehenden Wanderer zu romantischen Vergleichen wie diesem veranlasst. Ich sah mich um. Von überall schauten mich Männergesichter an. Ihre rauchenden Bärte, ihre Bräune, dieses dünne, im Raum verschmierte Blattgold, die Eichentische mit ihren krummen Beinen, Stühle mit Herzen in den Lehnen, das alles hatte ich schon einmal gesehen. Braune Seemannsköpfe, ach, was sage ich, pensionierte Skilehrer schauten mich an. Und ich hatte sie alle schon hundertmal gesehen bei der Feldarbeit bei Bilajewka, diese ehrlichen Bauern, die auch im Sarg noch nach Kartoffeln riechen. Ihre rissigen Fingerkuppen, ihre kurzen Nägel mit dem ewig dreckigen Sichelmond. Nichts ist schöner, als wenn solche Hände auf einer bauchigen und kühlen Wodkaflasche ruhen. Bei Gott, Anna Konstantinowna, dieses Bild ist friedlich, tröstlich und unheimlich rein. Erinnern Sie sich, auf dem Markt zwischen Reihen von Kartoffeln, erinnern Sie sich an diesen Steppengeruch, als wären tausend Pferde eben vorbeigeritten? Erinnern Sie sich an das Geräusch Ihrer Schritte in der Markthalle? Sie schreiten über Kartoffelstaub, über die Erde, in die diese Bauernhände tagaus, tagein greifen, Kinder ihrer Kinder, Väter ihrer Väter … Erinnern Sie sich an die Kartoffelsäcke, als ob sie im Betonboden Wurzeln geschlagen hätten? Sie sind immer da, so wie die Bauern selbst, den Säcken so ähnlich, und nichts wird sie von ihrem Platz vertreiben, weder Krieg noch Pest. Unerschütterlich wie Kartoffelsäcke sind ihre Herzen, und nichts kann sie rühren, weder ein Fluch noch das Schimpfwort eines Kunden. Nur das Wort der Poesie wirkt bei ihnen, ihr Wort allein. Nie werde ich vergessen, wie ich selbst als junger Mann zwischen

Kartoffeln das Lied der Lieder sang, weinerlich, um den Preis herunterzuhandeln: „Schwarz bin ich und doch anmutig, ihr Töchter Jerusalems.“ Das Ergebnis meiner Mühen übertraf meine Erwartungen derart, dass ich es am eigenen Leib zu spüren bekam. Wie der Zorn der Bauern kein Pardon kennt, so kennt ihre Rührung keine Grenzen. Ich wurde reich beschenkt, mit Früchten der Erde von allen Seiten wie mit Blumen beworfen. Ich schwamm in einem See aus Kartoffeln. Es tat mir weh, doch ich jubelte, und die Bauern jubelten auch. Ihre Augen verklärten sich und glänzten, ich schaute in diese Augen und dachte, wie schön, blaue Augen, oh, diese blauen kleinen Äuglein, oh, du herrliche Kraft der Poesie! Wie Sie wissen, liebe Anna Konstantinowna, heißt die beste Kartoffelsorte unserer Heimat *Sineglazka*, Blauäuglein. Oder die anderen, hören Sie nur, wie sie klingen: *Adretta*, *Diamant*, *Nikita*, *Udatscha*, Glück, *Wodopad*, Wasserfall, *Podsneschnik*, Schneeglöckchen! Die Bauern selbst sprechen diese Namen ohne jedes Pathos aus. Sie tun es den besten Dichtern nach, die, um ihren Zauber wohl wissend, beim Vortrag der romantischsten Stelle nicht mit der Wimper zucken. Die Bauern sind, meine liebe Anna Konstantinowna, Dichter der Erde, so eins mit ihr, dass sie schon Gedichte sind, ehrliche und reine Erdknollen. Daran dachte ich, als ich mitten in der Trinkstube stand. Ich fühlte mich ungefähr, wie sich ein geschmückter Weihnachtsbaum fühlen muss: Ich spürte die Schwere der Blicke, die wie Christbaumkugeln an mir hingen, an meinem ganzen ukrainischen Körper. Ich musste glitzern von diesen Blicken, in allen möglichen Glitzerfarben, dachte ich, und von diesem

Gedanken wurde es mir recht warm. Ich lehnte mich an die Theke und trank in einem Schluck ein Bier, das da verlassen herumgestanden war. Das tat mir gut. Ein Bauer, eine mit Elchen bestickte Skimütze auf dem Kopf, kam und zeigte mir seine Faust. Ich roch daran, sie roch nach Feld. Der Bauer ging, ich folgte ihm mit den Augen. Er ging zurück in seine Ecke, setzte sich und fing an, verbiestert mit seiner Zeitung zu rascheln. Meine Augen wanderten weiter, und sie sahen, dass wir nicht allein waren: Unter die Bauern hatten sich nämlich unmerklich mehrere kräftige Budjonow-Pferde gemischt. Sie saßen unter ihnen an den Tischen, spielten Karten und rauchten Pfeife. Einige standen draußen und schauten mit gespielt gleichgültigen Mienen durch die Fenster in die Stube herein. Ich drehte mich um. Neben mir saß eine Stute, eindeutig, eine Stute, die ihre besten Zeiten schon hinter sich hatte, und trank, ihr haferfarbenes Gebiss entblößend, mit einem Strohhalm Campari-Orange.

„Sie sind nicht von hier, oder?“ fragte sie mich.

Ich sagte: „Oder“, das erschien mir am richtigsten.

„Es gibt V-Täler und es gibt U-Täler. Wir sind ein U-Tal.“

„U wie ein Hufeisen?“

„Ganz genau.“

Als ich für mich noch ein Bier bestellte, schaute ich mir ihr Profil genauer an. Sie erinnerte mich an meine erste Lehrerin, die einmal mit einem metallfarbenen Lockenwickler in den Unterricht gekommen war. Er hing in ihrem Haar wie eine satte Raupe am Weinstock, wie das Leben an einem Faden: dominant und verzweifelt vergessen, etwas, das ihre Stimme unhörbar machte, etwas, das zum Mittelpunkt des Alls wurde, wenn man es wahrgenommen hatte. Ich warf einen Blick auf die Mähne meiner Nachbarin, aber außer ein paar Grashalmen war da nichts. Sie war die einzige Frau in dem Raum, auch wenn sie ein Pferd war.

Als Kavalier der alten Schule riss ich mich zusammen und bemühte mich, ein charmantes Gespräch in Gang zu bringen. Als erstes stellte ich mich vor: „Piotr Michailowitsch Petrow, ukrainischer Staatsbürger." Nachdem ich ihr verraten hatte, woher ich stammte, verriet sie mir, dass sie im Zweiten Weltkrieg an der Ostfront gedient hatte, und damit auch ihr ungefähres Alter. Als ich große So-lange-lebt-man-doch-nicht-als-Pferd-Augen machte, winkte sie nur ab und sagte, sie seien hier dank der Bergluft alle gut erhalten. Ihr Vater habe im Ersten Weltkrieg gekämpft und lebe immer noch. In Paris habe er einst heiße Schokolade getrunken, die so dickflüssig war, dass man sie fast essen konnte. Er habe das Dorf nur einmal in seinem Leben verlassen, aber dafür hätte sich der ganze Aufstand gelohnt. Nie habe er sich danach etwas Schöneres vorstellen können. Er habe dem Getränk ewige Treue bewahrt, indem er es nie wieder getrunken habe, nur der Erinnerung wegen. Ist das nicht rührend, Anna Konstantinowna? Da dachte ich an Sie und dass ich niemanden und nichts lieben will außer Sie, solange mich meine Füße tragen.

„Im Sommer ist es sehr schön hier", sagte die Stute. „Alles blüht, die schönsten Kräuter haben wir hier, sie wachsen überall, auch am Wegrand. Dann ist das Tal gar nicht mehr zu erkennen."

Ich dachte, dass das Grün des Sommers den Augen so weh tut wie das Weiß des Winters. Anstelle von Lawinen ergießen sich Herden von Blumen ins Tal, schmiegen sich den Tannen um die Beine, laufen durch sie hindurch, springen übereinander. Blaue Kugelblumen, große Sterndolde, Silberwurz, Goldpippau! Lauter zärtliche Namen, nicht weniger schön als die Namen unserer Kartoffeln, die freilich so plump sind, dass sie nicht laufen können.

„Es wächst hier kein Obst und kein Gemüse, dafür sind wir zu hoch", sagte sie, während sie mit ihren Wimpern klimperte. „Aber wissen Sie, ich esse gerne Erdbeeren. Ich bin verrückt nach Erdbeeren. Wenn ich träume, dann träume ich von Erdbeeren. Vor meinem Haus habe ich einen winzigen Erdbeergarten, um den ich mich kümmere, den ich hege und pflege und warm zudecke, wenn die Nacht kommt. Und die Nacht kommt manchmal nicht allein. Auch im Sommer kann es schneien. Darum wächst hier kein einziger Obstbaum weit und breit."

Ich dachte daran, wie es wäre, wenn jemand den Mut hätte, einen Baum hier zu pflanzen in dieser Höhe und auf diesem Boden. Was müsste das für ein Prachtbaum sein! Er wäre ein Held, auch wenn er ein Krüppelzwerg wäre. Aber Menschen sind entweder zu faul oder sie haben Mitleid oder sie sind vernünftig.

„Meine Tante war Gartenschwester in einem Kloster unten im Tal", setzte sie fort. „Bevor ich in den Krieg zog, aß ich bei meiner Tante einen Teller voller Erdbeeren, die ich vorher nie gesehen hatte. Ich träumte davon im Krieg, im Schnee, in heißen Sommermonaten, in den russischen Birkenwäldern, in der Steppe. Ich sah Wassermelonenfelder, schoss über grüne Streifenmützen und träumte von Erdbeeren. Ich sah Bären auf Hinterpfoten, stellte mich tot und träumte von Erdbeeren. Ich kroch durch das Gras, durch gelbes, stacheliges Gras, das wie bestickt war mit schwarzen Käfern, und träumte von Erdbeeren. Ich lag auf dem Rücken, sah das durchlöcherte Kleid des Himmels und träumte von Erdbeeren, von ihren roten, glänzenden Poren. Als der Krieg vorüber war, ging ich zu dem Kloster meiner Tante und fand meine Tante nicht, denn sie war im Sommer davor gestorben. Ich grub ihre Erdbeerpflanzen aus, legte sie in meinen Rucksack und trug sie einige Tage auf meinem Rücken bis zu meinem Heimatdorf. Dort legte ich einen Garten an. Ich wollte es anders machen als mein Vater mit seiner heißen Schokolade. Ich wollte die Erinnerung anders am Leben erhalten. Durch das Leben selbst."

Das erzählte sie mir, während sie mir ernst in die Augen schaute. Die Stute. Ihre zwei bewimperten Oliven blinzelten nicht. Ich sah mich darin, einen Spinnenkopf im schwarzen Glanz, Petroleumlicht, eine bewegliche Schliere, Flaschen mit alkoholischen Getränken im Regal hinter der Bar, den Wirt davor, eine Grille mit einem weißen Tuch, die Gläser abtrocknete. Annuschka Konstantinowna, meine Liebe, das alles erschien mir plötzlich so unwirklich, dass ich in mein Bierglas biss, und siehe da – es geschah nichts, nur die Glocken der Dorfkirche begannen zu läuten. Ich schlug mir ins Gesicht, es tat nicht weh. Ich schlug mit dem Kopf gegen die Theke, nicht ein Glas fiel um. Ich rannte ins Freie, schubste zwei rauchende Pferde zur Seite, rutschte aus, stand auf und rannte, rannte. Ich rannte die Straße hinauf, und je länger ich rannte, umso wirklicher kam mir alles vor, umso wirklicher und umso bewusster wurde mir, dass ich tatsächlich lebe und dass ich am Morgen mein Brot in meine Tasse hatte fallen lassen, weil ich an Sie dachte. Jetzt und damals und in diesem Moment, da Sie diese Zeilen lesen, denke ich an Sie. Auch wenn ich nicht an Sie denke, denke ich an Sie. Alles denkt an Sie, Anna Konstantinowna, alles, mein Atem, mein Bein, meine Pfeife. Wenn ich ein Glasauge hätte, würde mein Glasauge an Sie denken. Bäume, an denen ich vorbeirenne, denken an Sie. Steine, die ich aus dem Weg trete, denken an Sie. Wachhunde, denen ich mit der Faust drohe, denken an Sie und träumen zitternd von Ihnen.

„Heilig, heilig, heilig ist der Herr der Heere!" riefen die Seraphim über mir einander zu, ihre Körper und Gesichter mit Flügeln bedeckt, wie es sich gehört. „Heilig, heilig, heilig ist der Herr!" Und mein Kinn bebte wie eine alte Türschwelle von ihren Stimmen, und meine Augen füllten sich mit Tränen wie ein Schuh mit Sand. „Heilig, heilig, heilig, und von seiner Herrlichkeit ist die ganze Erde erfüllt!" Dieses Rufen war so laut, am Rande des Hörbaren, so laut, dass sich kein Zweig im Wald rührte, keine Schneeflocke fiel, kein Vogel aus dem Schlummer erwachte, so laut, dass es fast schon ein Seufzen war. So war das, Anna Konstantinowna, ich konnte es selbst nicht glauben, doch sie waren da, die Seraphim. Ich sah sie und verlangsamte meinen Schritt. Sie zogen ihre Kreise über mir, und ich zog vor Ehrfurcht die Mütze von meinem kahlen Kopf. Da stiegen sie nieder. Wie hübsch ein Seraph sein kann, das kann man sich nicht vorstellen, das übersteigt das menschliche Fassungsvermögen. Wie schön eine Nase sein kann, wie schön ein Mund sein kann, die Augen, die Locken … Ich erinnerte mich, ich hatte sie oft gesehen, als ich in der Kirche manche Ikone geküsst habe. Eigentlich hatte ich sie nicht gesehen, hundertmal nicht gesehen, aber im Kuss erfahren. Meine Lippen auf die Ikone gepresst, hatte ich sie nicht sehen können, ich war blind gewesen. Daran erinnerte ich mich. Nun sah ich, geblendet von ihrem Licht, die Seraphim, wie sie sich auf einen umgefallenen Baumstamm setzten. Ich begann zu singen: „Schu-schu-schu-schubidu-udu …" Dieses Lodern der Flügel, diese Federn, ihre Züge, ich schaute und schaute und sang, vor ihnen, die sich mir, einem ukrainischen Staatsbürger, zeigten, als wäre ich Jesaja, aber das bin ich nicht, bei Gott. Das wollten die Seraphim mir nicht glauben. Ich durchwühlte fieberhaft meine Taschen, fand wie immer meinen Pass nicht, dafür aber ein bräunliches Papierchen, auf das jemand mit schwarzer Tinte und in meiner Schrift „Ich bin ein Mann mit unreinen Lippen" geschrieben hatte.

„Das genügt", sagte einer der Seraphim, zückte eine glühende Kohle und presste sie mir an den Mund. „Jetzt bist du rein! Geh deines Weges, sei froh und singe frohe Lieder!"

Und ich ging, wohin die Augen schauten, wie man bei uns sagt, und war froh. Ich ging wie betrunken und rieb mir unterwegs den Mund mit Schnee ein. Ich ging und stolperte und fiel und lag eine Weile so da, stand auf und ging weiter und sang dies: „Schu-schu-schu-schubidu-udu." Mir fiel nichts Besseres ein, dafür sang ich es einmal so, einmal so, „*schu*bidu",

„schu*bi*du“, „schubi*du*“, oder ich betonte alle Vokale gleichzeitig, und das war die fröhlichste Variante. Es war eine unbändige Kraft, die mich da durch den tiefen Schnee trug. Ich sang zum ersten Mal mit voller Stimme, am Anfang leiser, doch ich sang. Und mein Lied wuchs, wurde immer gewaltiger und gewagter. Aus dem „Schu“ wurde ein „Schuuuhuu-u“, und aus dem „Bi“ wurde ein „Bibabu“, und aus dem „Du“ wurde ein „Didadu“. Ich sang und konnte nicht glauben, dass ich einmal ein stotternder und schüchterner Schuljunge gewesen war, dem die hübsche Lehrerin nach dem Probesingen ernst ins Gesicht gesagt hatte: „Danke, genug!“ Wie konnte es genug sein? Wie konnte ich ahnen, dass ich meine ganze Kraft für diesen Moment gesammelt hatte? Nicht einmal im Traum! Und so ging ich singend meines Weges.

Ich ging allein, doch ich wusste, ich bin es nicht. Ich wusste, neben mir lassen Hunderte von Schneebrechern ihre Pferde durch den Schnee hüpfen und ebnen ihren Söhnen und Enkelsöhnen die Spur. Sie fahren ihre Frauen, ihre Mütter ins Tal, ihre hochschwangeren Frauen, ihre todkranken Mütter, und der Schnee aller Winter fällt auf sie, türmt sich vor ihnen auf. Kinder ihrer Kinder, Väter ihrer Väter, die Schneebrecher, sie gingen Schulter an Schulter mit mir. Ich wusste es so sehr, dass ich mich gar nicht umzuschauen brauchte. Es war eindeutiger als die Tatsache meiner Geburt, ich war mir sicher, so sicher wie noch nie.

Alles war richtig und gut, auch die Troika, die plötzlich erschien. Ich war keineswegs erstaunt oder erschrocken, dass sie es bis hierher, bis in die Berge geschafft hatte. Von einer russischen Troika und einem lustigen Kutscher kann man Wunder erwarten, das weiß jedes Kind. Dass die Troika keinen lustigen Kutscher hatte, keinen betrunkenen, keinen blinden, keinen toten und auch sonst keinen Kutscher, machte mir nichts aus. Ich ging und lächelte der neben mir hertrabenden Troika zu. Wie schnell müssen meine Schritte gewesen sein, mein Gott!

Ob Sie schon einmal mit einer Troika gefahren sind, liebe Anna Konstantinowna? Ich für mein Teil hatte das Vergnügen noch nicht. Das ist freilich nur wahr, wenn man sich an die Tatsachen hält. Aber wie albern wäre das denn? Natürlich hatte ich schon das Vergnügen, mit einer Troika zu fahren. Mehrmals schon. Es ist so oft nicht geschehen, so oft habe ich es gewollt, so innig und verzweifelt habe ich mich danach gesehnt, so oft, dass es für eine Troikafahrt genügte, sie möglich, ja mehr als möglich, mehr als wirklich machte. Anna Konstantinowna, ich gestehe, ich lege meine Hand ins Feuer, auf meinen roten Pass, ich gestehe, ich bin mehr als einmal in meinem Leben mit einer Troika gefahren. Durch den dicksten Schnee, durch die blühende Steppe, über den vereisten Ladoga-See, ja. Fürwahr! Und nun holte sie mich ein. Ich sah sie, so wie ich Sie nicht sehe. Das konnte nur eines bedeuten, Anna Konstantinowna – dass alles möglich war.

Ein Zeichen von Ihnen, ein Zeichen, das den Raum durcheilt. Ich war der Raum. Ein Zeichen, das die Zeit durcheilt. Ich war die Zeit, meine eigene Zeit, die sich zu drehen begann, immer schneller und schneller, bis es greifbar und sichtbar wurde. Das war Ihre Troika, das war Ihr Zeichen, von Ihnen mir durch mich geschickt, durch mein Auge. Ja, so war das, liebe Anna Konstantinowna. Ich wusste, was ich zu tun hatte: Heraus aus dem Wald, in die Kirche zur Abendmesse, eine Kerze anzünden und dann schnell auf mein Zimmer, Ihnen schreiben. Sie beschwören, Sie herauslocken aus meinem glühenden Auge, Sie herausholen, auf mein Bett setzen, nein, legen, und Sie küssen, küssen, bis die Kraft mich verlässt, bis der Traum mich holt oder der Morgen oder der Tod oder etwas Unfassbares, so groß, dass man davor zusammensackt. Die Erfüllung.

Das dachte ich. Ich schien zu denken, ich schien zu gehen und zu sehen, Geräusche zu hören. Das dachte ich. Ich dachte darüber nach, und es war eine zweite, dritte, vierte, zehnte und hundertste Dimension hinter diesen Gedanken, durch das Gedachte verschleiert und dahinter doch in Bewegung, in Aufregung, wie ein Fisch. Ich dachte, keine Maschine kann das, nie und nimmer. Weil die Maschine keine Zeit kennt. Anders als der Mensch. Die Zeit ist in uns. Die Zeit existiert nur, indem wir existieren. Sie lebt in uns. Wir sind ihr Gefäß. Ja, das dachte ich. Und es machte mir Spaß zu denken, es erfüllte mich mit Stolz. Ich kann ja auch nicht anders. Versuchen Sie mal nicht zu denken, eine Zeitlang. Es klappt nicht. Der innere Befehl, nicht zu denken, ist schon ein Gedanke. Daran nicht zu denken, ist ein anderer. Sich darüber zu ärgern, ist der nächste. Gedanken sind die Luft der Zeit, und man kann nicht ewig die Luft anhalten. Dachte ich. Und ich war zufrieden, dass ich dachte.

Man kann sicher sein, dass es auch hinter dem Sichtbaren und dem Hörbaren Dimensionen gibt wie hinter den Gedanken. Dachte ich, da fingen die Glocken der Dorfkirche zu läuten an, wie um mich in meinem Denken zu bekräftigen. Ich dachte, ich denke, es wären die Glocken der Dorfkirche, die da läuten, doch parallel denke ich, es ist Gewittergrollen und Donnerpeitschen, und das eine schließt das andere nicht aus. Ich beschleunigte meine Schritte, und schneller, als es mir recht war, langte ich unten an der Dorfstraße an. Ein paar Schritte noch, und schon stand ich auf dem verschneiten Kirchhof. Die Glocken läuteten tatsächlich über mir, um die willigen Katholiken zu versammeln, und es war ein Gewitter, das mit seiner Peitsche über mir spielte und die willigen Katholiken ängstlich stimmte. Es waren nur vier Frauen zur Messe gekommen, die recht kurz ausfiel. Es gab herrliche Orgelmusik aus dem Kassettenrekorder. Der Priester aß und trank, und seine Ministranten schauten ihm mit großen Augen zu. Ich war leicht verlegen und schaute auf ihre Turnschuhe, die weißer waren als das Weiß ihrer Roben. Beim Vaterunser musste ich niesen.

Ich wollte eine Kerze anzünden und für Sie beten, Anna Konstantinowna, doch es gab keine Kerzen in der Kirche. Ich musste, ich *musste* eines der einsamen und erloschenen Teelichter, die an einem tief verschneiten Grab standen, in Anspruch nehmen, und ich hoffe, Sie sind mir nicht böse deswegen. Ich zündete es an und stellte es zurück aufs Grab, etwas näher zu dem Kreuz, das aus dem Boden ragte. Wer darunter lag, konnte ich nicht lesen, der Schnee war zu hoch. Ich dachte an Sie. Ich dachte: Was sollst du jetzt sagen, Piotr, was sagt man an einem fremden Grab? Ein Gebet schien mir auf einmal pathetisch und schrecklich unpassend. Also murmelte ich ein Gedicht:

Durch die Stille fährt mein Schlitten,
Feines Läuten, Schnee.
Nur die Krähen auf der Wiese
machen Lärm.

Der Wald ist verzaubert,
vom Märchen geschaukelt,
lauscht seinem Traum
und schläft ein.

Und die Tannen wie Greise,
weiß betucht und
mit Krücken,
stehen im Kreis.

In die Ferne läuft das Pferdchen,
Glocken läuten hell.
Und der Weg endlos
durch den Schnee.

Ich dachte an Sie, Anna Konstantinowna, bei Gott, ich dachte an Sie wie an die Mutter Gottes. Ich hoffe, sie ist mir nicht böse deswegen. Es fing an zu nieseln. Ich blieb stehen, ich wartete, bis mein Teelicht ausbrannte. Mit ausgestrecktem Arm hielt ich meinen Hut darüber, so dass die Regentropfen es nicht löschten. Mein Arm wurde steif. Tausende Ameisen wanderten daran unter meiner Haut entlang, wie auf einem Baumstamm, doch ich gab nicht auf, ich hielt den Hut eisern über das Teelicht, dass es nicht erlosch. Wasser rann mir über das Gesicht, doch ich lachte nur. Auf einmal erschien mir das, was ich da tat, lebenswichtig. Auf einmal erschien mir das, was ich da tat, schön und gut und edel. Ich dachte an Sie, Anna Konstantinowna, bei Gott, ich dachte an Sie. Ich schaute nicht auf die Uhr, denn ich trage keine, aber die Totenglocken gaben mir zu verstehen, dass die Zeit tatsächlich verging. Jemand war gestorben, während ich Ihre Erinnerung hütete. Ja, ein Mann war gestorben, während ich auf mein Teelicht aufpasste. Zweimal setzte die Glocke für ihn ab. Wie lange so ein Teelicht brennt!

Der Priester und der Messdiener zogen gesenkten Blickes an mir vorüber, verabschiedeten sich am Tor und gingen in entgegengesetzte Richtungen davon. Im Gehen beobachteten sie mich beide durch den Zaun. Ich nickte. Ich nickte weder dem einen noch dem anderen zu. Ich nickte dem Friedhofstor zu, seiner eisernen Mitte. Ich nickte einfach so zum Zeichen, dass ich kein Denkmal war.

Als mein Teelicht niedergebrannt war, schlug ich ein Kreuz und ging mit unbeschreiblichen Schmerzen in meinem linken Arm und mit einem Lächeln nach Hause, zu der Pension, in der ich wohne. Ich wollte auf mein Zimmer. Anna Konstantinowna, Ihre Nähe fuhr mir wie ein Blitz in den Arm, Ihre kitzelnde Nähe, sie machte mich wild, sie ließ mich rennen und hüpfen, sie ließ mich fluchen und zittern und vor Freude vergehen. Ich wusste, Sie sind nah. Mein Mantel wurde völlig nass, Anna Konstantinowna, aber das machte mir nichts aus. Er wurde schwer, genauso wie mein Hut. Ich schleppte mich mit Mühe weiter und rutschte mehrere Male recht lustig aus. Ich brach mir nichts, Anna Konstantinowna, seien Sie ohne Sorge. Ja, seien Sie unbesorgt, das werde ich Ihnen gleich schreiben, dachte ich, indem ich so in der Pfütze lag, das Gesicht dem Himmel zugewandt, aus dem Regentropfen fielen wie langsame Sterne. Um sie besser zu sehen, machte ich meine Augen ganz weit. Um sie zu fassen, machte ich meinen Mund auf. Leichte Sterne stürzten auf mich, Anna Konstantinowna, beim Aufprall zerbarsten ihre zarten Körper. Ich war gerührt. Ich setze mich gleich an meinen Schreibtisch und schreibe Ihnen, ich bin gerührt, meine Liebe, von der Leichtigkeit der Dinge und von deren Zutraulichkeit! dachte ich mir. Ja, wie einfach sie mir in den Mund fielen, als ich da lag. Auch wenn ihnen nichts anderes übrig blieb, denn es war ihr Schicksal, genauso wie es mein Schicksal war, auf der Stelle und an dem Tag und in dem Augenblick auszurutschen und den Mund zu öffnen, lag eine Barmherzigkeit, eine Güte, eine unsagbare Milde und Hingabe in ihrem Fallen, die mich an die Taten und Leiden der besten Menschen erinnerte. Ich war gerührt. Ich hätte weinen können, doch ich wollte es für später aufheben, für die Nacht.

Nachdem ich in der Pension angekommen war, hängte ich meinen Mantel und den Hut an den Kachelofen. Ich nahm ein Buch aus dem Regal, ein altes, dunkelbraunes Buch mit abgestoßenem Lederrücken, und schlug es auf. Ich schlug es auf und sah, dass ich es nicht auf irgendeiner Seite aufgeschlagen hatte. Ich hatte es auf der Seite mit dem Eselsohr aufgeschlagen. Es sah eisern und zart aus. Schutzlos und unantastbar. Ein trockenes Blatt, bereit zu zerfallen, zu Staub zu werden, sich in der Welt zu zerstreuen.

Sieg über unsere Leidenschaften gründet immer im Sieg über unsere Imagination. Nur der ist ein wahrer Welt-

überwinder, der die Welt seiner eigenen bösen Gedanken in der Einsamkeit überwindet. Der heilige Hieronymus befreite sich da von manchem Laster, aber die Wollust war ein Feind, den er im Busen trug. Bis in seine schauervolle Höhle folgte ihm dieser Feind und zeigte ihm da, dass derjenige, der einen Teufel in die Wüste trägt, immer mit vieren wieder herauskommt.

Gerne hätte ich mit einem feinen Bleistift ein Fragezeichen neben die Stelle gemalt wie mein Vorgänger aus dem Jahr 1790 mit dem unleserlichen, kalligraphisch entzückenden Namen. Was hatte der Leibarzt und Popularphilosoph Zimmermann an dieser Stelle aus seinem Buch *Über die Einsamkeit* sagen wollen? Dass der Melancholiker auf seinen einzigen, auf seinen letzten und ersten Trost verzichten solle?

Es roch nach Heu. Unter meinem Mantel hatte sich ein kleiner See gebildet, eine Fliege schlug ihren winzigen Kopf gegen die Fensterscheibe. Ich blätterte weiter.

Willst du herrschen über dich selbst, so musst du herrschen können über deine Imagination. Durch sie allein werden die Sinne verwirrt. Wie oft wären sie ruhig, wenn man erst Ruhe suchte für seine Imagination.

Mein Vorgänger hatte hier ein Ausrufezeichen dazugemalt. Niemand wird jemals sagen können, ob er mit diesem Satz einverstanden war oder empört oder beides oder weder noch. Vielleicht war dieses Ausrufezeichen auch nur ein Kopfschütteln, eine Notiz, eine Erinnerung, diese Passage der Frau oder der Geliebten zu zeigen. „Schau, meine herzallerliebste

Pauline, was für ein Wahnsinniger! Ich will ja gar nicht herrschen über mich, ich will dich nur küssen, küssen, küssen."

Ich glättete das Eselsohr. Mein Herz tat weh. Ich dachte mir, ich schreibe Ihnen, machen Sie sich keine Sorgen um mein Herz, liebe Anna Konstantinowna. Ja, ich konnte es kaum erwarten, ich brannte darauf, Ihnen das alles zu schreiben. Ich stand auf, legte das Buch zurück, den Mantel und den Hut ließ ich hängen und tropfen. Die alte Holztreppe knarrte unter meinen Schritten. Ich öffnete die Tür, betrat mein Zimmer, nahm ein Blatt Papier, nahm einen Stift aus meiner Brusttasche und begann zu schreiben: *Liebe Anna Konstantinowna …*

Mein lieber Piotr,

kaum habe ich angefangen, diese Zeilen zu schreiben, kaum habe ich diese Worte in meinem Kopf gehört, ja, jemand sagte sie mir vor, jemand ließ sie mich hören und denken, wurde es bitter in meinem Hals, und jetzt kämpfe ich mit den Tränen. Mein lieber Piotr, irgendetwas lässt mich denken, irgendetwas erfüllt mich mit Gedanken, füllt mich wie einen Luftballon. Ich schwebe nicht hier, nicht sichtbar, nicht einmal für mich selbst, ich schwebe in einer Sphäre, von der Menschen nichts wissen. Nichts ist meines, lieber Piotr. Diese Worte sind nicht die meinen, diese Gedanken, die so geheim, so verborgen sind, sie gehören nicht mir. Sie ziehen wie Züge durch mich hindurch. Aus der Leere durch die Leere ins Leere, und es wird heiß. Es wird heiß, lieber Piotr. Ich kämpfe mit den Tränen. Wenn ich mich fragen würde, warum, woher diese Bitterkeit im Hals kommt, würde der Zauber vergehen. Ich hätte eine Antwort und eine Lösung, aber ich will nichts wissen, und ich weiß alles sehr wohl. Der Schlüssel für das Glück baumelt an meiner Hand, und ich will ihn nicht ergreifen, denn das wäre zu einfach. Das Glück ist einfach, es ist wie das Ende der Reise, aber ich will noch ein bisschen weiterfahren. Ich lasse mich weiterfahren, und ich weiß, es ist nicht mein Wille. Es ist der Wille dessen, der mich denken lässt, der mich schreiben lässt: *Lieber Piotr …*

Ob ich unglücklich bin? Auch ein unglücklicher Mensch ist doch ein glücklicher, allein weil es ihm gegeben ist zu empfinden. Ob Freude, Schmerz, Furcht oder Scham – man ist glücklich, weil man fühlt und weil man ist. Aber man ist nicht undankbar, wenn man sich mitunter unglücklich fühlt. Undankbar ist, wenn man vergisst, wie kostbar dieses und jenes Gefühl ist. Dankbarkeit ist nichts als das bloße Wissen um seinen Platz im All, sich in das Bild des Universums zu fügen. Wir denken mit der Seele. Unsere Seele wird gedacht.

Mein lieber Piotr Michailowitsch, ich zweifle, dass es Sie gibt. Ich bekomme Briefe von Ihnen, kostbare, herrliche Briefe mit Stempel, mit Briefmarke, Briefe aus einem fernen Land. Es muss Sie also geben. Heute ist mir jedoch, als wäre ich Sie. Heute komme ich mir einsam vor und doch so erfüllt, als wären wir zu Tausenden da, ein Schmetterlingsschwarm. Ich möchte Ihnen danken für Ihre Zeilen.

Es ist Sonntag. Ich wachte auf und tat, was ich immer tue, jeden Morgen, Morgen für Morgen: Ich trat zu meinem Spiegel. In meinem Spiegel ist immer dasselbe zu sehen: eine alternde Dorflehrerin, ihre Augen, meine Augen. Ich nenne sie meine Augen. Ich kann sie öffnen und schließen. Ich scheine ihnen zu befehlen. Manchmal stehe ich so und halte meine Augen eine Weile geschlossen, und dann fange ich an, ihnen zu befehlen: Öffnet euch! Dabei lasse ich es nicht zu. Ich höre dann die zwei Stimmen in mir und viele andere dahinter, unzählige zur gleichen Zeit. Das macht mich schwindelig. Piotr Michailowitsch, lieber Freund, wie einfach ist alles, schauen Sie: Man kämpft mit sich selbst, und die Notwendigkeit gewinnt letztlich die Oberhand. Diesmal war es die Wanduhr. In unserem Alter darf man die Zeit nicht aus den Augen lassen, nicht wahr! Also machte ich sie auf, nahm mein Bad, rauchte meine Morgenpfeife (im Gedenken an Sie, weil ich Sie mir so vorstelle, mit einer Pfeife im Mund) und sang das Lied des Harfenmädchens:

Heute, nur heute
bin ich so schön;
morgen, ach morgen
muss alles vergeh'n!

Nur diese Stunde
bist du noch mein;
sterben, ach sterben
soll ich allein.

Fragen Sie mich nicht, warum mir dieses Lied so sehr zu Herzen geht. Schön war ich nie. Von der Liebe weiß ich kaum etwas, und dass ich allein sterben muss, war mir schon immer klar. Seltsam, dass man Dinge tut und sagt, die gar nicht zu einem passen. Je älter man wird, umso verzweifelter spielt man den anderen, wenn man sich selbst nie gewesen ist, wenigstens nicht eindeutig. Meine selige Mutter pflegte mich mit allen möglichen Namen zu rufen, nur nicht mit meinem richtigen. Ich hörte auf Rosa, Mimosa, Wolke, Tröpfchen, Fischlein, Holzfuß, Holzkopf, Schandfleck, Motte und Biber, und ich muss zugeben, ich habe mich an jeden der Namen angepasst. Je öfter und je andächtiger meine Mutter mich Motte nannte, umso mottenhafter wollte ich sein, umso mottenhafter wurde ich. Ich dachte, meine Mutter nennt mich nicht umsonst so, nicht umsonst drückt sie dabei ein Auge zu, nicht umsonst reißt sie ihre Augen auf, sodass sie wie kalte Steine funkeln, nicht umsonst bläht sie ihre Nüstern. Hinter jeder Geste wie hinter jedem Wort liegt eine leise Beschwörung, die Hoffnung auf eine Tat. Also tat ich, was von mir erhofft wurde. Ich wusste nicht, was ich tat. Mal spürte ich die Motte in mir wie in einer Laterne. Mal hinkte ich und zog meinen Fuß hinter mir her, um der Mutter zu imponieren. Mal war ich blumig, weinerlich, leicht, flink wie eine Forelle, dumm wie eine Nuss. Mal blamierte ich mich mit Absicht, sodass im Dorf noch wochenlang von mir die Rede war, mal fletschte ich die Zähne, ohne zu wissen, warum. Ich dachte auch nicht darüber nach. Ich war ein Biber, und der Biber fragt nicht, warum er Biber ist und kein Baum. Es gelang mir, alles zu sein, meinen vielen Namen immer alle Ehre zu machen. Nur schön war ich nicht. Weil ich niemals so genannt wurde. Ich war alles, und ich spielte mich selbst in den mannigfaltigsten Namen, die mir Menschen gaben, die ich gar nicht mehr kenne, die mein Leben nur flüchtig berührten: Passanten, Marktfrauen, Wahrsagerinnen auf der Straße, meine Schüler, deren Fantasie keine Grenzen zu kennen scheint.

Jetzt möchte ich das schöne Harfenmädchen sein, lieber Piotr Michailowitsch. Ich traue mich mit verzweifelter Anstrengung, Harfenmädchen zu sein, so sehr, wie Sie sich nicht trauen, mich so zu nennen. Das bin ich aber, Piotr, das bin ich immer gewesen.

In den Spiegel zu schauen, oh, das ist eine Kunst. Wie der Betrachter so das Bild, wie der Baum so die Frucht. Jahrelang warf ich meinen schwarzen Blick in den Spiegel und dachte, er würde zerbrechen und eine schwarze, samtige Leere entblößen, die man betreten, in der man verschwinden könnte, wenn man wollte – ein Ausgang. Ich habe nicht stark genug geschaut. Heute wachte ich auf, und ich spürte neben dem Gedanken an den Ausgang, dass da noch ein anderer, unbestimmter, geheimnisvoller Gedanke war. Ich hörte sein Summen, seinen Pulsschlag, sein junges Herz. Na gut, dachte ich mir, mal schauen. Und ich warf meinen Blick in den Spiegel hinein. Möge der Blitz mich treffen, wenn ich jetzt lüge, aber so war das wirklich: Der Spiegel zerschmolz! Ja, und es wurde mir sofort klar: Mit Lässigkeit erreichen wir unser Ziel. Lässig werden Sterne geboren. Lässig steigen Blumen aus ihrem Erdengrab. Lässig entstehen Wolken aus Wassertropfen und winzigen Eiskristallen. Für ein Wunder ist die leiseste Regung des Willens ein Todesurteil. Das wurde mir klar, und ich freute mich, dass ich niemals stark genug geschaut hatte. Ich freute mich, dass der schwarze, samtige Ausgang mir versperrt geblieben war. Ich staunte, wie lässig der Spiegel schmolz, wie selbstverständlich, und ich staunte, dass ich darüber staunte. So wie Blumen sprießen, war es nichts als ein gewöhnliches Wunder. Ich kniff meine Augen zu, und eine köstliche Kindergeschichte von einem italienischen Schriftsteller kam mir in den Sinn – die Geschichte vom Eiscreme-Palast. Einmal in Bologna …

Einmal erschien in Bologna ein Eiscreme-Palast, direkt auf der Piazza Maggiore, und von weitem kamen Kinder herbei, um an ihm zu lecken. Die Dachspitze war aus geschlagener Sahne, der Rauch aus dem Kamin war aus Zuckerwatte und das Kaminrohr aus kandierten Früchten.

Alles andere war aus lauter Eiscreme: Türen aus Eiscreme, Wände aus Eiscreme und alle Möbel auch. Ein Kleinkind blieb an einem Tisch kleben und leckte ihn ab, Bein für Bein. Schließlich brach der Tisch zusammen, samt den Tellern, die aus feinstem Schokoladen-Eis waren. Von irgendwoher kamen Wächter angerannt, sodass ein Fenster sich auflöste von der hereinströmenden Wärme. Die Fensterscheiben waren aus Erdbeer-Eis, und sie zerflossen in rosafarbenen Bächen. „Schnell!", riefen die Wächter. „Schneller!" Und sie alle begannen, schneller zu lecken, damit nicht der kleinste Tropfen dieses Meisterwerks verloren ging …

Das kam mir in den Sinn, während ich vor dem schmelzenden Spiegel stand und – der Blitz möge mich ein zweites Mal treffen, wenn ich lüge – als mir ein kühles Lüftchen entgegenwehte. Ich kniff die Augen noch fester zu. Je fester ich die Lider zusammenpresste, umso wundersamer roch es aus dem verschwindenden Spiegel. Es roch unerträglich wahr – nach Herbst. Nach dem Herbst, als der 17-jährige Dichter Eugène Émile Paul Grindel, später genannt Paul Éluard, im Schweizer Sanatorium Clavadel auf die 17-jährige Russin Jelena Dmitrijewna Djakonowa, später genannt Gala, traf und sich verliebte. Es roch nach Neruda-Herbst, als Neruda seine Rosa sah. Es roch nach rostigem, revolutionärem, kahlköpfigem Herbst, als Majakowski seine Lilja Jurjewna Brik kennen lernte. Mein Gott! Ich wäre gerne erblindet, um es nicht zu riechen. Mit beiden Händen bedeckte ich mein Gesicht. Es nützte nichts. Der Duft kroch zwischen meinen Fingern hindurch, durch meine Haut und durch Knochen. Efeu. Ich war dem Ersticken nah, ich lächelte. Durch die Zähne zischte ich mein Harfenmädchenlied. Ich schritt auf den Spiegel zu, lässig, willenlos. Ich ließ mich schreiten von meinen Schritten, die sich von ihrem eigenen Echo schreiten ließen, von dem Echo, das sich von seinem Echo schreiten ließ und so bis in Unendlichkeit. Piotr Michailowitsch, ich habe den Spiegel betreten. Wie? Wissen Sie, wie ich es tat? Ich weiß es nicht. Aber ich tat es. Willenlos und lässig, wie ich mich ihm näherte, so betrat ich ihn. Muss ich ihn betreten haben. Und ich sah eine Waldlichtung. Sie war so plötzlich in meinem Blickfeld wie ein Staubkörnchen. Der Boden war mit bunten Blättern bedeckt. In der Mitte der Waldlichtung saßen Sie an Ihrem Schreibtisch, der farblich vorzüglich zum Laub passte. Blätter rieselten auf Sie herunter, auf den Tisch, auf Ihre Hände. Ich sah Sie schreiben, schreiben, schreiben. Ich sah mich selbst, wie ich da stand und auf Sie schaute.

Wie Sie in Ihrem Brief so schön sagten: Es ist unmöglich, an nichts zu denken. Gedanken seien die Luft der Zeit, die uns erfüllt. Das finde ich sehr richtig. Manchmal werden wir mit dieser Luft im ungünstigsten Augenblick aufgepumpt, und nur einem Wunder haben wir es dann zu verdanken, dass wir nicht platzen. So wurde ich von einem Gedanken überfallen: Mein Pünktchenkleid, das zum Trocknen auf der Wäscheleine hing, fiel mir ein. Warum um Gottes willen? Warum gerade jetzt, wo alles endlich schön und gut war? Da lag ich plötzlich auf dem Boden meines Zimmers, die Waldlichtung war weg, Ihr Tisch, Sie, Piotr, und wo ich so da lag, fiel mir ein, dass ich gar kein Pünktchenkleid habe. Ich ging aber trotzdem hinaus, um zu schauen, ob etwas auf der Wäscheleine hing. Ein Blumenstrauß vielleicht, eine Zeitung, ein Pelzkragen? Gedanken fielen über mich her. Ich dachte an meine selige Mutter, an die Wäscheleine um ihren Hals, an einen Schuh, der verlegen da lag, unter ihrem Körper, der im Wind schaukelte. Ich dachte, wie ich damals gedacht hatte: wie in der Wiege, wie in der Wiege, Mutter in der Wiege. Ich dachte an eine Kuh, die einmal mein Blumentuch von der Wäscheleine gefressen hatte und kurz darauf gestorben war. Ich dachte, wie ich damals gedacht hatte: Blumen sind giftig. Mehrmals habe ich danach versucht, Blumen zu essen, um diesen Gedanken zu bestätigen. Kleine Waldblumen mit zarten Blüten schmecken erträglicher als robuste Feldblumen. Feldblumen sind die Pest, wenn Sie mich fragen, lieber Piotr Michailowitsch. Ich dachte noch an viele andere Dinge, während ich so vor der leeren Wäscheleine stand. Vor allem dachte ich an Ihren Brief und den Satz vom Nichtdenken, dass es auch ein Gedanke sei. Dass es etwas oder jemanden geben müsse, der uns damit füllt, das wollte ich denken. Ich wollte schweben. Schweben wie ein Luftballon, in einer Sphäre unsichtbar für Menschen. Aber diesmal fehlte mir der Glaube dazu. Also ging ich zurück auf mein Zimmer und tat, was ich sonntags immer tue: Ich korrigierte die Hausarbeiten meiner Schüler. Achtzehn Aufsätze zum Thema „Sterne“ lagen auf meinem Schreibtisch.

Ich wähle nun schon seit fast dreißig Jahren solche Aufsatzthemen, um den Kindern eine Gelegenheit zu geben, ein bisschen zu träumen. Je unglaubwürdiger die Tatsachen, je absurder der Inhalt, umso besser die Note. Da wird auch auf Grammatik keine Rücksicht genommen. Wen kümmert Grammatik in der Ukraine? Kühe haben nichts dagegen, wenn man Milch mit ie schreibt. Außerdem sind unsere Staatsbürger auf die mündliche Rede angewiesen, und das Wichtigste an der mündlichen Rede ist, dass man redet. Und reden kann das Kind, wenn es träumen kann. Zu einem schüchternen Kind sage ich immer: „Sieh zu, dass du Fehler machst, Kleines", und streichle seine Wange. Einem kleinen Intellektuellen mit dicken Brillengläsern sage ich: „Bloß keine harten Tatsachen, Freundchen, sonst bleibst du sitzen!"

Der erste Aufsatz, der auf dem Stapel lag, war von einem Mädchen namens Katja. Ihr Vater war letztes Jahr in der Grube verunglückt, er wurde niemals ausgegraben. Sie sagte aber immerzu, ihr Vater wäre Seemann und auf hoher See. Die Kinder lachten und nannten ihren Vater einen Säufer. Katja weinte und trocknete sich die Wangen mit ihren dicken Zöpfen. Neulich war es dann so weit, dass ich mich einmischte: An einem Morgen betrat ich den Klassenraum mit einem Brief, der angeblich von Katjas Vater stammte. Ich las ihn feierlich vor:

Sehr verehrte Anna Konstantinowna,
da ich mich im Moment in einer wichtigen Mission auf hoher See befinde, die mich die nächsten 50 Jahre in Anspruch nehmen wird, und es mir nicht möglich sein wird, mich um meine geliebte Tochter Katja zu kümmern, möchte ich Sie bitten, ein bisschen auf sie aufzupassen und sie zu unterstützen. Einmal im Jahr werde ich ihr zu ihrem Geburtstag schreiben und von meinen wichtigen Entdeckungen berichten.

Mit Kapitänsgrüßen
Iwan Kusnetsow

Katja strahlte und weinte zugleich. Die Klasse schwieg. Danach wurde sie von allen mit Neid und Bewunderung angeschaut. Ich nahm ihren Aufsatz zur Hand.

Katja Kusnetsowa
5 A
Aufsatz
Sterne und wir

Ich weiß nicht so recht, woraus Sterne gemacht sind. Wenn ich spät am Abend im Gras vor unserem Haus liege und Grillen und verschiedene andere Käfer höre, scheint es mir, dass Sterne weiße Käfer sind, die am Himmel kleben. Sie sind immer da, man sieht sie nur besser, wenn es dunkel wird, weil sie weiß sind. Wenn die Sterne keine Käfer sind, sondern tatsächlich Riesensteine ganz weit weg im Kosmos, so würde ich wirklich gerne wissen, warum sie leuchten. Vielleicht damit die Menschen sie sehen und vielleicht eines Tages zu ihnen reisen können. Vielen Dank übrigens, Anna Konstantinowna, für Ihre Güte. Mein Vater konnte nicht schreiben, aber wenn Sie mir zum Geburtstag einen Brief von ihm schicken möchten, wäre ich sehr froh. Grüßen Sie ihn von mir.

Ich schrieb darauf nichts zurück, ich dachte nur: Mein liebes Kind, ja …

Der zweite Aufsatz vom Stapel war von Kolja, dem ältesten von fünf Geschwistern. Kolja, der Raumschiffingenieur werden möchte, hat sich bestimmt über das Thema gefreut. Seine Schrift ist groß und rund, gewissenhaft. So wie er seinen Apfel kaut, so schreibt er.

Kolja Sawenko
5A
Aufsatz
Blinkende Sterne

Dass Sterne blinken oder zwinkern ist eine Lüge. Der Mensch erfindet gerne Dinge in seiner Fantasie, weil er die Wahrheit nicht kennt. Als Raumschiffingenieur muss man wissen, was die Kollegen im Kosmos so erwartet. Man kann ihnen auch einen freundschaftlichen Rat geben, wenn man sich auskennt. Die Sterne blinken nicht, sie senden nur ihr Licht aus. Uns erscheinen sie blinkend, weil wir auf der Erde stehen, und die Luftschicht der Erde ist an verschiedenen Stellen unterschiedlich warm. Dann kommen noch Winde dazu, die das Licht, das durch alle Luftschichten durch muss, durcheinanderwirbeln. Dabei scheinen die Sterne ganz ruhig. Wer das nicht begreifen will, der tut mir leid.

In meinen Gedanken schrieb ich mit roter Tinte: Du tust mir leid, du Idiot. Wie Sie sehen, gibt es so etwas auch. So etwas wird groß und klammert sich an seine unerschütterlichen Wahrheiten, scheidet alles in Falsch und Richtig, Schwarz und Weiß, Gut und Schlecht. Das ist eine Krankheit, wenn Sie mich fragen. Ich wundere mich, worin sie wurzelt und wie man sie bekommt. Der Junge traut sich nicht, selbst ins Weltall zu fliegen. Lieber bleibt er am Boden, der kleine Bürokrat.

Mir wurde heiß. Ich trat ans Fenster, streichelte meine Pflanzen, auf ein staubiges Blatt malte ich ein Kreuz. Früher waren es Herzchen, die ich malte, früher, als die Welt noch flach war. Im Feld wischten sich die Frauen mit dem Ärmel Schweiß von ihren Gesichtern. In der Ferne summte die Kirche honigfarben. Was das Glockenläuten zu bedeuten hat, konnte ich niemals sagen, aber es war mir immer klar, dass es um etwas Klares und Großes gehen muss. Liebe deinen Nächsten wie dich selbst oder mehr noch. Oder: Danke dem Herrgott für diesen Tag, oder: Tempi passati. Wenn sich ein Engel an einer Regenschnur zu mir herabseilen würde, um mir zu sagen, dass Glocken läuten, weil es schön ist, würde ich auch nicht vom Stuhl fallen. Wie gesagt: Große Dinge sind immer klein.

Ich setzte mich wieder an meinen Schreibtisch und schaute mir die übrigen Aufsätze meiner Schüler an. Sätze wie „Sterne sind Würfelzuckerstücke, an denen Engel knabbern" oder „Von den weißen Sternen schneit es" oder „Sterne tun weh" entzückten mich und machten mich nachdenklich. Warum tun sie weh, die guten Sterne? Vielleicht verstehen Kinder manche Zusammenhänge, die wir nicht einmal bemerken. Auf einem Blatt stand unter dem Aufsatz ein Rätsel für mich, das mit dem Thema nichts zu tun hatte: Was ist eine Riesenraupe? (*Eine Würgeschlange, die Fußbälle verschluckt hat.*)

Als ich gegen 11 Uhr mit dem Korrigieren fertig wurde, war der Sonntagsgottesdienst zu Ende, und die Gesichter aus dem Dorf zogen langsam an meinem Fenster vorbei. Als Erste erschien die runde Goriunowa, meine einzige Freundin, mit verweinten Augen und mit einem Kopftuch, das viel zu knapp sitzt, das sie wie einen alten Säugling aussehen lässt. Nach ihr schob Marfa ihren üppigen Busen vor sich her, den kleinen Kostja an der Hand, der seinerseits einen räudigen Kater am Schwanz hinter sich herzog und ihn im Staub der Steppe wusch. Goriunowa unterhielt sich mit Marfa bestimmt über irgendwelche Lebensmittel, denn ihre trüben Äuglein blitzten dann und wann auf, was sonst selten geschieht. Ihnen folgten wie eine Troika die drei Greisinnen Lukowa, Kuskina und Deriuga, die einander vor langer Zeit bis aufs Blut hassten und nun zusammenleben, sich die Arbeit im Haushalt und lange Abende teilen und bald auch das Grab, weil ein Gemeinschaftsgrab deutlich billiger ist als ein Einzelgrab. Als die kleinwüchsige Deriuga meinen Kirschbaum erreichte, blieb sie stehen, zupfte ihr Kopftuch zurecht, streckte sich und ergriff einen Zweig, von dem sie ein paar Kirschen pflückte. Ohne einen Blick in mein Fenster zu werfen, entfernte sie sich, um Lukowa und Kuskina einzuholen. Danach sah ich die Männer aus unserem Dorf vorbeiziehen, wie Bäume nah dem Kippen: den alten Kusmitsch, der gerade seine Mütze aufsetzte, gelb im Gesicht; Lukititsch, einen Grashalm im Mund und mit irrem Blick, der entweder „Mich kriegt ihr nicht" oder „Ich kriege euch" zu bedeuten schien; den immer gutgelaunten Taras, der sich einmal im Suff „Herr, erbarme dich meiner" in sein Holzbein geritzt hatte. Vor meinem Tor blieb er stehen und klopfte mit diesem Holzbein gegen das Gitter. Ich winkte ihm aus dem Dunkel meines Zimmers zu. Ob er es sah? Dann die anderen: der Schlosser Wolodja, der schieläugige Bäckersohn, der Schmied Nikitisch, der Förster Stepan, der seine Pfeife stopfte, seine Söhne neben ihm, der jüngste mit dem Finger in der Nase, der Dorftrottel Andrej, der seinen alten Vater stützte, der Wirtsmann, der an etwas herumkaute, und dann, zu guter Letzt, die rosawangigen Verliebten, den Blick gesenkt, die in Paaren vorbeischwebten.

Von der Liebe verstehe ich wirklich nicht viel, aber wenn Sie mich fragen, was ich davon halte, so muss ich sagen, dass sie der einzige Grund für all das Elend der Menschheit zu sein scheint und dass sie es offenbar wert ist. Ich versuche mir eine Welt vorzustellen, in der der Mensch nicht das höchste Geschöpf ist, nicht über sich selbst herrscht; eine Welt, in der es höhere Wesen gibt mit Macht über uns, die wissen, was gut und richtig ist für den Menschen, für ihren kleinen Freund. Wissen Sie, was sie uns zum Gefallen und der Ordnung halber tun würden? Sie würden einen Weg finden, unsere Eigenschaft, zu lieben, auszumerzen, so wie wir uns die Freiheit nehmen, Hunde zu kastrieren. So würde es uns auch gehen, gäbe es einen Zweig der Evolution über uns. Wer sagt denn, dass wir intelligenter sind, dass wir besser sind als Feldkrähen oder Bären? Woher nehmen wir den Mut zu behaupten, wir wären die Krone der Schöpfung, wir mit unseren verworrenen Seelen, wir, die wir unsere eigenen Kerker sind, Eingänge zu der Hölle, in der wir brennen? Ich weiß nicht, ob wir unseren Verstand besser zu nutzen wüssten, wenn unsere Fähigkeit zu lieben ausgelöscht wäre, ob es dann keine Kriege gäbe, weil es eine andere Lösung für Gott gäbe, eine andere Lösung für das Glück, für das Zusammensein, das Denken und für die Kultur. Gäbe es sie dann überhaupt? Ich würde es gerne wissen, aber diese schüchternen und errötenden Liebenden will ich trotzdem nicht missen. Ihr süßes Elend, ihre Blicke, wie sie meinen Zaun, mein Tor, meinen Kirschbaum streifen …

Wissen Sie, lieber Piotr Michailowitsch, ich habe schon als junges Mädchen gerne Geschichten erzählt, für mich selbst, unseren Hund Tschernisch oder für unsere Hühner. Ich erzählte Geschichten, weil ich Freude am Erzählen hatte und weil ich gerne zusah, wie sich alles vor meinen Augen entfaltete. Ich musste nur den Mund aufmachen, und schon strömte eine Geschichte heraus, wuchs und nahm Form an. Manchmal fand ich sie selbst so entzückend, dass ich mal in die Hände klatschte, mir mal Tränen aus den Augen wischte. Das ging damals ohne großen Einsatz und ohne Leiden, ohne dass ich mit den Bildern und mit der Sprache ringen musste, ohne dass ich Helden hatte, deren Anwesenheit mich gleichzeitig einsam, erfüllt und unendlich reich machte. Damals fing alles lustig an, und zwar so:

Es lebte einmal ein dünner Hund. Außer einer Schlange hatte er keine Freunde. An einem heißen Morgen unterhielten sie sich ausnahmsweise nicht über das Wetter. Die Schlange sagte: „Ich esse so wahnsinnig gerne Eis. Leider ist meine Zunge zu schmal, ich kann nicht richtig lecken." Der Hund antwortete ihr darauf: „Meine Liebe, ich kann das für dich tun, ich habe eine breite Zunge."

Unser Tschernisch leckte den unsichtbaren Splitter in seiner Pfote und schien mir zuzuhören. Die Hühner rollten mit ihren ungläubigen Augen und schienen mir zu lauschen. Im Erzählen liegt eine Botschaft für jeden von uns, auch für mich. Doch ich merkte es erst viel später, als es keinen Splitter in Tschernischs Pfote und keinen Tschernisch mehr gab, als die Hühner und die Erinnerung an ihren Geruch eine flatternde Abstraktion waren und ich selbst – ein altes Kind. Die Botschaft, keine Sekunde an der Möglichkeit des Unmöglichen zu zweifeln, der Geschichte zu vertrauen, sich ihr anzuvertrauen und immer weiter seine Pfote zu lecken, scheinbar unbeteiligt, mit einem Ohr da, mit dem anderen dort, mit einem Auge hier, mit dem anderen weiß Gott wo. Die Botschaft lautet: Die Geschichte ist immer offen, offen wie die große weite Welt, und wir sind eins mit der Welt. Mit jedem Stein, jedem Staubkorn, jedem Blatt, jedem Stern, jedem Lichtstrahl sind wir eins. Wir sind aus demselben Stoff. Mag sein, dass wir winzig klein sind, doch wir sind ein Teil des großen Ganzen. Wenn man das begreift, gibt es kein Wort für das Gefühl, das sich dabei in uns regt. Wir können eben nicht alles benennen.

Die Erkenntnis, dass die Geschichte offen ist, macht mich ganz wirr. Manchmal, wenn ich Ihnen schreibe, muss ich mehrmals von meinem Stuhl aufspringen, und ich renne dann von Fenster zu Fenster, poliere meine Zimmerpflanzen, gieße Blumen. Es ist mir, als würde sich meine Tür jederzeit öffnen und etwas schrecklich Großes könnte geschehen. Jedes Mal, bevor ich zu schreiben beginne, lege ich mir mein Lieblingstuch um die Schultern, färbe meinen Mund dunkelrot und besprühe mich mit Parfüm. Mein Herz pocht dann wie verrückt. Wenn ich irgendwann erfahren würde, dass da ein Wille, dass da Stimmen waren, die mich aus einer unbekannten Sphäre lenkten, mich schreiben ließen, was nicht meine Erfindung war, würde mich das nicht wundern. Wer sich wundert, zweifelt schon. Das ist an sich eine unentbehrliche Eigenschaft für ein intelligentes Wesen, aber mir scheint, die höchste Stufe der Intelligenz ist eine andere, und zwar das Vertrauen.

Ich weiß, solange ich Ihnen schreibe, werde ich leben. Höre ich auf, an Sie zu glauben und Ihnen zu schreiben, höre ich auch auf zu sein. Ich werde mich im selben Moment auflösen, in Wassertropfen verwandeln und langsam in der Erde versickern, an Ort und Stelle. Darum ist die Geschichte offen und lang, sehr lang, so lang wie unser Leben, lieber Piotr Michailowitsch. Vielleicht wird sie auch nicht enden. Vielleicht geht sie auch weiter, wenn wir alle nicht mehr da sind. Vielleicht wird sie von einem dicklichen Jungen namens Kostja aufgeschrieben, und wir kommen zu dritt darin vor. Er als unser Vater und wir als zwei zärtliche Geschwister. Vielleicht …

Eben zündete ich mir meine Pfeife an und trat ans Fenster. Ich trete immer ans Fenster, sobald ich Pfeife rauche. Ich öffne das Fenster nicht, stehe nur da und beobachte durch die geklöppelte Gardine, wie das Leben weitergeht und wie die Erde sich dreht. Dann setze ich mich für gewöhnlich in den tiefen Sessel, sodass ich das ganze Zimmer vor mir habe wie eine Seekarte. Ich sitze und fülle das Zimmer mit Rauch. Da ist der große Spiegel, in dem ein Mädchen wuchs und wuchs, bis ihr Kopf seinen oberen Rand berührte. Rechts und links davon stehen die Bücherregale mit wahren Schätzen, die alle zu lesen kein Sterblicher vermag. Fünf Schritte nach Westen der Schallplattenspieler, der mich zum Tanzen bringt, und ich tanze, tanze mit geschlossenen Augen, meine Arme an die Brust gepresst, als hielte ich ein Geschenk darin. Zwei Schritte weiter nach Westen steht ein Teleskop, mit dem man in der Nacht Sterne schauen kann. Doch bin ich zu dumm dafür. Ich drehe überall an dem Gerät herum und kann immer nur bis zum Haus meiner Freundin Goriunowa sehen, wie sie ihre Kleider unter den Ärmeln stopft oder Kartoffelbrei isst. Zwei Schritte nach Süden befindet sich der Esstisch, den ich auch als Bügelbrett benutze. Drei weitere Schritte nach Süden steht der Ofen, auf dem ich auch schlafe. In der Mitte der Insel ist der Schreibtisch, mein Schiff, das von diesem Punkt aus in jeden beliebigen Winkel des Universums gelangen kann, in Sekundenschnelle. Außerhalb der Insel befinden sich der Brunnen, das Bad und der Garten. Darin ein Nuss-, ein Kirsch- und ein Apfelbaum, dazwischen eine Wäscheleine mit Holzklammern, Karotten, Kartoffeln, Radieschen, Rote Beete, Zwiebeln – keine Blumen. Blumen brauchen Freiheit, Raum, wo sie wandern und herumtaumeln können, ohne sich an Zäunen zu stoßen.

Eigentlich stopfe ich die Pfeife noch lieber, als dass ich daran ziehe. Sie ist wie ein kleiner Ofen in meiner Hand, den ich füttere, um den ich mich kümmere. Wenn es dunkelt, trete ich gerne vor die Tür und setze mich auf die Bank vor dem Haus. Da stopfe ich meine Pfeife am liebsten und paffe viele kleine Rauchwölkchen in die Luft. Jedes Wölkchen berühre ich mit dem Zeigefinger, sodass daraus ein Herz entsteht. Oft muss ich darüber lachen. Oft habe ich dabei Tränen in den Augen. Ich stelle mir im Dunkeln vor, der König der Leuchtkäfer zu sein. So verbringe ich diese Sommerabende. Ich trage dann einen grauen, wollenen Schal, der nach meiner Großmutter riecht. Ab und zu fliegt ein großer Vogel über mir hinweg. Neulich hatte er eine Maus oder so etwas im Schnabel. Seine Umrisse waren wie aus schwarzem Papier geschnitten, vom Wind über den rötlichen Himmel bewegt. Hätte ich ihm meinen Rauch entgegengepustet, wäre er in meinen Garten gestürzt, vielleicht sogar in den Brunnen. Ich hätte ihn herausholen müssen, und für seine Rettung hätte er mir gedankt, indem er bei mir geblieben wäre. So würde ich jetzt mit einem schönen Vogel auf der rechten Schulter dasitzen und meine Pfeife rauchen. Und mit seinem Schnabel würde er meine Rauchwölkchen in Herzen verwandeln. Nachts dürfte er jagen und seine Freunde im Wald treffen, und tagsüber würde er in meinem Kirschbaum schlafen und ab und zu eine Kirsche essen, wenn er Durst hätte.

Der Himmel veränderte sich von Rotblau zu Dunkelblau. Ich ging vom Fenster zu meinem Sessel und stopfte etwas Tabak in meine Pfeife. Es ist ein Vergnügen, sie in der Hand zu halten. Das werden Sie wissen, lieber Piotr Michailowitsch, denn Sie sind es, der Pfeife raucht. Sosehr ich daran glaube, genauso wird es sein. Ich schaute auf meinen Brief, wie verlegen er dalag, sanft beschienen von der Tischlampe. Ihr Licht ist warm, darum wirkt es rötlich. Oder gelb, wie Sie mir einmal erzählt haben. Erinnern Sie sich daran?

Ich machte die Lampe aus und setzte mich zurück in den Sessel. Ich fing an, das Zimmer mit Rauch zu füllen. Langsam füllte es sich mit Rauch. Es wurde hell. Es roch nach Herbst. Im großen Spiegel raschelte etwas. Aus dem großen Spiegel kam ein Luftzug und ringelte sich schlangenartig um meine Füße – ein Leuchten, noch eines, ein zuckender Blitz, wie eine bläuliche Ader. Es war mir unmöglich, die

Augen vom Spiegel abzuwenden. Ich schloss sie, und ich sah den Spiegel. Ich öffnete sie, und ich sah den Spiegel. Das Leuchten wiederholte sich immer öfter, bis es zu einem schmalen Lichtstreifen wurde. Ich stand nicht auf, ich saß in meinem Sessel, und ich schwebte, ich glitt hinein. Ich schwöre es, Piotr Michailowitsch, plötzlich war ich in diesem Licht verschwunden. Meine Pfeife verbrannte mir fast die rechte Hand, doch ich hielt sie krampfhaft fest, wie mein eigenes Leben. Mit der linken Hand klammerte ich mich an die Sitzpolsterung. Blätter rieselten auf mich. Ihre rauen, brüchigen Körper kratzten in meinem Gesicht. Ich hörte ihr Kratzen, ich hörte ihr Fallen: akkurate Birkenblätter, hauchdünne Goldblättchen, längliche Kastanienblätter, goldene Heringe, sie bedeckten meinen Schoß, ich saß bis zu den Knien darin. Sie mir gegenüber. Laub fiel auf Sie, auf Ihre Schultern, bedeckte Ihren Schoß, streifte Ihre Wangenknochen, die kleinen Falten um Ihre Augen – waren sie blau, waren sie grün, waren sie schwarz? Sie lächelten und Sie schrieben: an mich, an mich, an mich …

Anna Konstantinowna, milaja,

heute träumte ich einen seltsamen Traum: Ich lebte. Schau, Piotr, sagte ich zu mir, du lebst, du bist gar nicht gestorben. Diese Entdeckung machte mich so schwach, dass ich mich hinlegen musste. So lag ich im Traum, eine Hand an das Herz gepresst, und dachte: Das musst du Anna Konstantinowna berichten. Das musst du ihr erzählen!

Als ich aufwachte, läuteten alle Glocken der Stadt. Mein Koffer stand verlegen in der Ecke, mein Hut lag mit dem Gesicht nach unten auf dem Tisch, mein Journalistenausweis lugte aus dem Maul meines roten Passes hervor. Mein restliches ausländisches Geld glitzerte exotisch in der Sonne, wie mir schien. „Es roch nach letzter Reise“, würde der Dichter sagen. Ich trat ans Fenster und steckte meinen Kopf zwischen die Gardinen, um mich von dem Sonntagsläuten durchpeitschen zu lassen, um Gottes Stimme zu kosten, die für den russischen Menschen die süßeste von allen Speisen ist, nicht wahr? Etwas, das ihn dermaßen erfüllt, dass er sich leer vorkommt, unendlich leer, so leer, dass ein Vogel durch ihn hindurch fliegen könnte, und diese Leere verlangt allein nach Gottes Stimme. Wenn Sie mich fragen: ein Teufelskreis.

Es hat geschneit in der Nacht. Von überall lachte mich der Schnee an. Ich zog die Gardinen zu und trat zurück. Mein Herz raste, im Ernst, doch ich ließ nicht zu, dass meine Hand wie eine feige Schlange in seine Nähe kroch. Ich bot ihm die Stirn, sozusagen, ich zeigte ihm, wer der Herr im Haus ist, und es hörte mit dem Unfug sofort auf. Ach, wie froh war ich, Anna Konstantinowna, Schnee in heimatlichen Gefilden! Vor Begeisterung verzählte ich mich beim Zuknöpfen des Mantels, und die Schuhe band ich gar nicht zu. Dafür wickelte ich mir einen wollenen Schal um den Kopf, und ich wusste, ja, ich wusste – ich sehe aus, als hätte ich Zahnweh. Und es stimmte fast! Ich war so froh, so albern war mir zumute. Gerne hätte ich mich auf das Treppengeländer gesetzt, um feierlich daran herunterzurutschen, doch etwas hielt mich davon ab, und raten Sie, was das war … – Es war mein Gleichgewichtssinn! Hurra, auch er lebte! Alles lebte. Die Luft lebte am meisten. „Die Luft war ein Ameisenhaufen", würde der Dichter sagen. Fürwahr, Millionen, wenn nicht Milliarden von Schneeflocken trieben ihr Spiel vor den Augen der Menschen, nur damit sie außer sich waren vor Freude und damit sie nicht wussten, wohin mit sich. Also raste ich so im Innenhof hin und her, geblendet von dem herrlichen Sonntagsgeläut, außer mir vor Freude, ohne zu wissen, wohin mit mir, bis mir mein Blick selbst zu Hilfe kam: Er wies auf den Boden. Ich warf mich sofort hin. Welche Erleichterung das war, Sie können es sich nicht vorstellen – im Schnee liegen, im weißen, weißen Schnee. Über die Farbe kann man sich streiten. Nehmen wir an, er ist weiß. Dazu passt auch, dass ich mir vorkam wie eine Braut, denn wie eine errötende Braut kam ich mir vor, bei Gott! Dabei bin ich ein alter Mann. Ich nahm eine Handvoll Schnee und rieb mir damit das Gesicht ein. Es brannte. Mein Mund brannte, wie bei einem Kuss, wie bei einem Kuss …

Meine Augen weiteten sich. Vom Himmel fielen zarte Gebilde. Welche Ehre, sie fielen auf mich! Sie fielen in meine weit geöffneten Augen. Sie taten mir derart nicht weh, dass es schon wehtat. Ihre Sanftmut kratzte wie ein Husten. „So ist die Liebe", würde der Dichter sagen. Himmelskörper fielen auf mich wie auf etwas ihresgleichen. Dafür könnte man sterben, nur dafür… Um von dieser Leichtigkeit zerrissen zu werden, um von dieser brennenden Liebe durchflutet zu werden, riss ich meine Augen noch weiter auf. Die Hand wollte Halt am Herzen suchen, das Herz wollte weg von seinem warmen Platz. Mein schönstes Ende winkte mir zu, mein Vater, meine Mutter, mein Goldfisch, mein Silberfisch, mein Schwertfisch… Und plötzlich fiel mir etwas ein.

Anna Konstantinowna, hier beginnt die Geschichte. Was mir einfiel, machte die Geschichte so einfach, zum Lachen einfach. Ein gigantisches Wunder, das an sich gar kein Wunder ist, zappelte in meiner Gedankenhand. Ich hielt es fest, oh, wie fest hielt ich es. Ich hielt es mit den Zähnen, mit meinem ganzen Sein, mit meinem Über- und Übersein! Die Formel für das Wunder, das an sich kein Wunder ist, nur für uns, die wir damit so lange lebten, vor unserer Nase, ohne es gebührend wahrzunehmen. Gerne wäre ich aufgesprungen und auf die Bäume geklettert, doch etwas hielt mich davon ab. Raten Sie mal, was das war… Es war mein Feingefühl, das mir sagte: „Nein, Petrow, du bleibst erst einmal hier liegen und denkst ein bisschen über deine Erleuchtung nach. Ruhig, Petrow, ganz ruhig. Iss etwas Schnee!" Ich aß etwas Schnee. „Iss mehr davon, sei nicht so bescheiden, du, du Held!", sagte die innere Stimme. Ich wurde rot.

Gelobt zu werden bin ich nicht gewohnt. Was habe ich in meinem Leben getan, außer zu schreiben? Nur Sauerstoff und Ressourcen verbraucht… Je länger ich mich so genierte, umso mehr glühten meine Wangen, nicht vor Verlegenheit, sondern weil ich langsam, aber sicher und restlos zu meinem Heldentum stand. Hören Sie, Anna Konstantinowna, hören Sie endlich, hören Sie, was mir einfiel.

Während ich im Schnee lag und eine zärtliche Flockenschar in meine Augen hereinflatterte, habe ich wohl vor lauter Entzücken einen halben oder ganzen Herzinfarkt bekommen, und damit kam die Erleuchtung in Form eines wundersamen und sich vor mir entfaltenden Gedankens: Was wäre, wenn ich hier so läge, und plötzlich sähe ich einen 15 Kilometer großen Kometen vom äußersten Rand des Sonnensystems mit 200 000 km/h auf die Erde zurasen? Die Existenz der Menschheit steht auf dem Spiel. Verzweifelte Menschen rennen hin und her, werden verrückt, essen ihre Pässe auf, raufen sich die Haare, kreischen wie am Spieß, springen von Brücken, verscharren sich selbst, ihre Kinder und Enkelkinder, beten. Raketen werden abgeschossen, doch nichts kann den Kometen stoppen, nichts außer dies – und jetzt kommt das Aufregendste: nichts außer einem bloßen Gedanken! Nicht umsonst redet man von der Kraft der Gedanken, dass der Gedanke fliegt, erinnern Sie sich? Gedanken versetzen Berge. Der Berg kommt zum Menschen, weil der Mensch das so will. Das steht in jedem Märchen, in der Bibel, in allen Epen! Ein Gedanke, der keinen Bruchteil der Sekunde an seiner Kraft zweifelt, wird dem Kometen von einem im Schnee liegenden Menschen entgegengeschickt. Zweifelt der Gedanke eine Nanosekunde lang, ist die Mission gescheitert. Behält er jeden Tropfen seines Glaubens, schlägt er ein, und der Komet wird abgelenkt. Was sagen Sie dazu, Anna Konstantinowna?

Ich glaube, nein, ich zweifle keinen Bruchteil einer Nanosekunde daran, dass die Wahrheit auf der Hand liegt. Und sie liegt da schon seit Menschengedenken, so schlicht und einfach, dass unser Verstand sich weigert, sie anzuerkennen. Stattdessen wird sie mystifiziert und mythologisiert, immer weiter, von Generation zu Generation. Wir glauben durch einen Schleier, über dem ein Schleier liegt, und über diesem Schleier liegt wieder ein anderer Schleier. Unser Glaube schmachtet darin wie ein Sultan. Er scheint niemals rein gewesen zu sein, niemals heiß und innig genug. Kein Mönch und keine Nonne waren jemals frei von dem flüchtigsten Zweifel, und genau das nimmt dem Glauben die Höhe und die ganze unerhörte Kraft, von der er träumt. Zweifeln ist menschlich, wird uns gesagt, das macht den Menschen aus. Unsere Zivilisation beruht darauf. Unsere Fähigkeiten und Errungenschaften verdanken wir dem Zweifel. Nur durch den Zweifel haben wir überlebt, denn die Geschwister des Zweifels sind die List und die gute Hoffnung. So verschieden und nützlich sie alle sind, sie sind unbrauchbar für die Heldentat und für das Wunder. Ich kam also zu dem Schluss, dass die Menschheit Jahrtausende damit verbracht hat, die Wahrheit zu verleugnen. Mir wurde klar, dass das Wunder uns näher ist als Arme und Beine. Es ist in uns, das ist die Wahrheit. Helden wurden zu Helden, weil sie diese Wahrheit begriffen und hinnahmen wie die Tatsache, geboren zu sein. Daran zu zweifeln ist physisch unmöglich. Am eigenen Tod zweifelt man ab und zu. Und wenn Sie mich fragen, bin ich mir nicht sicher, ob er zu mir kommt oder nicht, und das heißt, er wird zu mir kommen, weil ich an ihm zweifle. Lange Rede, kurzer Sinn: Mir wurde klar, sollte ein 15 Kilometer großer Komet vom äußersten Rand des Sonnensystems mit 200 000 km/h auf die Erde zurasen, wäre ich der, der ihn mit bloßen Gedanken ablenkt. Anna Konstantinowna, ich bin der Mann.

Liebe Anna Konstantinowna, die Auslegung meiner sensationellen Erkenntnis auf Papier brachte mich etwas aus der Fassung. Ich habe den Tag im Bett verbracht und versucht, gleichmäßig zu atmen. Es wollte mir nicht gelingen. Meine eigenen Worte und ihre gewaltige Bedeutung ließen mich buchstäblich erzittern. Um auf andere Gedanken zu kommen, sang ich den ganzen Tag lang Lieder meiner Kindheit:

Auf den Wiesen dir zu Füßen
viele bunte Blumen grüßen.
In den hellen Silberwellen
tausend munt're Fischlein schnellen.
Auf dem Baume, wie im Traume,
nickt die blau gereifte Pflaume.
Jetzt, o Wunder! wird sie munter,
springt geschwind vom Baum herunter!

Beim Singen denkt man an nichts, auch wenn man das seltsamste Lied der Welt singt. Man kann weder auf andere noch überhaupt auf irgendwelche Gedanken kommen. Das ist gut. Das hat mich beruhigt. Von meinem ausgiebigen Singen wurde ich jedoch etwas heiser. Als ich am nächsten Morgen in die Redaktion kam, musste ich jeden, dem ich im Flur begegnete und den ich sonst mit meinem gewöhnlichen „Morgen“ bedachte, mit einer Verbeugung begrüßen, die durch das Knirschen der Knochen überraschend und exotisch wirkte: das Geräusch einer Schiffsreise, das Geräusch des von der Sonne erhitzten und von allen Wassern gewaschenen Holzes, munterer Wind und die fröhlichen Mienen der Kollegen. Der Kapitän war nach drei Monaten Forschungsaufenthalt in den Alpen endlich zurück im heimatlichen Steppenbüro. „Die Ferne steht Ihnen ins Gesicht geschrieben, Piotr Michailowitsch“, sagte jemand zu mir. Das machte mich nachdenklich, so nachdenklich, dass ich im Stehen zu schnarchen begann. Die Kollegen kehrten auf Zehenspitzen zu ihren Aufgaben zurück, und ich versuchte mich, in diesem nachdenklichen Zustand gefangen, in die Richtung meines Büros zu bewegen. Unterwegs wischte ich mit meiner Jacke über alle Wände, die mir rechter Hand in die Quere kamen, bis zu der Tür mit dem etwas schief hängenden Schild, auf dem steht: „Petrow Piotr Michailowitsch. Ressortleiter Visionen“. Da machte ich Halt. Mein Schnarchen verstummte sofort und rutschte in meinen Fuß, der seinerseits mit aller Wucht gegen die Tür schlug. Sie gab nach, wie im Märchen, und ich trat ein. Was für ein mühsamer Ritt!

Anna Konstantinowna, ob ich Ihnen schon von meinem Büro erzählt habe? In Ihrem Brief haben Sie so wunderschön von Ihrem Zimmer berichtet. Ich sah Ihre Insel, auf der Sie durch die Geschichte der Menschheit fliegen, vor mir. Sie sind so wunderbar, Anna Konstantinowna. Annuschka, milaja, Ihr Brief war so schön, so unwahrscheinlich schön, dass mein Gesicht in Tränen badete … Als Erstes legte ich ihn auf meinen Schreibtisch. Das erfüllte den Raum mit Geist und Würde. Und ich selbst wusste damit sofort um meinen eigenen Platz. Er war hier. Der Boden schwankte nicht mehr. Die Sterne über mir funkelten. Der Wind schmiegte sich sanft an meinen Rücken, stützte mich wie einen greisen Matrosen. Ich setzte mich hin und zündete meine Pfeife an. Der weiße Umschlag Ihres Briefes war die zarte Zauberfeder aus einem Märchen. So streichelte ich ihn auch. „Heilig, heilig, heilig ist der Herr der Heere", wie der Dichter sagt.

„Petrow nach Ankunft sofort zum Chef", stand auf einem Zettel. Der Zettel lag, oh Schreck, auf meinem Tisch, und Petrow war ich selbst. Das muss einem erst einmal klar werden!

Die Pfeife ließ ich im Aschenbecher liegen, so wie sie war, ging hinaus auf den Flur, bog nach rechts, nach links, nach rechts und wieder nach links, bis ich die massive Eichentür des Chefs erreichte. „Direktion und Sekretariat" – ich trat ein. Die etwas üppig gewordene Warwara Stepanowna machte beim Telefonieren ein besorgtes Gesicht. Im Augenblick, wo sie mich eintreten sah, nickte sie mit dem Nicken eines beifallsüchtigen Elefanten. „Das gibt's doch nicht, Liebchen, so ein herzloses Ungeheuer!" sagte Warwara Stepanowna in den Hörer, nachdem sie geräuschlos ein Stück Kuchen verschluckt hatte. Sie gab mir mit den Augen zu verstehen, der Chef sei da: „Dr. der Sensation, Solowjow Dmitrij Panassowitsch. Mit dem Kopf klopfen". Ich klopfte mit der rechten Schläfe und trat ein.

„Na endlich, unser Held! Kein bisschen tot, na, so was! Setz dich, Petrow. Ein Kognak?"

Ich machte den Mund auf, um etwas zu sagen, da blitzten schon zwei Gläser im staubigen Sonnenlicht, um auf dem mit Zeitungsblättern bedeckten Tisch vor meiner Nase zu landen. Den Gläsern folgte im feierlichen Bogen die zittrige, beuhrte Hand des Chefs, die eine Zwei-Sterne-Kognak-Flasche der Marke *Möwe* am Hals hielt wie eine leblose Ente. „Erzähl, Petrow. Zum Wohl." Wir tranken. Ich machte den Mund auf, um meine Erzählung zu beginnen, da landete eine mit marinierten Champignons gefüllte Untertasse vor mir. „Nimm. Erzähl." Ich mochte meinen Chef immer sehr gern. Obwohl er ein Biest ist und mir nicht selten beim Händedrücken auf den Fuß tritt. Und wenn meine Hand dann auf einmal weich wird und meine Augen rund, sagt er: „Konzentriere dich, Petrow! Konzentriere dich auf das Wesentliche!"

Trotz allem mag ich ihn sehr gern, wie gesagt. Ich mag ihn wegen der staubigen Bronzebüste unseres Nationaldichters und Unabhängigkeitskämpfers Schewtschenko, die auf dem staubigen alten Fernseher neben einem staubigen Kaktus steht. Ich mag ihn wegen seines Chefsessels, dieser rührenden Fehlkonstruktion auf vier Rollen. Wegen des Pullovers, der mit der zu kurzen Rückenlehne in langen Jahren geschwisterlich zusammengewachsen ist. Ich mag ihn wegen des grünen Telefons mit den zwei schwarzen Knöpfen auf seinem Schreibtisch und wegen der geheimnisvollen Telefonanlage mit den vielen kleinen Hebeln und dem einen roten Knopf, die hinter seinem Schreibtisch steht und die seit weiß Gott wie vielen Jahren keine Verbindung mehr hat. An manchen Herbsttagen, an denen es früh dunkelt, wird der rote Knopf heimlich gedrückt. Solowjow gibt Anweisungen und erstattet Bericht, erhebt sich von seinem Platz, weil es sich so gehört. Im Sitzen wird über Wichtiges nicht geredet. Wenn kein Besuch droht, wenn er melancholisch wird oder gelangweilt ist oder einfach, um sich die Beine zu vertreten, steht er von seinem Sessel auf. Dabei braucht er sich nur umzudrehen, aber nein, er steht auf und drückt auf den roten Knopf. So stelle ich mir das vor, und so wird es auch sein. Wie kann es anders sein? Alles andere ist ungerecht. Alles andere existiert nicht. Am meisten mag ich Solowjow wegen seiner altmodischen Krawatte mit dem weißlichen Fleck, die er eisern jeden Tag trägt. Ihre Farbe sowie ihr Muster sind an sich unbestimmbar und neben dem Fleck nur mit Mühe wahrnehmbar. Der Fleck stellt alles in den Schatten, er hypnotisiert, er lässt Hypothesen entstehen, Hypothesen über seine Entstehung und seine Herkunft. Er stürzt den Betrachter in die kompliziertesten Gedanken, die ihn sozusagen zum Menschen machen. Man fragt sich, von welcher Suppe oder Soße er wohl stammen mag, wann er in die Welt kam, unter welchen Umständen und so weiter. Vom Fleck geht eine unglaubliche erzieherische Kraft aus, unmerklich für seinen Träger und seine Umgebung.

Manchmal, wenn ich mit meinem Bericht nicht ganz zufrieden bin, obwohl ich ihn doch abgeben muss, klopfe ich kurz mit der Stirn und betrete sein Büro. Solowjow sitzt in seinem Sessel, putzt seine Brille mit einem karierten cremefarbenen Tuch und sagt, ohne den Blick zu heben: „Na, Petrow, müde und voller ach so schwerer Gedanken?! Hol mal die

Gläser vom Regal!" Wenn ich ihm eine exzeptionelle Reportage abliefere, außer Atem vor Begeisterung an seine Tür klopfe (meistens zweimal und mit aller Wucht), höre ich, ohne ihn zu sehen, wie er hinter der Tür murmelt: „Petrow, du Hitzkopf, Gott, hast du mich erschreckt." Dafür mag ich ihn.

Mancher Mensch beurteilt den Baum nach seinen Früchten, und Solowjow erkennt den Menschen an dessen Kopf und Klopfen. Ist das Klopfen hohl, ist der Klopfer nicht in Form. Ist das Klopfen dumpf und entschieden, hat der Klopfer etwas mitzuteilen. Ist das Klopfen hell und ungeduldig oder gar zerstreut, bringt der Klopfer entweder eine sensationelle Botschaft oder eine Flasche mit köstlichem Alkohol. Mich zu erkennen ist nicht schwierig, der verräterischen Glatze wegen, wie Sie sich vorstellen können; genauso wie die weiblichen Besucher, die, der Frisur wegen, nur symbolisch anklopfen oder sich an der Tür reiben, mit der Backe, wie Katzen. Dann steht Solowjow auf, spuckt in die Hand, glättet seine Kosakensträhne, durchschreitet mit zwei Kosakenschritten den Raum, öffnet die Tür, breitet vogelartig seine Arme aus und strahlt: „Herein, herein, Verehrteste! Was führt Sie zu mir? Tee? Kaffee?" Wird um Kaffee gebeten, holt Solowjow lächelnd eine heile Tasse aus seinem Schreibtisch, poliert sie mit seinem karierten Tuch, schaut der Dame dabei innig in die Augen, geht zum Fernseher, neben dem eine Dose steht, öffnet sie und schüttelt nach Augenmaß etwas Pulverkaffee in die Tasse. Dann macht er Wasser heiß und rollt galant mit den Augen. Wenn das Wasser kocht, gießt er es in die Tasse und fragt: „Zucker?" Die Dame nickt, und schon greift er zur Packung, die auch neben dem

Fernseher steht, streut wieder nach Augenmaß etwas Zucker in die Tasse, holt einen Teelöffel aus seiner Jackentasche und rührt gewissenhaft um. Dann klopft er mit dem Löffel ein paar Mal gegen den inneren Tassenrand, wischt ihn an seinem Taschentuch ab, steckt ihn zurück in die Jackentasche und stellt die Tasse vor die Dame. Sich selbst schenkt er ernst und geschäftig etwas Kognak ein. Dabei sehen seine Augen aus, als wären sie geschlossen, als träumte er von einem Kuss, so sieht Solowjow aus. „Erzählen Sie!“, sagt er und trinkt alles in einem Zug aus, ohne mit der Wimper zu zucken. Die Dame erzählt, und Solowjow fängt an zu schwitzen. Mit seiner Krawatte trocknet er in raschen Bewegungen seine Stirn, wenn er sich unbeobachtet glaubt. So stelle ich mir das vor, und so wird es auch sein. Wie kann es anders sein? Alles andere ist ungerecht. Alles andere existiert nicht.

Er begrüßte mich diesmal ohne einen seiner Tricks. Wahrscheinlich vergaß er es in seiner Ungeduld, meinen Bericht zu hören. Die Ungeduld ließ seine Ohren etwas abstehen, und das machte ihn in meinen Augen noch sympathischer. Ich erzählte ihm also von den Bergen, dass sie tatsächlich existieren und im Mai mit Schnee bedeckt sind. Ich erzählte ihm von der Dorfkirche und dem verschneiten Friedhof und den Teelichtern. Er konnte nicht glauben, dass es in der Kirche keine Kerzen gibt, und was ein Teelicht ist, konnte er sich auch nicht denken. Ich bat ihn, sich umzudrehen. „Der rote Knopf, so ein Ding, aber nur aus ungiftigem Stoff, mit Wachs gefüllt und mit einem Docht in der Mitte. Es brennt lange“, fügte ich hinzu und erinnerte mich an meinen eingeschlafenen Arm.

Solowjow war begeistert. „Das bringst du mir mit, wenn du wieder im Westen bist. Bei Stromausfall – ideal, wenn man schläft. Eine ungefährliche Energiequelle!"

Ich öffnete meine Mappe und legte einen Haufen Skizzen und Berechnungen auf den Tisch. In drei geschlagenen Stunden präsentierte ich Solowjow meine Steppen-Berg-Theorie, führte einige praktische Experimente vor. Zum Beispiel legte ich mich auf den Boden und bat ihn, sich neben mich zu legen. Das war selbst für meinen Chef, einen alten Sensationshasen, eine viel versprechende Sache, sodass er sich ohne Kommentar lang machte. Seine Erwartungen wurden auch nicht enttäuscht. Im Liegen erklärte ich ihm die Welt, wie sie sich aus der Sicht der unerhörten Philosophie darstellt, die sich im Laufe meiner alpinen Exilforschung herauskristallisiert hatte. Als ich fertig war, schaute er mir ernst in die Augen, und nach einigen langen Sekunden drückte er mir die Hand. „Heilige Sensation! Petrow, hilf mir auf die Beine, ich rufe sofort im Ministerium an!" So einen Chef habe ich.

Die Art, wie er telefoniert, wenn etwas, wie er findet, wirklich eilt, rührt mich jedes Mal zu Tränen. Solowjow schaut an wichtigen Stellen des Gesprächs in den Hörer und ruft so ganze Sätze in die Sprechmuschel:

„Genau das braucht das Volk in dieser schwierigen und dunklen Zeit!"

„Ich wette mein Glasauge (Holzbein, Gebiss) darauf, das wird einschlagen!"

„Aber, lieber Kollege, seien Sie doch kein Frosch, die Sache ist ernst!"

Oder: „Köpfen Sie mich, wenn Sie wollen!"

Das ist ein Bruchteil seines gewaltigen Repertoires, das auch diesmal am anderen Ende der Leitung auf offene Ohren stieß. „Petrow, du Ungeheuer. Sie werden es drucken, wir haben grünes Licht!“, rief er mir zu, den Hörer immer noch fest umklammernd. „Aber“, fügte er hinzu und legte den Hörer schwungvoll auf die Gabel, „sie wollen etwas mehr Mythologie und eine neue Landschaft – Wüste…“

„Wüste?“

„Ja, Wüste. Denk nach. Und noch was, wie immer: Wenn es nicht einschlägt, Kopf ade. In diesem Sinne, Gott hilf.“

Fröhlich und zu Tode beunruhigt verließ ich Solowjow (Warwara Stepanowna war immer noch im Telefongespräch, wahrscheinlich mit einer anderen Freundin), ging hinaus auf den Flur, bog nach rechts, nach links, nach rechts und wieder nach links, bis ich meine Tür erreichte. Mit einem Anflug von Erstaunen schaute ich auf das Schild und meinen eigenen Namen darüber: „Visionen“. Nach so vielen Jahren bin ich immer noch nicht in der Lage, mich an meinen protzigen Titel zu gewöhnen. Als bescheidener Mensch sticht er mir jedes Mal derart ins Auge, dass ich zu schwitzen beginne. An manchen Tagen renne ich, ohne auf das Schild zu achten, mit geschlossenen Augen einfach so in mein Büro hinein, und es kommt vor, dass es nicht mein Büro ist, sondern ein fremdes oder gar die Damentoilette. Die Kollegen nehmen es mir nicht übel, gottlob! „Der Visionär kommt“, sagen sie im Scherz. Das nehme ich ihnen wiederum nicht übel, aber ich finde es mehr als albern, wenn sie noch hinzufügen: „Deckung!“ Ein Kindergarten, was kann man da noch sagen.

Ich machte die Tür hinter mir zu, setzte mich in den Sessel und zündete die Pfeife wieder an. Dass Sie auch Pfeife rauchen, freut mich außergewöhnlich, liebe Anna Konstantinowna. Wenn wir uns wieder sehen, irgendwann, früher oder später, da werden wir uns auf einen umgefallenen Baum setzen und wie zwei müde Krieger eine Bruderschaftspfeife rauchen. Was meinen Sie? Dann bin ich ein Greis, und Sie werden mit den Jahren nur noch schöner geworden sein …

Liebe Anna Konstantinowna, zur Beruhigung las ich noch einmal Ihren Brief. Ich werde es immer tun. Wenn mein Herz rast, wenn ich schweißgebadet in einer dunklen Ecke liege oder halberfroren in einer Gosse, wenn mir Gefahr droht, wenn mein Leben an einem Faden hängt, werde ich Ihren Brief aus meiner Brusttasche ziehen (denn da ist sein Platz) und ihn noch einmal und noch einmal durchlesen, bis alles wieder gut ist. So ist das.

Wohin gehen, Petrow? Wo gibt es eine Wüste mit Mythologie? In einem riskanten Balanceakt zog ich meinen Weltatlas vom obersten Regal und bemerkte, dass es ein idiotischer Fehler gewesen war, ihn dort oben zu platzieren. Quarzsandwüsten, Steinwüsten, Kieswüsten, Salzwüsten, Eiswüsten, Nebelwüsten, Wüste Gobi, Wüste Sahara, Wüste Tekla-Makan, Wüste Karakum, Wüste Thar, Wüste schieß mich tot! Die Namen machten mir alle Angst. Sie klangen nach schwarzem Mann, nach Monster, nach Fata Morgana. Wenn man sich überlegt, dass eine Fata Morgana in Wirklichkeit ein Wunderwerk aus Licht ist! Die Angst lässt zwar etwas nach, aber der Verstand legt einem sofort nahe, sich vorzustellen, dass sie einem in einer kargen Landschaft ohne Wasser erscheint, dass man noch einen langen Marsch vor sich hat, dass die Richtung vermutlich falsch ist und dass seine Stunden gezählt sind. Allein davon standen mir die paar Haare, die ich habe, zu Berge.

Ich blätterte weiter. Dornsteppen, Halbwüsten, Wüsten, Oasen ... Warum haben Menschen sich auf warme Farbtöne geeinigt, um heiße und trockene Regionen zu markieren? Nur weil Sand und Staub und Sonne uns gelblich erscheinen? Eine simple und philosophieleere Lösung, aber bitte schön. Wenn man sich überlegt, dass wir den Himmel blau nennen, nur weil Luftmoleküle das Licht am intensivsten am blauen Ende des Spektrums streuen! Daran sieht man, wie gerne der Mensch alles vereinfacht, wider besseres Wissen, wie gerne er sich schont, auch wenn er damit seine geistige Entwicklung freiwillig bremst, seit Jahrtausenden schon, obwohl er technisch vergleichsweise überentwickelt ist. Ich kann es nicht mehr hören: *blauer* Himmel, *roter* Sonnenuntergang ... Und *graue* Wolken, das ist überhaupt das Letzte! Eines der interessantesten Phänomene der Schöpfung grau einzufärben, nur weil man die Sonne schmerzlich vermisst: wolkengrau, grauer Tag ... Dabei schillert die Wolke in allen Farben und Wellenlängen, in Weiß, in einer Mischung des gesamten Farbspektrums! Als denkendes Geschöpf darf man sich nicht täuschen lassen. Wir kennen die Wahrheit. Wozu geht man denn in die Schule, jahrelang, wie ein Verdammter, möchte ich wissen. Denken Sie nur an Ihren Schlaumeier von Schüler, der Raumschiffingenieur werden möchte, an diese feige, fantasielose und trockene Seele! Das würde doch gut zu ihm passen, wie die Scheuklappen zu einem Pferd.

Wenn der Himmel mit Wolken bedeckt ist, wenn ich öffentliche Verkehrsmittel benutze und mir ein Gespräch über das Wetter droht, sage ich Folgendes: „Filigraner Tag heute, diese strahlenden Farben tun einem richtig gut, nicht wahr?“ Und daran wird sich nichts ändern, auch unter Folter und bei Androhung der Todesstrafe nicht, bis der Tod mich holt. Denn ich bin ein Kämpfer, Anna Konstantinowna, ein Kämpfer für die Wahrheit.

Ich blätterte. Asien, Eurasien, Turan, Alter Orient… Mesopotamien – zwischen zwei Flüssen eingeklemmt sah die Wiege der Zivilisation recht erbärmlich aus, winzig. Sumerische Dornsteppen und Halbwüsten in dem Land, wo einem gerade Bomben um die Ohren fliegen. „Genau dahin musst du fahren, Petrow!“ sagte die Stimme.

„In die Pampa?“

„Nein, Petrow, in die Steppe des Königs von Uruk. Du hast doch dieses Buch gelesen. Und du hast so bitterlich geweint, weil der Held, genau wie du, nicht sterben wollte. Erinnere dich, Petrow!“ Ich erinnerte mich, Gilgamesch hieß der König. „Ja, Petrow“, sagte die Stimme, „du wirst dich als Frau verkleiden. Petrow, schwarze Kleider wirst du tragen und einen Schleier. Du fährst nach Bagdad, in die Stadt von Tausendundeiner Nacht. Dann fährst du mit der Bahn nach Samawa, wo es eine große Zementfabrik gibt. Von dort aus fährst du mit einem robusten Auto in die Ruinenstadt Uruk und machst einen Spaziergang auf dem Friedhof der Erinnerung. Es wird ein Wunder geschehen, Petrow. Schau nicht so blöd!“

Ich machte ein nettes Gesicht. Die Stimme hatte Recht. Wohin sonst, wenn nicht nach Uruk…

Anna Konstantinowna, moja dorogaja, ich schreibe Ihnen aus dem Land, wo Euphrat und Tigris den Augen einer Göttin entspringen. Den Brief, den ich angefangen habe, habe ich mitgenommen, und auch genügend Papier und Tinte. Ich verspreche Ihnen, dieser Brief wird lang, er wird noch länger als die dreißig Gramm vom letzten Mal. Denn es wird einiges geschehen, meine alte Nase wittert Unglaubliches, Anna Konstantinowna. Obwohl ich verschleiert bin, rieche ich die Welt um mich noch schärfer als zuvor, und es ist eine wundervolle Welt. Nicht umsonst werde ich Visionär genannt. Mitten im Elend blüht mir ein Märchen. „In jedem Märchen steckt ein Stückchen Wahrheit", sagt man. Nun, ich finde, man sollte besser sagen: „In jeder Wahrheit steckt ein Stückchen Märchen." Hier wird einem das sofort klar – Bagdad.

Die vierzig Räuber haben sich inzwischen gewaltig vermehrt. Man sieht sie hier und da, auf Bäume und Häuser klettern, von Dächern auf Passanten herunterspringen. Einige geben sich als Polizisten aus, wieder einige spielen Verbrecher. Ich bin eigentlich froh, hier eine Frau zu sein. Unter dem Schleier fühlt man sich etwas aufgehoben. Ich lese das Märchen dieser Welt mit meiner Nase, und es riecht mitnichten nach der romantischen Exotik des 19. Jahrhunderts. Vom süßen Flattern durchsichtiger Kleider, von Säbelschluckern keine Spur. Wie in keiner Ecke der Welt, wo ich bisher gewesen bin, riecht es hier nach Wahrheit und dem Stückchen Märchen darin. Die Wahrheit ist der dreckige Fuchs, und das Märchen ist die rechte Hinterpfote aus purem Gold. Er flitzt durch die Marktreihen, setzt das Elend in Flammen. Ob ich der Einzige bin, der das sieht? Vielleicht schon, denn immerhin bin ich Visionär. Das ist mein Beruf, meine Berufung, wenn Sie möchten.

Dass die Wüsten und Dornsteppen, die hier die Stadt umspülen wie ein brandendes Meer, sich von den Bergen in keiner Weise unterscheiden, wurde mir beim Korkenzieheranflug auf Bagdad sofort klar: Gebirge, die bekanntlich bei der Kollision von Teilen der Erdkruste entstehen und im Lauf der Zeit viele Kilometer emporwachsen, sind der Verwitterung ausgesetzt. Die Erosion nagt an jedem Berg der Welt, sodass er, der stolze Riese, eines Tages eingeebnet sein wird. Also ist alles flach, flach und unendlich. Wüste, Steppe, Berg. Morgen ist heute, und gestern war morgen.

So, an diesem Gedanken werde ich wie besessen arbeiten, während ich langsam ins Landesinnere vordringe. Ich werde Sie auf dem Laufenden halten, als meine ferne, unerreichbare Königin. Verzeihen Sie, und erlauben Sie mir in Gottes Namen diesen Titel.

Meine liebe Anna Konstantinowna, heute ist mein zweiter Tag im alten Orient. Ich bin im Hotel *Ischtar* untergebracht. Welch ein Name! Die meisten Journalisten haben hier ihr Quartier, und ich habe mich schon mit einigen von ihnen über die Lage der Dinge unterhalten. Als moderner Mensch kann man unterschiedlich auf die Dinge schauen: direkt, durch sie hindurch oder mit einem Auge, wohl wissend, dass es immer noch eine andere, uns unverständliche und fremde Art gibt, die Dinge anzuschauen. Was sie hier alle tun, ist mir unklar. Jedenfalls scheinen sie gerne zur Seite zu schauen. Kaum betrat ich in meiner Fatimah-Montur den Frühstücksraum, drehten sie sich alle weg. Auch mit rudernden Bewegungen konnte ich ihre journalistische Aufmerksamkeit nicht gewinnen. Erst als ich Begrüßungen in sieben Sprachen durch den Raum rief, fielen einige scheue Blicke auf mich, ausgerechnet von Amerikanern. Ohne zu zögern setzte ich mich an ihren Tisch. Ich stellte mich vor: „Piotr Michailowitsch Petrow, ukrainischer Staatsbürger. Kornkammer Europas." Nicht ohne falschen Stolz sagte ich das. Mein Magen knurrte unter den vielen schwarzen Kleidern, ich schlug den Schleier zurück und fing an, mir ein Honigbrot zu schmieren. Jetzt schauten sie alle nur auf mich. Mehrere Fliegen kämpften in der Stille verbissen gegen eine Fensterscheibe, doch sie gab weder auf noch nach. Dreiundzwanzig Bomben hätten in diesem Augenblick einschlagen können, die anderen Gäste hätten sich von ihren Plätzen nicht gerührt. Ein Schwarm winziger Fragezeichen schwebte im Raum. Als wohlerzogener Mensch erhob ich mich von meinem Stuhl und erklärte, dass es sich um ein Forschungsprojekt des ukrainischen Staates handelte. Die Atmosphäre belebte sich sofort, Tassen klirrten – wie der Dichter sagt: „Ein Herz fiel ihnen vom Stein." Die Ukraine, ja, ja, am Rande Europas, ja, Kleinrussland, Christen, Schwarzerde, schwarzhaarige Schönheiten … Wort um Wort zog das Nebelbild unserer Heimat im fernen orientalischen Land herauf. Das muntere Raunen drehte sich um nichts anderes mehr. Als ein polnischer Kollege sich von seinem Platz erhob und ein Glas Saft auf die Ukraine trank, füllten sich meine Augen mit Tränen. „Na Ukrainu!“, sagte er und zwinkerte mir mit seinem gelben Schnurrbart zu. Ich schlug den Blick nieder, und eine dicke Träne rollte mir rasch über die Nase. Wie schnell das geht.

Nach dem Frühstück wandte ich mich an die Rezeption mit der Bitte, jemanden in Bagdad ausfindig zu machen, der eine der europäischen Sprachen spricht und bereit wäre, mir für einen großzügigen, vom ukrainischen Staat subventionierten Tageslohn Begleitdienste zu erweisen. Ein junger Kellner mit dem Märchennamen Ali, der dem Gespräch beiwohnte, meldete sich schüchtern, den Blick mehr auf den bärtigen Rezeptionisten gerichtet als auf mich.

„Sie müssen uns für die Arbeitskraft zahlen“, sagte der und richtete den Blick mehr auf den Kellner als auf mich.

„Sehr gerne. Ich bräuchte noch einen robusten Wagen, mit dem ich eine Fahrt durch die karge Steppe unternehmen kann“, sagte ich, den Blick in die Ferne gerichtet.

„Sie können den Lebensmittellieferwagen des Hotels haben, für vier Tage. Dafür müssen Sie natürlich auch zahlen“, sagte der Rezeptionist und schaute mir direkt ins Gesicht. Ich nickte.

Ich nickte noch einmal und noch einmal. Ich nickte nach alter Gewohnheit, bis es mir und den anderen schwindlig wurde. Ich lachte. Ich lachte heimlich. Ich lachte tief in meinem Inneren. Meine Brust füllte sich mit Lachen, das Lachen erhob mich, ließ mich steigen. Über dem Rezeptionstisch stieg ich auf, über dem Hotelgebäude, über der geteilten Stadt und ihrer Stadtmauer, über dem Land, das kein Land ist, über dem Schatten des Geistes eines fernen Landes, dessen Ruhm längst erloschen ist, auf dessen Erbe unsere Welt ruht wie eine Schildkröte auf einem Elefantenrücken. Ich stieg auf über der Wiege der Zivilisation, die Keilschrift, Karawanen mit Tonwaren, versiegelt mit dem ersten geschriebenen Wortbild. Ich stieg auf über den fünftausend Jahren, die diesen Tag von jenem Tag trennen, von dem Tag, an dem die Zukunft in fünftausend Jahren unvorstellbar fern liegt. Eine lange Zeit, ein Wimpernschlag. Ich stieg auf über den Propheten, über den alten Göttern, den guten und zornigen, über den Opferfesten, über den Gebeten der Bittenden, über sanften Menschen, über traurigen Menschen, über liebeskranken Männern, über Frauen, die wie Mädchen in die Hände klatschen, über zahnlosen Alten, die verlegen lächeln, über die Märchen, die sie erzählen, über ihre sehnigen Finger in der Luft. Ich stieg auf über dem Hunger, der den Menschen verzehrt und antreibt, über dem Hunger, der nicht zu stillen ist, über dem Hunger nach Leben, über der Angst vor dem Tod. Ich verneigte mich davor. In ging davor in die Knie. In die tiefste Erde versank ich in tiefster Ehrerbietung. Gilgamesch, König von Uruk, der siegreiche Held, der nicht sterben wollte und doch starb – sein Denken durchdrang mich, sein Lachen war es, das mich erhob. Tausendfach erlangte er Unsterblichkeit, indem ich in dieser Sekunde an ihn dachte, von ihm gedacht, er in mir, in jedem anderen. Der Gedanke, die Lichtgeschwindigkeit selbst, unfassbar und näher als die eigene Haut.

So stand ich da und lachte in der geheimsten Tiefe meiner selbst. Eine Reise stand mir bevor, Anna Konstantinowna, eine ferne, sehr ferne Reise, der nichts, nicht einmal der Tod, im Wege stand. Wunder wollten geschehen. Ihr Vorgeschmack war bitter, aber selbst das Bitterste könnte mich nicht abschrecken, Anna Konstantinowna, denn ich kenne es ja. Auch ich trage seinen Stachel in mir.

– *Rede, mein Freund! Rede, mein Freund! Das Gesetz der Erde, die du sahst, verkünde mir jetzt!*
– *Ich kann es dir nicht sagen, Freund, ich kann es dir nicht sagen. Künde ich dir das Gesetz der Erde, die ich schaute, so wirst du dich hinsetzen und weinen.*
– *So will ich mich hinsetzen alle Tage und weinen!*

Piotr Michailowitsch, lieber Freund,

Es gibt keine Wahrheit, außer man sucht sie.

Haben Sie Dank für Ihren Brief. Haben Sie Dank für Ihre Güte, Milde, für Ihr Feuer. Verzeihen Sie mir diesen Ausdruck, aber ich bete Sie an. Es soll keine Sünde sein, etwas mit derselben Innigkeit zu verherrlichen wie den Schöpfer, denn alles ist von Ihm durchströmt. Ich kenne keinen lebenden Menschen Ihresgleichen und werde keinen kennen. Damit bekenne ich mich zu Ihnen, zu dem Großen, das Sie erfüllt, und nicht weniger zu diesem bisschen Sie, das Sie wirklich sind, das wirklich Ihnen gehört.

Ich sehe Sie so wie Sie mich sehen. Hier im Dunkel des Raums leuchten Ihre Taten und Leiden, die kommenden, die gegenwärtigen. Ich sehe Sie auf mich schauen, wie ich, an meinem Schreibtisch sitzend, in meinen bescheidenen Träumen die Welt durcheile. Ob Sie ahnen, dass ich Sie durchschaue? Dass Ihr Wort, das Gottes Wort ist, mich erreicht, dass Ihr Lied schon überall ist? Ja, Piotr Michailowitsch, Sie sind der Mann, Sie haben das Wort, und darauf wird ein Reich erbaut werden.

Nachdem ich Ihren letzten Brief durchgelesen hatte, tränenüberströmt und im Herzen jubelnd, wurde mir auf einmal klar, dass ich nicht umsonst all diese langen Jahre gelebt hatte. Ich hatte gelebt, um dies zu begreifen: Das Leben, das wir leben, ist nicht unseres. Unser Leben ist uns immer voraus, in einem vollendeteren, weiseren Körper. Vielleicht leben wir für jemanden, der hinter uns ist, sodass unser ganzes Tun und Treiben aus sich berührenden Linien besteht. Vielleicht lebe ich, damit Ihnen durch mich ein Zeichen geschickt wird, ein Ermunterungsgruß von jemandem, der auf halbem Wege stehen bleiben musste, der etwas nicht schaffte, dem ein einziger Gedanke fehlte. Und nun bin ich da, und ich darf Sie kennen und Ihnen versichern: Alles ist richtig und gut, Ihr Weg und jeder Schritt, den Sie tun.

Als ich als kleines Mädchen einmal am Meer war und den Fischern bei der Arbeit zusehen durfte, wie sie ihre Netze auswarfen, in der Sonne gedörrtes Obst, ihre braunen Arme, die den Netzen hinterher zu fliegen schienen, da fand ich mich mit etwas ab, wovon ich damals wenig Ahnung hatte: mit dem Begriff des Schicksals. Beute oder Jäger zu sein, das war in meinen Kinderaugen dasselbe. Das fliegende Netz und die ihm folgenden Blicke, das Wissen um das Ende, um seine Natürlichkeit, seine Notwendigkeit und um den in ihm eingeschlossenen Kreis, von der Beute aus oder vom Jäger aus – das machte alles eins. Jetzt weiß ich: So wie unser Leben nicht unseres ist, ist unser Schicksal niemals eindeutig, es ist immer mit seinem Gegenteil verbunden. Sich selbst zu lieben, heißt darum auch, seinen Feind zu lieben. Alles ist ein Netz, alles wird von allem berührt, aufgeladen, und so besteht die Welt aus funkelnder Liebe. Das Böse ist gut. Das Gute ist nichts als das gezügelte Böse.

Ja, Piotr Michailowitsch, die Wahrheit ist so einfach, sie liegt seit Menschengedenken auf der Hand, wie Sie sagten. Alle großen Schriften, die Sagen, die

Bibel selbst enthalten dieses Einfachste, den Funken, der dadurch entsteht, dass die Netzfäden aneinander reiben, die Schicksalslinien. Der Feind ist der Freund. Rechte Wange, linke Wange. Zwillinge. Die Pole reichen einander die Hand. So wie Sie spüre ich, dass der Mensch etwas vergessen hat. Alle Entdeckungen, Erfindungen waren nur verzweifelte Versuche, sich an den vergessenen Traum zu erinnern, diesen Traum heraufzubeschwören. Im Fernen haben wir das Nahe gesucht.

Ich werde Ihnen schreiben, mein Lieber; ob Sie Zeit haben, mir zu antworten, oder nicht, ich werde Ihnen schreiben, damit mein Gruß Sie immer wieder erreicht. Ich werde Ihnen erzählen, was ich am Tage sah, was ich im Traum schaute, jede Kleinigkeit, jeden Gedanken, der sich in meinem Frauenhirn regt. Sie werden mich hören, lieber Piotr Michailowitsch, mich – alles, was durch mich zu Ihnen spricht, und das wahre bisschen Ich, das in Verlegenheit schwelgt und leise Ihr Lied wiederholt. Von Ihrem Reich träumt es mir am Tage und des Nachts. Von Ihnen will ich niemals weichen. Ein bleicher Wurm, das bin ich neben Ihnen, ich bestehe darauf. Ich bestehe darauf, Sie zu lieben, bevor Sie mich lieben. Nicht mehr, nicht weniger. Ich bestehe darauf, Sie zu umfassen, Ihr Blut in den Adern, Ihr Zittern in den Knien, Ihre Kindheit, in der alles Große noch klein war. Von da aus will ich anfangen, Sie zu umfassen.

Einsamer Held, mein lieber Piotr Michailowitsch, fürchten Sie sich vor nichts. Schauen Sie, hier ist Herbst. Mein Auge freut sich, mein Fuß freut sich. Man schreitet über raschelndes Gold. Die Hunde der

Jäger wühlen mit Wonne darin, buddeln nach Mäusen. Mäuse wärmen ihre Glieder, die Farbe erscheint uns warm, warm und tröstlich. Sie müssen mir Recht geben: Nichts ist tröstlicher als ein Abschied, und jeder Abschied birgt Hoffnung. Man lässt das Leben los, denn es ist unnatürlich zu halten, was zum Leben gehört, und siehe da: Im Loslassen wird man selbst gehalten, durch jedes im Wind treibende Blatt, jeden Regentropfen, jede Bewegung eines unter Schneeschichten schlafenden Tiers. Netze werden über uns geworfen, unsichtbare Fäden, in denen Jäger und Beute verschmelzen, in denen Liebe pocht. Unter uns. Hier. Jederzeit. Fürchten Sie sich nicht, mein Lieber. Und fürchten Sie sich nicht, sich zu fürchten. Mein guter, lieber Freund.

Was Sie jetzt wohl tun, jetzt, wo ich meine Pfeife anzünde? Vielleicht rauchen Sie Ihre auch, mit den Augen die Dunkelheit Ihres Hotelzimmers oder einer sumerischen Nacht betastend. Vielleicht knirscht Sand, Wüstensand zwischen Ihren Zähnen, wenn Sie meiner in Stille gedenken. Dass Sie sich in Bagdad als Frau verkleidet haben, kann ich nur begrüßen. Gerne würde ich Sie durch Ihren Schleier küssen. Darf ich das sagen? Ob Sie erröten würden? Ob Sie dabei erröten würden? Ob ich dann Ihre Röte für meine eigene halten würde? Ich will es nicht wissen, nur mich wundern, mein schönster Zeitvertreib, mein einziger. Alle Zeit ist mit Ihrer Zeit ausgefüllt. Ich beobachte die Sonne, wie sie über den Himmel wandert, hinab in ihr Erdloch, und ich weiß: Ein Tag ist vergangen, und ich habe ihn mit Ihnen geteilt, so fern Sie auch sein mögen. Ich denke mir dann: Der Tag führte uns beide zusammen, und ein neuer wird es wieder und wieder tun, bis einer von uns vom Buckel der Erde abrutscht. Aber auch dann werden wir nicht getrennt sein. Etwas wird dafür sorgen.

Heute war ein Messerschleifer im Dorf. Als er an meinem Haus vorbeiging, bellte sein Hund dreimal durch das Tor. Als hätte er ihm diesen Weckruf beigebracht, seinem räudigen Partner und Freund. Der alte Mann. Ich trat hinaus und reichte ihm das einzige Küchenmesser, das ich besitze. Meine Mutter hatte es mir zu einem verregneten Osterfest geschenkt, in der Hoffnung, mich damit zu einer anständigen Köchin zu machen. Ihre Hoffnung wurde enttäuscht, das Messer jedoch ist oft im Einsatz, wenn auch für andere Zwecke. Bleistifte spitzen, Stiefel sauber machen, Gartenbäume von Schlingpflanzen befreien und Pilze köpfen. „Das Messer ist ja völlig in Ordnung, scharf wie eine Mädchenzunge.“ Ich bestand darauf, dass es trotzdem geschliffen wurde. „Bitte“, sagte ich. Es war schön, wie sich das Messer in diese ehrliche braune Hand legte, langsam und sanft, als hätte es zu ihr gehört, als wäre es ein Finger gewesen. Einmal im Jahr legte es sich in diese Hand, einmal im Jahr war ich für einen kurzen Augenblick verzaubert, wie schön es sich in diese Hand schmiegte, wie richtig und gut es sich fügte. Die Ordnung der Welt stellte sich dadurch her. Der Hund schaute zu, streckte die Zunge heraus, um besser zu sehen. Ich streichelte seinen kleinen Schädel, während mein Messer heulte. Wenn man nur wüsste, ob es lacht, weil es gekitzelt wird, oder ob es vielleicht hustet, weil es in seinem Hals kratzt. Jedenfalls müssen auch Dinge leiden für die Gerechtigkeit, für die Ordnung und das Gleichgewicht in der Welt.

Ich gehe immer noch regelmäßig im Wald spazieren. Dabei stelle ich mir gerne vor, dass mich eine meiner vielen Anna Konstantinownas heimlich unter der Erde begleitet. Unsere Füße berühren sich, Sohle an Sohle, der Schatten weist uns den Weg, immer geradeaus. Die weiße Sonne hier und die schwarze Sonne da schubsen uns leicht. Unten wachsen Bäume wie oben, aber die Wolken, die sie kitzeln, sind aus Feuer. Diese Bäume kennen weder Schmerz noch Angst. Sie werden von Blitzen durchbohrt. In den Stämmen sieht man dann für einige Sekunden die Toten, die Versteck spielen, ihre lachenden oder vielleicht schreienden Münder. Ich kann das nicht erklären, und ich muss es auch nicht. Während ich an unserem dreckigen Flüsschen entlang nach Hause gehe, denke ich über irgendetwas nach. Ohne über irgendetwas nachzudenken, kann man wohl nicht gehen. Stehen sowieso nicht, und Sitzen lädt schon allein vom Wortklang zum Grübeln ein: „Er setzte sich und wurde nachdenklich. Dabei fiel ihm ein Kirschkern aus dem Mund, von der Farbe einem Zahn nicht unähnlich.“ Und so fängt das an. Freilich sind es meistens luftige Gedanken, albernes Gewimmel. Gestern jedoch wurde ich auf dem Heimweg von Gedanken anderer Art überfallen. Sie drangen in das ein, was ich Ich nenne, als ich die Dorfkirche erreichte. Vermutlich passierte eine meiner Annuschkas in diesem Moment die dicht untereinander gestapelten Gräber, in denen Licht brannte, während man gerade zu Abend aß. Ich schaute zu Boden, er war bedeckt mit schönen nassen Blättern. Ich blickte auf, und plötzlich hatte ich das Gefühl, wie zum ersten Mal auf die Bäume und die Bauernhäuser zu schauen. Ich dachte, die Welt wimmelt von Geistern. Ob es diese Bäume und Häuser überhaupt gibt? Oder wandere ich in Wirklichkeit durch eine öde Landschaft oder gar ein Urzeitmeer? Vielleicht bewegt sich der Mensch in mehreren Sphären gleichzeitig. Sie sind da, und nur unserem Unglauben haben wir es zu verdanken, dass wir nicht gegen Bäume und Felsen rennen. So ist es auch mit dem Wanderer, der durch eine Fata Morgana spaziert und sich sagt, es sei nur eine Lichttäuschung. Aber! Welch eine Pracht könnte sich ihm da eröffnen, wenn er mit derselben unbeirrbaren Kraft, mit der er weiß, an andere Sphären glaubt!

Mit diesen Gedanken erreichte ich mein Haus. Das Tor winselte auf, als ich es öffnete und hinter mir schloss. Das spart einen Wachhund. Wissen Sie, was ich glaube, Piotr Michailowitsch? Ich glaube, die Stimme meines Tors spricht sanfter zu mir als zu meinen seltenen Besuchern. Mir scheint, wenn ein Fremder es anfasst, erhebt es seine eiserne Stimme. Ja, das alte Tor will mir gefallen. Es will mir dienen bis in alle Ewigkeit, der treue Husar. Ich könnte heulen deswegen und es mit meinen Tränen ölen. Diese Treue, wie kostbar! Wie glücklich ich bin unter all den Dingen, die mich lieben! Meine Türschwelle zum Beispiel. Noch nie habe ich mir meinen Kopf daran angeschlagen, zum Unterschied von Goriunowa, meiner Nachbarin, die mich gerne unter der Woche besucht, um mich vor dem Hungertod zu retten, wie sie sagt. Kleinwüchsig, wie sie ist, könnte sie getrost durch die Tür gehen, ohne sich zu ducken wie ich. Das tut sie auch. Ohne sich zu ducken, geht sie durch meine Tür, und meine Türschwelle begrüßt sie jedes Mal mit einem leichten Tritt, wohl wissend, dass es keinen Sinn hat, sich dagegen zu verwahren. Ihr Chef, von dem Sie mir so herrlich erzählt haben, wäre entzückt, wenn meine Goriunowa mit ihrem schweren Bauernkopf bei ihm anklopfen würde. Er, der jeden am Klopfen erkennt (das Geschlecht ist ja wohl das Mindeste), wüsste zum ersten Mal in seinem Leben nicht, wer hinter der Tür steht. Ein wildes Tier, eine phantastische Kreatur, ein Kentaur?

Im Grunde habe ich nichts gegen das Wissen, aber manchmal scheint es mir besser, der Ahnende oder gar der Ratlose zu sein, sich in Möglichkeiten zu verlieren, sich fallen zu lassen, denn niemand fällt, der noch fliegt. Übrigens, wenn Ihr Chef ledig ist, könnte ich ihm meine Goriunowa vorbeischicken. Sie ist herzensgut und kocht auch nicht schlecht. Zum Unterschied von mir. Wie sie sagt, bin ich im Kern faul. Ich antworte ihr darauf, ich esse lieber vom Baum. Was die Natur auf ihrer Hand mir entgegenreicht, das lecke ich mit meiner pelzigen Zunge weg. Die Zeit, die ich mit Gemüseputzen, Schälen und Kochen vergeuden würde, verbringe ich meistens im Gespräch mit der Natur, mit dem Kosmos, mit Gott. Im Garten oder an meinem Schreibtisch, auf dem ich durch die Geschichte der Menschheit fliege. Das kann ich Goriunowa gar nicht sagen, weil sie sehr empfindlich ist in philosophischen Dingen. Wenn ich zum Beispiel „Baumkrone" sage, drückt sie ein Auge zu. Und wenn ich „Wolkengebirge" sage, zupft sie ihr Kopftuch zurecht, als wäre ihr eine Handvoll Schnee auf den Kopf gefallen. Rührend sieht sie aus mit ihren rötlichen Augäpfeln und ihren unsichtbaren Wimpern.

„Du, Konstantinowna, was hast du für ein Glück mit deinem Haar! Leih mir ein bisschen davon!“, scherzt sie manchmal. Gestern Abend kam sie mit einem Zwei-Liter-Glasgefäß voll Birkensaft vorbei. Damit macht sie mir jedes Mal eine Freude. Kaum sehe ich sie über die Türschwelle stolpern, das schimmernde Glas in ihren erdfarbenen Händen, möchte ich klatschen. Ich umarme sie. Als Kleinere drückt sie mir dabei das Gesicht an die Brust. Ich rieche das Gespenst der Kernseife in ihrem Haar und zeige ihr mit allem, was zu mir gehört, wie sehr ich mich freue. So heftig, wie ich es tue, tut sie, als ob sie es nicht bemerken würde. Damit verhindert sie, dass wir beide vor Rührung in Tränen ausbrechen. Sie sagt: „Konstantinowna, hast du einen Pilz verschluckt oder ist dein Blutdruck zu hoch?“ Dann setzen wir uns an den Ofen und trinken Birkensaft. Jede von uns erinnert sich schweigend an den von Birken gesäumten Schulweg, den wir als Kinder immer getrennt gegangen sind, sie zwanzig Schritte vor mir, mich im Rücken wissend. Damals konnten wir einander nicht leiden. Ich habe gestottert, sie sang im Dorfchor, mir fielen ungespitzte Stifte aus dem Schulranzen, sie war die Ordnung selbst. Ihr Kragen stand immer steif, so dreckig war er.

In der Schule saß sie immer ganz vorne, links am Fenster, und hatte einen fantastischen Blick auf das Birkenwäldchen. Ich hingegen musste mich als die schlechteste Schülerin mit der letzten Bank in der gegenüberliegenden Ecke begnügen. In der Mittagspause ritzte sie mit ihrem Hausschlüssel ganze Sätze in die Birken im Schulhof: „Heiliger Nikolai, lass mich bitte die Schönste in meiner Klasse sein und noch 10 Zentimeter in die Höhe wachsen!" „Mit uns ist die himmlische Schar!" Oder: „Wer glaubt, gewinnt." Klein ist Goriunowa bis heute geblieben, wohl aus Versehen in die Breite gewachsen, und an Schönheit mangelt es ihr so sehr wie am wahren christlichen Glauben, den sie in langen Jahren durch einen ausgeprägten Aberglauben ersetzt hat. Aber was soll man tun als russischer Mensch in den Klauen der wilden Natur?

Der Mensch ist gut, Piotr Michailowitsch. Das werde ich immerzu sagen, auch wenn mir der Kopf vom Rumpf abgetrennt wird, werde ich es zu meinem Henker sagen: „Du bist gut, Freund!", und kein Muskel meines und seines Gesichts wird sich dann zum Lächeln spannen. Auch so wird das Gute zum Blühen gebracht. So wandere ich auf dieser Welt, Piotr Michailowitsch; und würden Sie sich eines Tages als mein Henker erweisen, würde ich Ihnen reinen Herzens die Hand küssen, damit ein kostbares Zögern Sie im letzten Moment durchfährt, damit es Ihren Arm hinauf kriecht bis zur Schulter und Ihnen dann zu Kopf steigt wie Wein, und wir werden tanzen, tanzen auf den Leichen unserer selbst, auf den Köpfen unserer selbst, die Wolken berührend. So viel Glauben habe ich an die Liebe, an die Schöpfung. Das ahnen die Nachbarn, ohne zu wissen, worum es geht. Sie riechen den Wald, die feuchte Erdenmutter, die süßliche Verwesung, die eiskalte Auferstehung. Sie wittern das Wunder hinter meinen Gardinen, meinen zu wachsamen Augen unsichtbare, unfassbare Heiligtümer. Ohne mich je gefragt zu haben, ahnen sie, was ich liebe: den Herbst, Nebel, Teiche gefüllt mit Kastanien, dem Plätschergeräusch und der geballten Erinnerung an alle Kastanienherbste, an die sich ein Teich erinnern kann. Die Liebe zu bestimmten Dingen kann ein scheinbar grob gestrickter Bauer an seinem Mitmenschen übrigens eher erkennen als ein geschwätziger Humanist, der die Hand einer Frau beim Handkuss nicht einmal mit dem Schnurrbart berührt. Dabei muss er sie berühren. Sein Mund sei auf die Frauenhand gepresst wie ein Stempel auf den Brief. Nur so geht das. Wenn man etwas tut, dann richtig. Sonst entgleist die Welt. Auch an solchen Kleinigkeiten. Erst recht daran.

„Eiserner Wille“, sagte Goriunowa zu mir, als ich gestern immer wieder aufs Neue versuchte, den Deckel des Birkensaftglases aufzudrehen. Langsam wurde es Nacht. „Gib doch auf!“ Als ihre Hand schon dazu ansetzte, resigniert abzuwinken, ging der Deckel auf. Die Hand legte sich wuchtig auf meine Schulter. Goriunowa war kräftig wie ein Bulle, wenn sie sich freute. „Ölen wir unsere Kehlen!“, sagte sie, und so taten wir es auch. Langsam kamen die Sternlein aus ihren Höhlen, zündeten ihre Lichter an, begannen, einander zu suchen. Wir prosteten einander zu, drückten beim Trinken ein Auge zu und schauten mit dem anderen durch das Fenster, wie alles von allem berührt wurde: die Kirschbaumzweige von ihren eigenen Schatten, Eulen von den Rufen der Mäuse, das zärtliche Gewölk von dem rollenden Mondkopf. „Wohin er wohl rollt?“, hätte ich laut gesagt, nahm jedoch wie immer Rücksicht auf die Goriunowa, der ich, seitdem ich sie kenne, wenig zutraue. Aber manchmal schaut sie mich fast übersinnlich an, als würden ihre Füße tief in die Erde greifen, als würden sie all ihre Weisheit daraus emporsaugen. Wie eine groteske Ikone ist ihr Gesicht. Ihr Blick derart anwesend, dass man sich selbst abwesend vorkommt.

„Morgen backe ich dir einen Kuchen, Konstantinowna. Du Dummerle, warum weinst du denn schon wieder?"

„Vor Freude, liebe Goriunowa, vor lauter Glück."

„Herr im Himmel, es ist doch nichts passiert!"

„Gerade deswegen. Wir leben, ich kann dich sehen, mit Brille und ohne Brille, mit und ohne Augen."

„Oh, Konstantinowna, du schläfst schon … Also, bis morgen."

Als ich wieder alleine war, holte ich meinen Blecheimer, ging hinaus in den Hof und holte Wasser aus dem Brunnen. Das Wasser schien mir die Hände in viele winzige Splitter zu zerschneiden, der Sterne im Eimer wegen schien es zu klirren, ihr wackliges Spiegelbild, so nah so greifbar. Ich brachte den Eimer zum Ofen und machte das Wasser heiß. Dann spülte ich die Teller und Gläser im Sternenwasser. Ich stellte mir vor, es wäre Schmelzwasser von den höchsten Bergen, auf denen Sterne auf dünnen Beinen wandern, Wasser von den fernen Alpen, wo Sie neulich waren, lieber Piotr. Mit dieser Vorstellung wusch ich mir mein Gesicht.

Ich legte mich schlafen und malte mir im Dunkeln aus, Sie würden irgendwo eine Linie entlang gehen. Das Gesicht leicht nach oben gewandt, die Augen geweitet, gehen Sie durch ein Feld. Sie gehen, schauen nach oben, Ihre Füße berühren die Erde, die Spitzen der Ähren, die Troposphäre, sie durchbrechen eine Regenschicht, dann die Stratosphäre, zerreißen die Perlmuttwolken, die Meso- und Thermosphäre mit den Polarlichtern, dann endlich die Exosphäre, in der es von Flüchtlingen wimmelt: Moleküle, die dem Gravitationsfeld der Erde, so wie Sie, entkommen sind, auf dem Weg ins All. Wenn Sie die Magnetosphäre, die äußerste Schicht der Atmosphäre, erreichen und in Gott verschwinden, schlafe ich schon. Aber ich sehe, ich sehe Sie. Auch durch den Tod hindurch würde ich Sie sehen.

Seien Sie sicher, es gibt keinen Tod. Alles, wirklich alles im All ist von Liebe durchströmt. Und die Liebe ist das Leben, das, was das Leben zum Leben erweckt, den Tod zur Auferstehung, Keime zum Keimen bringt. Auch ohne Licht wachsen Pilze, und am Ozeangrund, sagt man, leben Pflanzen, die das Licht nie gesehen haben. Nicht für sich, für den anderen lebt man, denn nur so besteht die Welt. Verdammt noch mal, Piotr Michailowitsch, so sollten wir denken und handeln. Wer sich dagegen sträubt, der sündigt gegen die kosmische Ordnung, gegen den Vater, unseren Herrn. Aber auch der Sünder wird geliebt, denn es gibt immer zehn andere, die ihn mit gutem Beispiel erheben. „Was du da denkst, ist Quatsch. Lerne doch, wie man eine Kuh melkt! Tu was Vernünftiges!“, sagt Goriunowa manchmal zu mir. Oft scheint es mir, dass alles gleich ist, ob man Kühe melkt, über Menschen lästert oder kosmische Gedanken denkt. Alles das trägt auf seine Weise zu etwas bei. Wer nichts mehr will und aus Faulheit oder Kummer aufgibt, sich selbst und in sich die Schöpfung, der ist zu bedauern, aber er ist nicht böse oder schlecht. Für ihn sind andere da. Jetzt oder später. Nichts geht zugrunde.

Ich schlief ein und träumte, dass ich von Ihnen

träume. Gegen Morgen huschten Mäuse oder ihre Geister über die Dachbalken. Ich starrte ins Dunkel, bis ich Salzkörner sah. Sie wurden größer und größer, bis sie sich wieder auflösten. Bald meldeten die Hähne nach alter Gewohnheit den Aufgang der Sonne. Goriunowas alter Gockel meisterhaft, unverkennbar in der aufblühenden grünschnäbligen Jugend. Auch anderen Lebewesen merkt man die Erfahrung an. Von Haus zu Haus erhoben die Hähne ihre Stimmen, läuteten alle Glocken wie an einem großen Feiertag. Sie hatten auch genügend Gründe zu feiern: das Leben, die Liebe, das Glück, noch nicht im Kochtopf gelandet oder von einem Fuchs gefressen worden zu sein. Gerne und verlässlich verrichten sie ihren Dienst für die Menschen. Aufstehen und krähen ist keine große Sache für einen Vogel. Und wenn er dazu noch gefüttert und umsorgt wird, dann ist es überhaupt ein Vergnügen. Haben Sie schon einmal die Augen eines Hahns beim Singen gesehen? Sie sind immer verschmitzt. Als wüsste das Tier, dass es nicht nur Nutzen, sondern auch Freude bringt. Vielleicht weiß es das auch. Was wissen wir schon?

Habe ich Ihnen erzählt, dass ich noch einen zweiten Beruf habe? Montags und freitags arbeite ich als Kumpel in unserem Bergwerk. Es ist kein Geheimnis, dass Männer früh alt werden. Sie sterben wie die Fliegen an Steinstaub, werden regelmäßig verschüttet. Die Jugend ist in die Städte gegangen. Jetzt ist die Zeit der Frauen gekommen. Goriunowa, ich und noch einige andere aus dem Dorf haben die Bezirksregierung überzeugt, dass es nicht verkehrt wäre, auch dem schwachen Geschlecht zu erlauben, im

Bergwerk zu arbeiten. Wir haben darauf hingewiesen, dass jede von uns richtig anpacken kann. Goriunowa zeigte ihre Oberarme und fletschte die Zähne. Um die Sache rund zu machen, brachte ich vor, dass mein Vater und mein Großvater in der Grube gestorben seien und dass ich deren Andenken mit der Fortsetzung der Familientradition bewahren wolle. „Wir haben keine männlichen Nachkommen“, sagte ich und haute mit aller Wucht auf den Direktorentisch. Es hat mich beinahe mein Handgelenk gekostet, doch die Erlaubnis haben wir bekommen. „Erpresst“, wie Goriunowa nicht ohne Stolz zu sagen pflegt.

Da heute Freitag war, stand ich mit den Hähnen auf, belegte ein paar Brote mit Speck, streute etwas grobkörniges Salz darauf, goss Wasser in meine eiserne Gürtelflasche und machte mich auf den Weg zum Bergwerk. Als ich Goriunowas Haus erreichte, trat sie gerade vor die Tür, wie eine aufgeblasene Fledermaus in ihrem Mantel, den Helm auf dem Kopf, eine Tüte mit Buletten in einer und eine Taschenlampe in der anderen Hand. „So sieht man das Geld in den Pfützen besser“, lachte sie. Wir gingen schweigend, und die Bäume, die die Hauptstraße säumten, folgten uns. Wir schauten in unser gemeinsames Schweigen hinein. Kein Brunnen kann tiefer sein, Schwindel erregender. Dunkelheit tritt aus uns heraus, während wir reden. „Schweigen ist Gold“, sagen die Weisen nicht umsonst.

Unser Weg führte uns über die Gleise. Jede Stunde fährt ein mit Kohle beladener Waggonzug aus dem Bergwerk heraus über diese Gleise und kommt leer wieder zurück. Man muss ihn nur kommen hören und zur Seite treten. Um uns rauschende Wälder. Birken wie weiße Krücken an den Beinen der Fichten, kein Haus, kein Feld, zwei Wände Wald links und rechts, wunderschön. Wir aßen Goriunowas saftige Buletten zum Frühstück. Die Tüte trug ich in der einen Hand und in der anderen den Gehstock meines Großvaters und meines Vaters. Ich führe ihn spazieren, sozusagen, bis zum Bergwerk und zurück, um in dieser kleinen Geste die Ordnung der Welt wieder herzustellen. Man weiß nie, vielleicht freut sich jemand darüber, und wenn es nur der Gehstock ist.

Heute sprang ein Wolf vor uns auf die Gleise. Goriunowa spuckte vor Schreck aus und schlug ein Kreuz. Ich warf ihm eine Bulette zu, die ihm appetitlich vor seine Pfoten rollte, einen kleinen Bogen beschrieb, bevor sie erwartungsvoll liegen blieb. Doch der Wolf rührte sie nicht an, er beschnupperte sie nicht einmal. Stattdessen grinste er und schielte auf die Tüte in meiner Hand. Wie Sie wissen, kann ich Undankbarkeit nicht leiden, sie bringt mich ruhige und nicht mehr ganz junge Frau zur Rage. „Spaß beiseite, Freundchen!", sagte ich zu ihm, und siehe da, der Wolf lachte nur verächtlich. Goriunowa murmelte mehrere Gebete durcheinander: „Herr, höre unser Gebet für alle Tiere: Mögen sie wohlgenährt, gut behandelt und glücklich sein. Beschütze sie vor Hunger, Angst und Leid … Der Herr ist mein Hirte, mir wird an nichts mangeln … Komm, Heiliger Geist, heile uns, erfülle unsere Herzen mit brennender Sehnsucht nach der Wahrheit, dem Weg und dem vollen Leben. Lobet Gott mit Posaunen! Alles, was Odem hat, lobe den Herrn!"

Mitten in ihrem Halleluja verpasste ich dem Wolf, der immer noch höhnisch lachte, einen Schlag mit dem kunstvoll geschnitzten Griff meines Gehstocks. Der Großvater und der Vater schüttelten einander vor Freude im Grab die Hände. Als sein Jaulen im Wald nicht mehr zu hören war, spuckte Goriunowa wieder auf die Erde, schlug ein Kreuz, und wir gingen weiter.

„Es ist nicht umsonst so“, sagte Goriunowa, das Gesicht zum Himmel gerichtet, „dass es langsam hell wird. Würde es anders sein, wären die Pflanzen permanent im Schockzustand und alle Menschen hätten Magengeschwüre. Die Natur ist schon ein kluges Biest.“ Wir traten gerade durch das große eiserne Tor. Die Nachtschicht zog lachend und singend an uns vorüber, Männer mit glühenden Zigaretten in den Mundwinkeln, als würden sie Sterne oder schimmernde winzige Seifenblasen an einem kleinen Strohhalm balancieren. Sie begrüßten uns, einige klopften uns sogar auf die Schulter. Goriunowa schlug auf eine Hand, im Scherz, aber so heftig, dass sie sich nach einem kurzen Schrei zurückzog. Im Umkleideraum, der für uns Frauen angebaut worden war, drehten wir uns aus alter Gewohnheit ein wenig vor dem Spiegel. Goriunowa zupfte mit eingezogenen Lippen an ihrer engen Hose, ich kämmte mein Haar, um es dann, zu einem Zopf zusammengebunden, unter ein Kopftuch zu stecken, bevor ich mir den Helm auf den Kopf setzte.

An den Türen unserer Garderobenschränke hängen lustige Bilder, die wir einander geschenkt haben, als wir in die Grube eingezogen sind. Bei mir ist es ein kleiner Repin, *Welche Freiheit!* Ein junges Paar steht bis zum Knie in der tosenden Brandung, Schaum fliegt, Wellen wölben sich hinter ihnen auf, während um sie herum die Überreste eines Schiffes im Wasser wirbeln. Der Barin hat feierlich seinen rechten Arm erhoben, in der linken Hand hält er die Dame am Handgelenk wie eine Siegerin, das blondbärtige Gesicht zum Himmel gewandt. Er hat sich wohl nach dem Essen einen Wodka gegönnt, seine Ohren und seine Backen glühen, die Augen sind gläsern. Die Dame aber schlägt den Blick zu Boden, wahrscheinlich schaut sie auf ihre nassen Schuhe und Strümpfe. Sie lächelt verlegen, ein Auge hat sie geschlossen, wegen des Schaums, der aufspritzt, mit der freien Hand hält sie ihr Hütchen fest.

In Goriunowas Schließfach hängt eine kleine Reproduktion von Sassetta: *Der selige Ranieri Rassini befreit die Armen aus dem Gefängnis in Florenz*. Die Gefangenen kriechen aus einem Loch in der Mauer, sie fliehen, der Himmel ist glutrot. Rassini schwebt über ihnen, sein Unterkörper ein niederbrennender Kometenschweif. Jedes Mal, wenn Goriunowa ihren Spind öffnet, sehe ich dieses rätselhafte Bild vom Flug des seligen Laienbruders, der mich an eine nervöse Fledermaus erinnert, die vor vielen Jahrzehnten in den hohen Räumen eines Klosterspeichers über mir und meiner Mutter flatterte. Der Besuch des Klosters war Teil einer Pilgerfahrt, die unser ganzes Dorf unternahm. Die Mutter dünn und lang, das Kopftuch so weiß, dass man an den Tod denken musste, an seine Reinheit. Reinen Tisch machen, sauber und rein. Bei jeder Bewegung der Fledermaus fuhr ich zusammen und verbarg mein Gesicht in den Händen. „Schau, eine Fledermaus!“, habe ich damals zu ihr gesagt. Ich zupfte an ihrem Rock herum, ich wollte meine Angst teilen. Ich wollte, dass sie wenigstens einmal mit der Wimper zuckt. Aber sie sah nichts. Sie war in Gott.

„Na dann, Glück auf!“, rief Goriunowa, winkte und drückte auf den Knopf. Der Fahrkorb sauste in die Tiefe. Durch das feine Gitter klammerte sich der Blick an die Erde und glitt und glitt ab. Zerkratzte sich. Man schloss die Augen irgendwann. Man schloss sie früher oder später. „Warum wolltest du nicht auch als Liftdame arbeiten, wie Goriunowa? Wäre doch einfacher gewesen, oben“, fragte mich jemand, als wir ausstiegen. „Deswegen“, antwortete ich. Ja, ich glaube das wirklich: Man sollte es sich nicht zu einfach machen, damit die Welt mangels Spannung nicht aus den Fugen gerät. Es ist unsere kosmische Pflicht, die Stirn zu bieten, das Bittere zu kosten, uns festzubeißen, damit das Süße umso besser schmeckt.

Ich ging alleine durch den Hauptstollen und pfiff ein Kosakenlied. Es schien das Gewölbe zu erhellen, es flatterte hin und her wie eine Taube. Vom Hauptstollen gingen mehrere kleine Schächte hunderte Meter in die Tiefe, wo es noch wärmer war als hier. Wäre es nicht besser, wenn wir dabei geblieben wären, dass die Erde eine Scheibe ist? Dann würden wir nicht dauernd abrutschen und auf unseren erkenntnisschweren Beinen schwanken.

Ich blieb stehen, schaute auf den Boden unter mir, als wäre es das erste Mal, und dachte, die Erde ist durchsichtig, ich kann durch sie hindurch bis in die Mitte schauen. Ich war glücklich. Ich brannte. Ich legte mich wie ein Stern, Beine und Arme ausgebreitet, auf den Boden und umklammerte die Erde und brannte, brannte. An den Wänden lief das Wasser in Schlangen herab, seine silberne Haut raschelte. Ob die Erde nicht wirklich durchsichtig ist? Ob ich nicht tatsächlich auf einer gläsernen Kruste liege? Und als ich das dachte, schwindelte mich, und ich fiel Kopf voran in die Erde hinein. Ich durchbrach sie, eine dünne Eisschicht, und fiel, sank in die Tiefe, langsam kreisend wie eine Feder.

Meine liebe Anna Konstantinowna,

für Ihre warmen Zeilen danke ich Ihnen aus der Tiefe meines ukrainischen Herzens. Aus der Tiefe rufe ich Ihnen zu, sozusagen.

Auch ich musste als junger Mann im Bergwerk arbeiten. Damals rauchte ich noch Zigaretten, Marke *Belomor*. Ich kaute sie, rollte sie, so wie ältere Männer das tun, von Mundwinkel zu Mundwinkel, bis sie feucht waren und wie Zweige von Trauerweiden zu Boden hingen. Damals lebte mein Vater noch. Im Bergwerk hatte es einmal eine Explosion gegeben, die ihn blind gemacht hatte. Als ich vierzehn wurde, gab ich mich für einen Sechzehnjährigen aus und fand in derselben Grube eine Anstellung, in der auch mein Vater gearbeitet hatte. Zu seiner spärlichen Invalidenrente gesellte sich dann mein spärlicher Lohn. Abends nach der Arbeit kochte ich für ihn und las ihm vor. Ukrainische Fabeln, in denen traurige Wölfe den in Ungnade gefallenen und vom Hof gejagten Hunden zu einer ehrenvollen Rückkehr verhelfen, wofür sie heimlich eine warme Mahlzeit und Gottes Liebe und Gerechtigkeit empfangen. Dabei bleiben sie selbst einsam und untröstlich. Oder Kurzgeschichten von Edgar Allan Poe. Oder aus dem Buch *In den Wäldern* von Melnikow-Petschorski, das so dick ist wie ein Band von Marx' *Kapital*.

Der Vater selbst hatte weder lesen noch schreiben gelernt, und als Blinder war es für ihn zweimal so fantastisch, in den unsichtbaren Welten der Literatur zu wandeln. Es war sein allerliebster Zeitvertreib, jemandem Vertrauen zu schenken, ohne Dankbarkeit zeigen zu müssen, sich vorlesen, verzaubern, ins Licht, in andere Welten führen zu lassen, er, der die vorhandene Welt mit den Augen nicht sehen konnte. Fast war ich froh, dass er es nicht konnte, denn ich weinte, während ich ihm vorlas, weil er selbst weinte. Dicke Tränen quollen aus seinem weißlich trüben Auge, das andere war geschlossen. In der Hand zerknüllte er Geldscheine, seine Invalidenrente, und ich heulte umso heftiger. Natürlich nicht um das Geld. Das wurde in diesem Augenblick und in seinen Fingern zu Papier, zu dem, was es wirklich ist.

Mit dem Vater lernte ich, lautlos zu weinen. Es schüttelte mich, doch ich ließ meine Stimme mich niemals verraten. Ich hatte sie im Griff wie jeden meiner Gesichtsmuskeln. Seitdem habe ich Herzschmerzen. Aber das war es wert, es hat sich gelohnt. Indem ich ihn glücklich machte, gerne glücklich machte, wurde ich selbst für das Glück empfänglicher. Mein Vermögen, es zu ertragen, wurde größer. Fast könnte ich die Welt umfassen, die Wahrheit, wenn es eine gibt.

Sie sagten es so schön am Anfang Ihres Briefes: „Es gibt keine Wahrheit, außer man sucht sie." Gerne gebe ich Ihnen Recht. Wenn man nicht mehr sucht, dann braucht man keine Wahrheit mehr. Dann ist alles, alles gut, und das ist schlecht. Denn wenn alles gut ist, dann ist das Leben wie ein Grab, ein kaltes Erstarren der Wünsche.

Oft kam ich abends nach Hause und hatte meine Grubenlampe noch auf dem Kopf. „Schau, Vater", sagte ich zu ihm, „schau, mein drittes Auge!“ Und der Vater, der wie immer in seinem Sessel am Fenster saß, drehte sich in die Richtung, aus der er die Stimme vernahm. So wenig, wie er aus dem Fenster schauen konnte, konnte er mein drittes Auge sehen, doch er schaute, er schaute mit all seinen Kräften, und er lächelte. Er schaute durch die Erinnerung hindurch, und er war so weit, so hoch, fast dort, wo das Sehen unnötig ist. Danach schälte ich Kartoffeln und erzählte ihm von diesem dritten Auge auf der Stirn, das wie ein Arm in die Dunkelheit greift und sie verschlingt. Der Vater freute sich, und mein Helm, der jetzt auf seinem Schoß ruhte, wurde mir doppelt lieb. Erstens, weil ich damit Kohle gewann, und zweitens, weil mein Vater ein Bild hatte, hinter den Augen, ein Bild von seinem Sohn, der Gutes tut und wie ein Zauberer in der ewigen Nacht der Unterwelt für das Licht in der Welt kämpft.

„Schön ist das, mein Sohn“, sagte er und streichelte mit den Fingern den Helm wie den Schopf eines Kindes. „Schön ist es…“, und ich fragte ihn niemals, was er so schön fand, das Bild des langarmigen Strahls in der Dunkelheit oder meinen und seinen ehemaligen Beruf.

Mit den Jahren verdrängte seine Blindheit das bisschen Güte, das er hatte, in die hinterste Ecke seines schwankenden Geistes, sodass er am Abend seiner Tage zu einem leicht entflammbaren Greis wurde. Dabei war er so hilflos, versunken wie ein träumender Wal in seinem tiefen, trüben Wasser. Ich weiß: Wie er mir in Erinnerung blieb, so wollte er nicht sein, das war nicht das, was ihn ausmachte. „Verurteile mich nicht, mein Sohn“, sagte er jedes Mal, wenn er etwas mit Absicht und aus Wut zerschlug. Danach putzte er laut seine Nase und drehte sich zum Fenster, als wollte er in dem Luftzug, der durch die Ritzen des Holzrahmens drang, den Obstgarten erkennen. Oft sah man ihn mit dem Gehstock um sich schlagen. Den Hund hat es oft erwischt, und auch die Nachbarn, die etwas sagten, was ihm nicht passte. „Ich will ja nur ihre Rippen zählen", war seine Ausrede. An einem kalten Wintertag ist er gestorben. Sein letzter Gedanke galt wohl dem Gehstock, nach dem er seinen Arm ausstreckte, um mich, seinen Sohn, zu schlagen, weil ich ihn irgendwie verärgert hatte. Der Stock, der an der Wand gelehnt stand, rutschte auf seinem einzigen Bein aus, und mein Vater folgte seinem Beispiel in seinem letzten Sturz und Flug.

„Ruhe in Frieden" stand einige Jahre in altmodischer Schreibschrift an seinem Kreuz, bevor es geklaut wurde. Als hätte der Dieb gewusst, dass mein Vater nicht lesen konnte.

Ich frage mich oft, ob mein armer Vater, der so hungrig war nach Bildern, so unersättlich, so gerne einsam, am Ende übertrieben verschlossen für die Liebe, zu diesem Frieden gefunden hat, ob seine Seele sich zu der Gemeinschaft der anderen Seelen gesellt hat, ob seine blinde Wut nicht doch nur ein Schauspiel war, in dem er sich austobte, ohne wirklich der zu sein, für den man ihn hielt. Wie gerne würde ich ihn das fragen, aber er ist nicht mehr da. Unsichtbar für die Sehenden, unsichtbar wie alles Wahre.

Den Gehstock habe ich verbrannt, zum Unterschied von Ihnen. Ich habe mir diese kindische Wut gestattet.

„Der Körper verliert genau 21 Gramm, wenn er stirbt. Als flöge ein kleiner Vogel davon“, sagte mein Chef Solowjow einmal zu mir. An diese 21 Gramm musste ich am Grab meines Vaters immer denken, weniger an sein Gesicht oder an seine Stimme. An diese 21 Gramm dachte ich und daran, dass im Universum nichts verschwinden kann, nichts außer diesen 21 Gramm. Sie verschwinden, sie können sich weder mit der Erde noch mit dem Kosmos verbinden. Sie gehen hin, wo sie hergekommen sind, über alle Grenzen hinweg, über den Rand des Kosmos hinaus, noch weiter, sie durcheilen ihn, den Kosmos, den Außenkosmos und zahllose andere Kosmen, und treten in etwas ein, was über allem steht: in den alles enthaltenden Schöpfer. Sie verschwinden im ewigen Auftauchen, und dieser rasend kurze Augenblick des Verschwindens ist der Raum des wahren Glücks, ein Raum ohne Anfang und ohne Ende.

Ja, das Beste wird uns gegeben und genommen. Die Trauer, die wir Verlassenen, Zuschauenden empfinden, ist bitterer Neid, Neid, noch hier verweilen zu müssen, in der Dunkelheit der Ungewissheit, in einem Körper schmachtend, und die Scham, dass man gerne darin schmachtet, wie ein Tier lüstern seine Wunden leckt, und die Angst, dass dieses Schmachten nach dem letzten Stündlein ein Ende hat. Darum weint man, darum weint man den Toten nach. Man beneidet sie mehr, als man sie beweint. Man beweint ja schließlich nur sich selbst, seine immer klarer werdende Einsamkeit. Man sollte Feste feiern, wenn ein geliebter Mensch den Geist aufgibt. Freuen sollte man sich für ihn, als guter Christ, als aufgeklärter Mensch, als Hirnbesitzer. Und wenn man dabei schon weinen muss, dann darf es in diesen Tränen keinen Platz für Bitterkeit geben. Freude, reine Freude im Angesicht des Wunders. Der Tote erwacht zu dem, wofür er lange und mühevoll lebte im Kerker seines Körpers, der ihm zwar Lust bereitete und andere schöne Gefühle, aber das ist nichts im Vergleich mit dem, was seine 21 Gramm jetzt in Ewigkeit genießen dürfen. Sie frohlocken, winden sich in unbeschreiblicher Wonne, und wir weinen am Sarg, ihretwegen oder nicht. Bittere Tränen sind fehl am Platz. Nur edle, begreifende, lichte Tränen sollten die Gesichter der Hinterbliebenen zieren.

Das sage ich jetzt, nach so vielen Jahren, die das Bild meines Vaters verblassen ließen und dem Schmerz den Stachel nahmen. Ich gestehe jedoch, der Schmerz, der mich um ihn weinen ließ, war anderer Natur. Er war genährt von dem Zweifel, ob mein Vater dieser himmlischen Wonne würdig wäre, und von dem Wissen, dass auch seinen Vateraugen die peinliche Lächerlichkeit seines letzten Stündleins nicht verborgen blieb, bevor sie sich endgültig schlossen. „Damit muss er leben", sagte ich mir lange Jahre. Bis ich irgendwann mit einem greisen Pfarrer trank, der mir versicherte, der Seele sei es völlig egal, was der Körper tut oder nicht tut. Sie ließe sich durch chemische Reaktionen nicht stören, sie schmunzle nur, lächle nur und schweige.

Das ließ mich hoffen, dass der Vater nicht der Blinde mit dem Gehstock war, nicht der Blinde, der damit um sich schlug, dessen letzter Gedanke dem Stock galt, als er umkippte. Ob er bemerkte, dass er selbst mit umfiel? Das ließ mich hoffen, dass mein Vater auch sich selbst ein Unbekannter war, ein Verborgener, ein heimlich Lächelnder, auch wenn sein Mund am Ende bittere Worte sprach. Ich wusste, die Seele ließ sich durch chemische Reaktionen nicht stören.

„Wasser werde wieder zu Wein!“, sagte der Pfarrer, der übrigens auch Piotr hieß, vor jedem neuen Glas Wodka. „Die Seele lässt sich nicht verderben, lässt sich nicht trüben. Sie zieht sich wie eine Schnecke zurück. Sie braucht schließlich ein Haus …“ Seine Worte klingen mir immer noch in den Ohren, die Sätze, zwischen denen wir anstießen und tranken. „Und wenn das Häuschen morsch ist und zusammenbricht, dann wird die Seele nicht singen, denn ein Lied ist da nicht angebracht.“ Ich fragte ihn auch, was mit den Seelen der Menschen geschieht, die lebend ihr Gedächtnis verlieren, wo sie dann bleibt, die gute Seele, ob sie etwa schon weg ist. Der Pfarrer zeigte mir den Vogel und kippte noch ein Glas: „Sie kann nicht weg sein, solange man noch atmet. Sie sitzt tief unten und erinnert sich, schwelgt in Erinnerungen mitten im lauten Wirbel der chemischen Prozesse … Man muss mit dem Körper leben“, fügte er noch hinzu und biss in ein saures Gürkchen.

So sei es, liebe Anna Konstantinowna. Also leben wir weiter mit unseren Körpern. Sollte einer von uns sich nicht an den anderen erinnern können, wird der andere wissen, dass an ihn gedacht wird, ganz zärtlich, unaussprechlich sanft, tief unten, wo man keine Worte verliert.

Aber solange wir können, müssen wir Worte verlieren, liebste Anna Konstantinowna. Solange wir noch bei uns sind, so lange müssen wir noch Worte verlieren, denn in Worten erkennen und begreifen wir die Welt, soweit wir es eben können. Die Welt wird buchstabiert. Die Welt wird in Worten auseinandergefaltet und zusammengelegt.

Wer von Geburt an blind ist, scheint lauter Wörter vor Augen zu haben. Aus Wörtern besteht seine blinde Welt. Er erfindet sie, indem er sie benennt. Er ertastet sich den Raum im Raum. Der Erblindete dagegen erlebt eine Rückverwandlung. Bilder, die er kannte, reduzieren sich allmählich auf das Wort. Das Wort „Himmel" umfasst dann nur mehr sich selbst und damit die Idee des Himmels, die ferne Erinnerung an eine Kindheitsahnung davon, was „Himmel" bedeuten könnte. Und das genügt. Das genügt vollkommen. Die Welt selbst wird kleiner, sie wird zu einem übersichtlichen Begriffssystem und verliert ihren Schrecken. „Wer hat Angst vor dem bösen Wolf?" wird zu: „Wer hat Angst vor den Worten *böser Wolf*?" Der Wolf wird unfassbar, und das Böse ist nichts als eine Lichtexplosion hinter den Augenlidern. Das Böse kann deshalb unmöglich böse sein. Da gebe ich Ihnen völlig Recht.

Man sagt „Satan", und in den Augen des Blinden flammt ein Lichtkreis auf. „Satan, Satan!", und weiße Blumen blühen ihm in den Augenhöhlen. Schneidet man dem Blinden einen Finger ab, weiß er sofort: schmerzhafte Handlung, ausgeführt von einer dubiosen Person. Dass sie dabei vom Satan geritten wurde, dass das Böse ihr die Hand führte, ist für ihn doppelt unvorstellbar wie Gott für einen blinden Atheisten.

Reinen Gewissens würde ich behaupten: Es gibt keine Schuld. Und gleichzeitig möchte ich jedem

Menschenkind zurufen: „Denk immer daran, wie verwundbar eine Welt ist, in der es keine Schuld gibt! Lass all dein Tun von diesem Wissen durchdrungen sein. Sei verantwortlich für ihr Wohl, auch für das, was du für richtig und gut hältst.“

Ja, Sie wissen, meine Liebe, alles ist eine Sache des Abstands, und nur aus dem Abstand darf man richten, auch über das Gutgemeinte und das, was von tiefem Herzen kommt. „Seid bereit, Rede und Antwort zu stehen vor denen, die diesen Abstand wahren!“

So wie der Schuldige immer unschuldig ist, ist die Strafe immer unverdient. Aber sie muss sein. Des Täters Schuld ist die, dass er Gedanken denkt und Taten vollbringt. Mit Recht müssen aber auch diejenigen bestraft werden, die zuschauen und sich dabei an der Gerechtigkeit ergötzen, ohne selbst Verantwortung zu fühlen für eine Welt ohne Schuld. Die gehören eher unter das Beil, all die faulen Socken wie ich. Ja, ich gehöre so oft zu ihnen, falle so oft in den Tiefschlaf, verdiene als Erster die Peitsche. Das glaube ich fest. Und bitte, liebe Anna Konstantinowna, urteilen Sie nicht über mich.

Ich denke gerne nach über eine Welt der wahren Wortsubstanz und der kargen Semantik, die der Welt hinter den Augenlidern der Blinden nicht unähnlich ist. Ich liege auf meinem Hotelbett, schaue an die Decke. Draußen Hundegebell und das Geschrei von Räubern. Ich denke nach, wie es wohl wäre, wenn jeder Weltbürger einige Jahre in so einen Blindenkurs gehen könnte. Praktische Philosophie, Logik (logos) am eigenen Leib. Ob man dann aufrechter ginge? Oder muss der Mensch immer den

Irrweg nehmen, damit er von da auf einen besseren sieht?

Seltsam, dass ich hier, in diesem fremden Land, ewig weit von den ukrainischen Steppen, so sehr an meinen blinden Vater denken muss. Ich versuche mich zu erinnern, wann ich das letzte Mal an ihn dachte. Das wird vor Jahren gewesen sein. Irgendwelche Gegenstände erinnerten mich an ihn. Gegenstände, die dem Vater weder gehört hatten noch von seiner Hand berührt worden sein konnten, verrieten seinen Geist. Dass sie ihm vielleicht gefallen hätten, dass sie seine Träume heimsuchten als wiederkehrende Gäste: ein Perlmuttkamm im Museum, eine Nadel mit einem winzigen roten Kopf wie ein Blutstropfen. All das war dem Vater nicht fremd, auch wenn er davon keine Ahnung hatte. Und jetzt, wenn ich Ihnen von der Seele schreibe, da muss ich wieder an meinen Vater denken. Wenn ich nachdenke, glaube ich mir Dinge vorzustellen. Dabei stellen sich die Dinge selbst vor, bei mir, stellen sich vor mich hin, umschwirren mich.

„Ich bin das Licht der Welt. Wer mir nachfolgt, wird nicht in der Finsternis wandern, sondern wird das Licht des Lebens haben!“, sagt der liebe Gott in der Bibel. Doch je mehr ich über die Seele meines armen Vaters nachdenke, umso mehr Zweifel habe ich an diesem einen Punkt, dass man dem Licht der Welt entrinnen kann. Ja, ich glaube inzwischen fest daran, dass es unmöglich ist. Nichts und niemand kann diesem Licht entrinnen, sich von ihm lossagen, auch wer ihm bewusst nicht folgt. Nichts und niemand geht verloren im Universum, und die Finsternis ist nur eine Eigenschaft des Lichts. Damit Sie schlafen können, liebste Anna Konstantinowna, schluckt es einen Teil seiner selbst, damit Sie zur Ruhe kommen, damit Sie träumen können und sogar im Traum zum Licht emporwachsen. Klüger und liebevoller hätte man es nicht einrichten können. Von wem stammt dieser zärtliche Zauber?

Ach, wenn der Mensch sich nur lösen könnte von all diesen Kategorien, die in seinem Hirn eingebrannt sind. Wenn man eine neue, erweiterte Art der Phantasie vererben könnte, wenn die Erdenbürger alles dafür täten, um sie zu kultivieren, zu pflügen, wie ein Feld von Sternenstrahlen gepflügt wird, ja, warum nicht? Man sollte sich auch solche Dinge vorstellen können. Wenn alle sich darauf einigen könnten, alle Mühe dem Erfassen des Unfassbaren zuzuwenden, als ginge es um etwas Schlimmeres als um Leid und Tod, als ginge es um etwas Größeres als um Gerechtigkeit. So sollten die Kinder dieser Welt ihre Tage verleben: im Brennen darauf, das Rätsel zu lösen, auch wenn es niemals zu lösen ist.

Was liegt hinter dem Kosmos, dort wo er aufhört, sich auszuweiten? Haben Sie schon einmal versucht, sich diese Ausweitung vorzustellen, liebe Anna Konstantinowna? Was liegt hinter dem Kosmos, was ist dahinter? Wie er sich dehnt oder schrumpft, weiß vielleicht auch der Schöpfer nicht mehr, denn er ist alt und man vergisst manche Dinge ja auch mit der Zeit. Aber was hinter dem Kosmos ist, das muss einem klar werden, die Kraft der eigenen Imagination muss dafür ausreichen.

Ich stelle mir vor, glaube mir vorzustellen, lasse mich von der Vorstellung umschwirren: Mein Vater stirbt, und sein blinder Geist zischt wie ein Komet rückwärts, durchbohrt die Sphären, den Kosmos, den Außenkosmos, den Außenaußenkosmos und zahllose andere Kosmen, bis er das erreicht, was alles erschaffen hat, was alles hält: den Nichtkosmos, den Schöpfer, dessen nichtkosmisches Wesen dem Wesen unseres Geistes entspricht. Ja, ich stelle mir vor, der Vater eilt durch all das hindurch und landet erstaunt und immer noch ungläubig in dem Glanz, der das Sehen überflüssig macht.

Wie gern hätte ich einen Brief von ihm! Wenn er mir nur eine Zeile schicken könnte! Wie oft ich mir das wünsche, zu meiner eigenen Beschämung. Denn ich bestehe selbstverständlich darauf, dass alles Wahre unsichtbar ist und keine Bestätigung braucht. Aber was kann ich dafür, dass ich ein Mensch bin und schwach und dass ich immer älter werde, Anna Konstantinowna? Um mich zu trösten, fing ich vor Jahren an, Briefe von ihm an mich in meinem Kopf zu komponieren. Inzwischen geschieht es ganz unwillkürlich, wenn ich gehe, bei der Arbeit, vor dem Einschlafen. Dass ich die Kontrolle darüber verloren habe, macht mich besonders froh. Diese Worte im Kopf fühlen sich dann fremd an, wie nicht von mir. So ähnlich, wie ich zu Ihnen spreche, spricht mein Vater dann zu mir. Und seine Sprüche, über die ich in jungen Jahren nur gelacht oder den Kopf geschüttelt habe, führe ich jetzt mit Stolz im Mund.

„Trinkst du Milch, klatscht die Leber Beifall", sage ich mir fast täglich und trinke immer noch keine Milch, aus Protest. Man muss schließlich nur sich selbst treu bleiben.

Aber ihm bin ich noch treuer als mir. Wenn ich zum Beispiel Holz hacke, spucke ich in die Hände, genauso wie er es immer getan hat. Als Kind habe ich bei diesem Anblick immer mein Gesicht verzogen. Jetzt verziehe ich es auch, aber nicht vor Ekel, sondern vor Sentimentalität.

Sie sagten einmal so schön zu mir, vielleicht im Traum, vielleicht auch nicht, ich weiß es nicht mehr, aber ich weiß, dass Sie es sagten: „Piotr Michailowitsch, wie sentimental Sie sind, lieber Freund!" Und ich, als robuster Ukrainer fast beleidigt, fragte sofort: „Was meinen Sie damit, *sentimental*? Rührselig etwa?" Da lächelten Sie, genau wie die Mutter Gottes auf den Ikonen aus Sergijew Possad, mit einem vor Zärtlichkeit zugekniffenen Auge, so mild, so frei von Hohn und Belehrung und jeglicher Überheblichkeit: „Sentimentalität, Piotr Michailowitsch", sagten Sie zu mir, „ist die Erkenntnis, dass man zärtlich ist, und wenn einen diese Erkenntnis plötzlich erschlägt!"

Damals hat mich dieser Satz erschlagen, ohne dass ich ihn vollständig begreifen konnte. Jetzt bin ich sogar hinter das Licht Ihres Lächelns gekommen, liebe Anna Konstantinowna. Ihrem Bild von mir, wie Sie mich sehen, dessen möchte ich würdig sein. Dieser Held, meine Liebe, möchte ich sein. Wenigstens sein Bein oder sein Arm möchte ich sein, seine Haarlocke, aber zu ihm möchte ich gehören. Oh, Sie, edle, gute, teuere Seele. Golubuschka.

Ja, einen Schatz will ich für Sie ausgraben, hier in den assyrischen Wüsten, dem Sand eine steinerne Rose aus den Klauen reißen, für Sie, für Sie, liebe Anna Konstantinowna, ein Körnchen Weisheit, das Geheimnis. Wissen Sie, warum ich Menschen, die erröten, schön finde? Weil das Geheimnis in ihnen sich regt und seine zarten Fühler der Außenwelt entgegenstreckt. Was gibt es Schöneres? Ein großes Geheimnis werde ich für Sie ausgraben, meine Liebe. Ihnen und durch Sie der Welt zur Freude. Gilgamesch war nahe dran, viele vor mir waren nahe dran, doch irgendetwas hinderte sie. Viele um mich sind nahe dran, und ich frage mich, was hindert uns, dieses Geheimnis zu umarmen, wie eine Geliebte, noch heißer, heißer als das Leben selbst, heißer als den Tod, diese sanfte Röte, das Unaufhaltsame, das Reine! Ich werde es suchen, ich werde es ausgraben, in der Luft, in der Erde, im Wasser, koste es, was es wolle, und wenn ich meinen Verstand verliere. Ja, nur so geht das. Der Verstand sei der Preis.

Ein Fortbewegungsmittel habe ich schon, wie ich Ihnen in meinem letzten Brief geschrieben habe. Es ist ein Lebensmittellieferwagen des Hotels mit drei Sitzen ohne Sicherheitsgurt. Man fährt jedoch recht langsam wegen der Löcher im Asphalt, seien Sie darum unbesorgt. Neulich machte ich eine Probefahrt mit meinem Ali, dem jungen Hotelangestellten, der eigentlich gelernter Uhrmacher und von Geburt an farbenblind ist, was für den herrlichsten Gesprächsstoff sorgen würde, wenn wir uns nur ordentlich unterhalten könnten. Wenn ich ihn mit aristotelischen Augen aus meiner Burka anschaue und eine Frage stelle, zum Beispiel: „Was ist Zeit, Ali?“, so schaut er verlegen zu Boden und fragt: „Zeit zu essen?“ Wie eine Frau, wirklich. Dabei wüsste er als Uhrmacher viel über die Zeit zu erzählen. Ich gebe aber nicht auf. Unlängst auf einer Landstraße begegneten wir einer Familie Schlangen. Sie krochen eilig über den Weg, drehten uns die Köpfe zu, die Augen flehend aufgerissen. Da trat Ali rasch auf die Bremse und ließ sie über die Straße, und erst, als das kleinste Schlangenkind die Fahrbahn verlassen hatte, setzte er den Wagen langsam wieder in Bewegung. Die Dankbarkeit, die uns aus dem staubigen Gras entgegenströmte, war fast menschlich, ergreifend. Wir wischten uns dann auf der Fahrt alle zehn Minuten Tränen aus den Augen. Alis Gesichtsausdruck war verbissen. Um ihn aufzuheitern, versuchte ich wie ein Clown in meine Burka zu schnäuzen, was für noch mehr Tränen sorgte. Ob er an ein lange zurückliegendes Erlebnis dachte, ob er hoffte, dass er mit seiner menschlichen Rücksicht etwas wiedergutmachte? Ich dachte an ein armenisches Märchen, das von einem Schlangenprinzen handelt. Schlangen galten nicht umsonst schon immer als magisch. Wie Steine.

In der Nacht träumte mir, ich liege im Sterben und alle Menschen haben die Erde verlassen. Da kommt eine kleine Schlange mit hellgrünen Augen zu mir herangekrochen und fängt an, meine Hand zu lecken wie ein treuer Hund. Ich vergoss Tränen im Traum, Tränen der Dankbarkeit. Dafür wäre ich im wirklichen Leben gern gestorben. Für diese Geste. Ob sie sich in Tieren, Menschen oder in unbelebter Natur zeigt, sie kommt immer von Gott, als Güte, die nichts erwartet und nichts verlangt. Und auch jetzt, wo ich Ihnen diese Worte schreibe (Sie merken es schon am Wasserfleck über „gekrochen"), bleiben meine Augen nicht trocken.

Liebe Anna Konstantinowna, schreiben Sie mir! Mit Ihrem Wort erhellen Sie mein dunkles Inneres, in dem ich gefangen bin. Auf Ihren Brief werde ich warten. Er wird mir träumen. So wie die kleine Schlange wird der Traum von Ihrem Brief mein altes

Herzchen lecken, und wenn sie dann wirklich da sind, Ihre Zeilen, dann darf ich singen, darf wieder fröhlich sein, tanzen, tanzen, hier auf den Straßen von Bagdad, wie ein Schuljunge, mit Ihrem Brief in meiner Hand.

Mein lieber Piotr Michailowitsch,

Es hat geschneit in unserer lieben Heimat, und Sie sind nicht da. Für Sie schaue ich mir die Augen aus dem Kopf, für Sie bade ich sie in diesem trockenen Feuer. Eben kam ich aus der Kälte herein, ließ den Blick auf dem Blatt Papier so lange weiden, bis es schwarz wurde, und nun schreibe ich Ihnen. Verkehrte Welt. Was weiß war, wird schwarz, und die Tinte kringelt sich als Gewölk unter meiner Feder. Alles nur für Sie, alles. Dieser Wintertag, dass ich in der Früh mit den ersten Hähnen aufstehe, die ich alle kenne, von Angesicht zu Angesicht. Holz habe ich gehackt, und im Gedenken an Sie und Ihren Vater habe ich in die Hände gespuckt. Wie ein Eid war es dann, als ich die Axt berührte. Ich werde ab jetzt immer in die Hände spucken beim Holzhacken, damit sich diese magische Verbindung herstellen kann: der Vater, der Sohn und der Geist, meine Wenigkeit, wir alle in einem Lied.

Liebe strahlt uns von überall entgegen. Ist das nicht herrlich? Dass ich das erkennen durfte, wenn auch spät, ist ein Segen, ein Segen, dass Sie über mir sind. Über mir, horizontal schwebend, wie die Glocke eines Zaubermantels, innen bestickt mit Sternen und Sternbildern. Ach, lieber Piotr! Denken Sie sehr an mich, ist es, als würde sie mich aufsaugen wollen. Ich spüre ein sanftes Ziehen an meinem Haar, meine Augen weiten sich, ich gehe aufrechter als ein Gerechter, bis ich vor freudiger Erschöpfung zusammensinke. Es gibt aber auch eine andere Art der Präsenz: die unheimliche Allgegenwart des gleichgültigen Fremden. Sie ist die der Luft des Raums und der Zeit, aber auch die mancher Seelen unter uns, die noch etwas zu suchen glauben. Sie sitzen dann wie Eulen auf unseren Schultern und nippen an unseren Wodkagläsern. Wie die Umarmung des Wassers ist Ihre Anwesenheit, vollkommen wie der Tod.

Ich durfte mich eben beim Holzhacken wieder freuen, lieber Piotr Michailowitsch, bei jedem Hieb verklärte sich mein Geist, wurde das Harte an mir und um mich herum besänftigt. Fast schmolz der Schnee. Ich spuckte in die Hände, nicht zuletzt für Ihren seligen Vater. Vielleicht hatte er seinerzeit an seinen Vater gedacht, als er beim Holzhacken in die Hände gespuckt hat. Was in den Köpfen von Menschen vorgeht, ist eine Welt, die ständig versinkt. Wollen wir sie heraufbeschwören, wieder und wieder, indem wir reden, lieber Piotr Michailowitsch, im Namen all derer, die es nicht können! Alles auf dieser Welt geschieht im Namen der Liebe. Wenn man darüber nachdenkt, wird jeder Kummer halb so schlimm und jede Freude doppelt so groß, wenn nicht zehnfach.

Goriunowa unternahm neulich mit einigen Damen aus dem Dorf einen kleinen Ausflug in eine Salzmine. Als ich sie danach traf, roch sie nach Meer, und ihre Lippen kamen mir etwas trocken vor. Sie scherzte: „Ihr Teufel, ihr kommt alle schwarz herauf aus eurem Bergwerk. Aber die, die Burschen aus den Salzminen, sie kommen weiß wie die Mäuse ans Tageslicht. Lauter kerngesunde Burschen. Das ist wie auf einer Kur in der frischen Salzluft. Auch Tiere leben da unten doppelt so lang wie unsere Lappen. Pferde so stark wie ein Bär!“ So schwärmte sie, dann seufzte sie theatralisch und holte aus ihrer Schürze plötzlich ein Säckchen Salz. „Hier, für dich, ein Zauberpulver, damit du endlich schön wirst!“ Ich fiel ihr natürlich sofort um den Hals. „Selbst von den Wänden gekratzt“, fügte sie noch hinzu. Ich kenne meine Goriunowa schon gut genug. Wenn sie gerührt ist, wird sie leicht ruppig, schaut auf den Boden und fängt an zu nuscheln. So bleibt sie vor jeder Sentimentalität standhaft wie vor einer Verführung, und doch gibt sie sich ihr restlos hin. Ihr Salz werde ich natürlich nicht essen, denn es ist einfach zu kostbar. Ich werde mir aus diesem Salz eine Sanduhr machen lassen, und jedes Mal, wenn meine Freundin mich besucht, werde ich die Uhr auf den Tisch stellen, als Dekoration, und wir werden einander gegenüber sitzen wie zwei Schachspielerinnen, lächelnd, wissend, schweigend.

Nachdem sich ihre Rührung gelegt hatte, erzählte sie mir etwas Unglaubliches, Piotr Michailowitsch. Ich hielt den Atem an und wagte nicht zu schlucken. Haben Sie schon einmal von den Kapellen gehört, die es in den Salzminen geben soll? Sie sind voller Heiliger, kunstvoll aus Salz geschnitzt. Jesus und Maria, Engel und Erzengel, himmlische Chöre, die unter der Erde vor sich hin schmelzen, in der feuchten Luft dünner und dünner werden. Es dauert hundert Jahre, bis eine Salzskulptur weiche Konturen bekommt, und noch weitere hundert Jahre, bis ihre Glieder sich zu einer tragikomischen Missbildung verkrümmen. Noch weitere hundert Jahre steht sie da und wird immer kleiner. Die Menschen beten immer noch zu ihr, bis sie wie eine Eisschicht Risse bekommt und irgendwann von einem heißen Amen auseinanderbricht.

Ja, diese Salzheiligen kommen jetzt sehr oft zu mir im Traum. Auch wenn ich zur Arbeit gehe, ertappe ich mich in letzter Zeit dabei, dass ich manche Bäume für Salzheilige halte, ohne mich zu erschrecken. Wozu auch? Ein Heiliger ist wie ein Heiler, preisen sollte man ihn. Steht eine Birke etwas unsicher auf ihrem einzigen Bein, mit hängendem Kopf unter all ihren Genossinnen, wird mein Traumorgan, was es immer sein mag, sofort aktiv. Folgendes findet dann statt: Im Moment, in dem ich einen solchen Baum sehe, vollzieht sich ein Balanceakt zwischen zwei Polen der Wahrnehmung. Die Birke lächelt dann auf einmal sehr verträumt wie die Salzskulptur von Maria. Mein Verstand gestattet sich für eine Weile, so faul zu sein, nicht zu unterscheiden, ob die Skulptur ein Baum ist oder der Baum eine Skulptur, wo wir sind oder wo wir nicht sind.

Diese kurzen Ausfälle, Täuschungen, wenn Sie wollen, machen mich glücklich. Seitdem ich von den Salzheiligen und ihren unterirdischen Kapellen gehört habe, brauche ich noch viel weniger für mein Glück. Ich brauche sie nicht einmal zu sehen. Die Nachricht von ihrer Existenz ist für mein Glück ausreichend. Ist das nicht paradox?

Neulich erzählte ich Goriunowa davon. Bevor sie mir den Vogel zeigte, verdrehte sie ihre kleinen Äuglein, wie sie es öfter tut. Wir tranken etwas Birkensaft, aßen ein Stück Streuselkuchen, schweigend und beide betrübt: sie, weil ich betrübt war, und ich, weil sie, die mir von den Salzheiligen erzählt hatte, mir jetzt mit ihren Zweifeln in Schlangengestalt erschien. „Wem soll ich das erzählen, Goriunowa?“, sagte ich in Gedanken zu ihr. „Wem, wenn nicht dir?“ Und sie sagte wohl darauf: „Klar, Konstantinowna, kann gut sein, alles ist möglich. Sei nicht böse, dass ich dir den Vogel zeige. Ich will uns doch nur bewahren. Dich davor, dass du irgendwann in entlegene Regionen der Galaxie entfliegst, und mich vor dem Wahnsinn. Wer soll dich denn halten an deinem Zappelbein, wer, wenn nicht ich?“

Seitdem ich von den aus Salz geschnitzten Heiligen weiß, die unter der Erde ihre Tage fristen und sich von der Luft fressen lassen wie Eiszapfen, glaube ich, dass sie träumen können. Ja, sie träumen von etwas, das sie niemals gesehen haben und niemals sehen werden. Von den Bäumen zum Beispiel, die direkt über ihnen wachsen. So wie wir Menschen von Gott, Engeln und Erzengeln träumen. Die Ahnung von solchen Dingen kitzelt unsere Träume, wie die Baumwurzeln das Gewölbe der Salzmine kitzeln. Was glauben Sie denn, lieber Piotr Michailowitsch? Könnte es sein, dass der liebe Gott auch Pflanzen und Mineralien mit der Fähigkeit zu Traum und Ahnung ausgestattet hat? Vielleicht hat ein Körnchen Steinkohle mehr Ahnung vom Universum als wir, die wir glauben, dass wir alles wissen.

Meine selige Mutter pflegte zu sagen, man solle Tiere nicht unterschätzen. Jede Ameise habe einen Kopf zwischen den Schultern und der sei nicht nur zum Kauen da, meinte sie. „Nach der Arbeit kommt das Vergnügen. Das Vergnügen ist der Motor des Denkens.“ Ihr mit einem Fingerhut gekrönter Finger wippte vor mir auf und ab. Als kleines Mädchen habe ich versucht, mir vorzustellen, worüber so eine kleine Ameise nachdenken könnte in ihrer Freizeit. Oder ein Vogel oder irgendein anderes Tier. Mir fiel nichts ein, aber dann sah ich einmal bei Vollmond einen Uhu an meinem Fenster sitzen. Seine Augen, zwei Teller mit Ziegenkäse, schauten mich von oben an, er selbst ein einziger Gedanke aus Fleisch und Federn. Da wünschte ich mir, in meinem Kinderbettchen liegend, ich könnte sinken, fallen, so tief wie irgend möglich. Nicht dass ich erschrak. Es war, als würden alle Fenster in mir aufgerissen, als begännen sie alle auf einmal im Wind zu klappern. Seitdem denke ich an diesen Uhu, wenn es irgendwo zieht, wenn in einem Zimmer ein Lüftchen weht. Seitdem weiß ich, dass nicht wir die Könige der Erde sind. Und erst jetzt, nach so vielen Jahren, fühle ich mich auch den Ameisen näher. Einerseits weil ich darüber nachdenke, was sie vielleicht denken, und dann auch im Gedenken daran, dass ich die Erde bald umarmen werde. Dann werden die guten Ameisen durch meinen Kopf krabbeln und für mich denken und für mich träumen. „Gedenkt meiner in Stille", sagt der Dichter.

Was mir von meiner Mutter blieb, ist nicht viel, aber es reicht dafür, dass sie immer um mich ist. Allein ihr Geruch folgt mir wie ein Geist auf seinen dünnen Beinen, während ich mich im Haus aufhalte. Dieser Geruch ist nicht zu vertreiben, nicht zu dämpfen und nicht zu beschreiben. Manchmal scheint es nur in meiner Erinnerung so herrlich nach meiner Mutter zu riechen. Und wenn es so wäre, ich wäre darum nicht weniger froh, denn dann gehört er nur mir. Nur mir allein. Wenn Mutters Strenge ein Aroma verströmte, wäre ich in seine Netze gehüllt. Verlasse ich das Haus, lösen sich die Fäden, und etwas beginnt zu fehlen und etwas Fehlendes schmerzt.

Ihre Nähmaschine ist mir noch geblieben. Da ich nie nähen gelernt habe, steht sie als Denkmal für das Weibliche unter einer ukrainischen Ebereschendecke neben dem Teleskop. Zusammen wirken sie wie ein Gespann: Ein Pferd sehnt sich nach den Sternen, das andere nach dem, was es haben könnte, wenn es wollte, denn wenn ich wollte, könnte ich nähen, aber ich will es nicht wollen. Beide ziehen in entgegengesetzte Richtungen, nach rechts und nach links, und rühren sich nicht vom Fleck. Das ist die Sehnsucht, von der ich getragen werde, lieber Piotr Michailowitsch. Das ist meine Welt, mein Haus, das durch Zeiten und Räume fliegt. Ich an meinem Schreibtisch, zwischen greifbaren und unbegreiflichen Dingen in mein seltsames Lächeln versunken. So sollen Sie sich mich vorstellen.

Dann habe ich noch Mutters Schuhe, die ich zu jeder Jahreszeit trage. Da die Schuhe zu groß sind, muss ich sie immer mit etwas Papier auspolstern. Es hilft jedoch wenig, wenn es richtig kalt ist, denn der Fuß schrumpft in der Kälte, wie Sie wissen. Er wird kleiner, zieht sich in sich zurück, um sich zu wärmen, und verstößt den Schuh wie einen Stiefsohn, lässt ihn buchstäblich auf der Dorfstraße liegen. Ich muss dann immer vermitteln – den Fuß überreden, die paar Schritte zurückzugehen und den Schuh wieder anzuziehen. Es geht immer um die Form, Stiefsohn oder nicht, Feind oder Freund. Was zusammengehört, soll zusammen sein. Für die Ordnung in der

Welt leiden wir, alt oder jung, Schuh oder Fuß. Das denke ich.

Manchmal stehen Mutters Schuhe am warmen Ofen und strahlen Zufriedenheit aus. Heute sind sie zehn Kilometer gelaufen, haben Wälder gesehen und im Dickicht wilde Tiere vermutet. Die Sonne schien, wärmte ihre alte Haut auf ihrem Spaziergang. Wie sollte man da nicht zufrieden sein? Man ist ihnen gut, man hat sie noch nicht weggeschmissen. Ob sie sich darüber freuen, kann ich, um ehrlich zu sein, nicht sagen, aber für die Zufriedenheit, die sie ausströmen, kann ich bürgen, obwohl das nur zu vermuten ist, mit uns unbekannten Sinnen. Sie wissen, wie viel Vertrauen, Hoffnung und Glauben ich in diese unbekannten Sinne lege, Piotr Michailowitsch. Darum nehme ich mir die Freiheit zu behaupten, die Schuhe sind zufrieden mit der Lage der Dinge und haben es nicht eilig, unter die Erde zu kommen, in den ewigen Kreislauf einzutreten. Nicht nur Menschen dienen und arbeiten gerne. Alles was der Mensch anfasst, trägt menschliche Züge: Fleiß und Faulheit, der Hang zur Kontemplation wie die Freude auf das verdiente Vergnügen nach einem anstrengenden Tag. Ich würde sogar so weit gehen zu behaupten, dass die Schuhe ihre eigene Seele entwickeln, durch die menschliche Berührung. Eine kleine Welt, eine Schöpfung, die sich da im Kleinen darstellt. „Und er nahm den Menschen und hauchte ihm seinen Odem ein."

Nicht nur die Schuhe haben meine Mutter überlebt, auch ihre alte Stute hat es geschafft. Zu Mutters Lebzeiten war sie namenlos. „Gehst du zum Pferd? Das Pferd braucht Wasser. Das Pferd hat Würmer.

Das Pferd hat den Pfarrer gebissen. Den Bäcker. Den Fuchs. Warum kann das Pferd keine Mäuse fangen, wenn es schon nichts zu tun hat? Schau nach dem Pferd, es kratzt sich schon wieder!“ So wurde über das Pferd geredet. Nach Mutters Tod ließ ich es taufen. So wie ich die Mutter „Mutter“ nannte, ohne ihren eigentlichen Namen mein ganzes Leben lang zu sagen, so nannte ich das Pferd nach Mutters Tod „Mutter“. Ich hoffe, die Mutter hätte das auch für richtig gehalten. So unterschiedlich waren sie in ihrem Wesen auch gar nicht. Namenlos und doch allgegenwärtig. Ich erinnere mich, dass kein Tag verging, an dem das Pferd nicht im Gespräch war. Pferd hier, Pferd da. „Spann das Pferd ein, wir brauchen Holz für den Ofen! Der Schmied soll kommen, das Pferd hat etwas im Huf“ und so weiter. So ging es die ganze Zeit. Wenn ich jetzt den Stall ausmiste, und ich spüre den Atem der Mutter auf ihren schwachen vier Beinen in meinem Nacken, dann weiß ich – die Welt ist in Ordnung.

„Jede Ameise hat einen Kopf zwischen den Schultern, und der ist nicht nur zum Kauen da.“ Ich habe den Lieblingsspruch meiner seligen Mutter zu meinem Lieblingsspruch gemacht. Erst jetzt verstehe ich seinen Sinn. Ich unterschätze kein Tier mehr, lieber Piotr Michailowitsch, und von dem Menschen, der sich selbst gekrönt hat, halte ich nicht viel. Seine Krone ist unverdient, und das ist vielleicht die Wurzel allen Elends. Das Tier ist nicht unser kleiner Bruder, nein, es ist unser großer Bruder, unser gerechter Freund.

Das Einzige, was ich manchmal bedauere, ist, dass Pferde nicht lesen können und sich nicht besser zu beschäftigen wissen, als ständig nur nach Nahrung zu suchen und Nahrung zu sich zu nehmen. Vielleicht kommt es mir auch nur so vor, vielleicht ist es gar nicht bedauernswert. Vielleicht unterhält sich das Pferd mit hundertzwanzig Ameisen und vierhundertdreißig Käfern gleichzeitig, während es auf einer Weide Gras frisst. Und das, was es dabei erfährt, ist tausendmal aufregender als das, was der Mensch den Büchern entnimmt.

Mehrmals am Tage gehe ich zur Mutter in den Stall. „Na, Muttchen, mein altes Mädchen“, sage ich dann zu der Mutter, die immer am Kauen ist. Manchmal schaue ich und sehe nichts, was essbar wäre, in keiner Ecke, aber nein, sie kaut unbekümmert zu jeder Tages- und Jahreszeit. Nur wenn sie aufhorcht, hört sie auf zu kauen und schlackert leicht mit ihren Ohren. Auch Tiere werden im Alter gebrechlich. Die arme Mutter, die immer so gerne Vogellieder gehört hat, muss sich jetzt damit abfinden, dass ihr Gehör deutlich nachlässt. Auch die Sehkraft lässt zu wünschen übrig. Auch die Beinchen sind nicht mehr die schnellsten. Wenn ich sie aufs Feld spazieren führe, setzt sie sich oft auf die Erde wie ein Kleinkind, nicht weil sie nicht weiter will oder nicht weiter kann, sondern um Mitleid zu erwecken. Dann streichle ich sie, klopfe ihr ein paar Mal auf den Bauch und sage: „Mutter, ein bisschen Bewegung schadet nicht. Und außerdem habe ich im Feld einen Schatz vergraben.“ Kaum hört sie mich das sagen, muss sie grinsen. Sie grinst nicht, aber es wäre möglich, dass sie grinsen würde, wenn sie könnte. „Immer dasselbe, Konstantinowna“, sagt sie. Sie sagt es nicht, aber wenn sie könnte, würde sie es sagen. „Konstantinowna, du

Schlingel, warum falle ich immer auf dich herein?" Und unter Stöhnen und Ächzen richtet sie sich auf und trottet weiter neben mir her, bis wir die Felder erreichen, dann suchen wir unseren Schatz. Irgendwann werde ich selbst müde von der vielen frischen Luft und ziehe ihn aus meiner Tasche hervor: ein paar Möhren, die ich der Mutter, eine nach der anderen, verfüttere. Dann gehen wir wieder nach Hause. Die Mutter lacht vergnügt über unser tägliches Ritual. Natürlich lacht sie nicht, aber wenn sie es könnte, würde sie lachen. Vielleicht tut sie es auf eine andere Art, indem ihre großen Augen, sagen wir mal, noch größer werden.

Ja, wie Sie sehen, lieber Piotr Michailowitsch, es ist dem Menschen eigen, alles mit menschlichen Zügen zu versehen. So wie der liebe Gott uns sein Antlitz gab und eine Andeutung seines Wesens in uns legte, so tun wir es mit der Welt, die ohnehin Gottes Züge trägt und Gottes Berührung kennt. Eine Schande ist es, dass der Mensch sich vor Einsamkeit fürchtet. Er fürchtet sich davor so sehr, dass er es nicht scheut, mit Steinmauern zu reden. Ob uns das Bewusstsein unserer Existenz manchmal zu scharf ins Bewusstsein sticht? Gerne würde ich Tiere oder Pflanzen befragen, ob sie unsere Furcht vor Einsamkeit teilen. Aber meine Vermutung würde sich nur bestätigen: Sie kennen diese Furcht nicht, denn sie kennen Gott, so wie wir ihn nicht kennen. Eine Schande, dass wir in unserer hellsichtigen Blindheit dazu verdammt sind, uns von unserem Schöpfer abzugrenzen, während wir ihn rufen und uns nach ihm verzehren. Dabei ist Er hier. Es genügt, die Mutter zu sehen, wie sie, an die Stallwand gelehnt, mit halboffenen Augen schläft, Nachtvögel um sie herum, Sterne, Gras unter dem Schnee. In diesem Bild schlummert mein Verdacht, dass sie als Pferd mehr in Gott ist als ich, mit meiner unverdienten Krone auf dem Kopf.

In der Schule ist alles beim Alten. Letzte Woche haben die Kinder wieder einen Winteraufsatz geschrieben, das Thema durften sie selbst aussuchen. Es gab drei Vorschläge: „Die himmlische Braut", „Schnee" und „Mein Lieblingswintertier". Einstimmig hat sich die Klasse für „Schnee" entschieden. Schnee ist ein schönes Thema, man kann es entwickeln bis ins Absurde, und die Kinder verstehen sich besonders gut darauf. Katja, mein Schützling, deren Vater, wie ich Ihnen in einem früheren Brief erzählt habe, tot ist und ihr Briefe aus der Ferne schickt als Kapitän einer geheimnisvollen Expedition, hat etwas wirklich Entzückendes geschrieben. Als Erstes bedankte sie sich für den Brief von ihrem Vater, der pünktlich zu ihrem Geburtstag eingetroffen war. Ich habe mir bei diesem ersten Geburtstagsbrief besondere Mühe gegeben, habe Katjas Geschwister ausgehorcht, was sie gerne mag und liest und tut, sodass der Brief vertraut und zärtlich klang, aber auch väterlich streng. „Liebe Anna Konstantinowna", schrieb sie …

Liebe Anna Konstantinowna,
danke für den schönen Brief von meinem Vater. Gut zu wissen, dass es ihm gut geht. Ich mache mir immer Sorgen, ob er da unten nicht friert. Was mir noch fehlt, ist etwas, was ich meinen Freundinnen zeigen kann, damit sie mir glauben. Vielleicht können Sie dem Vater ausrichten, ich wünsche mir nichts sehnlicher als einen Papagei? Er muss

nicht groß sein, nur exotisch. Wenn es nicht geht, dann würde ich mich über eine bunte Feder freuen.

Ihre
Katja Kusnetsowa
5 A
Aufsatz
Schnee

Ich liebe Schnee und freue mich immer, wenn es lange schneit, bis das ganze Dorf weiß ist. Dann darf ich auf die Straße mit den anderen Kindern spielen. Im Schnee kann man alles Mögliche spielen. Es wird nie langweilig. Wird es einem zu heiß, kann man etwas Schnee essen oder das Gesicht mit Schnee einreiben. Manche Buben waschen sich so. Es gibt auch welche, die uns Mädchen mit Schnee füttern. Das mag ich nicht. Wenn ich zum Essen gezwungen werde, schmeckt es mir nicht. Wenn ich krank bin und nicht auf die Straße darf, sitze ich gerne am Fenster und schaue in den Schnee. Dann überlege ich mir, wie er so zu uns gekommen ist und warum er diese Farbe hat. Schön finde ich sie nicht. Sie ist wie die Wand im Krankenhaus, auf die man immer starren muss, denn es gibt nichts anderes. Wenn der Schnee blau wäre, wie der Himmel über den Wolken, aus denen er kommt, oder dunkelblau wie der Kosmos, in dem Kosmonauten wie Luftballons fliegen, dann wäre es wirklich toll. Vielleicht bringt er uns eines Tages eine Überraschung. Wir wachen alle auf und draußen ist alles blau. Man würde sich denken, der Himmel ist herabgestiegen. Menschen würden auf die Straßen gehen und tanzen wie auf einem großen Fest. Erwachsene in Nachthemden, warm vom Schlaf. Wie schön es wäre! Mein Vater sagte immer, wenn es schneite: „Es wird ein

Engel im Himmel gerupft." Das sage ich jetzt auch zu meinen jüngeren Geschwistern, und sie malen mir dann so einen gerupften Engel. Seitdem ich das angefangen habe zu sagen, wollen sie alle der Großmutter beim Hühnerrupfen helfen und streiten sich immerzu. Was bin ich froh, dass ich nicht so klein und dumm bin.

Was man im Schnee noch machen kann, ist Spuren lesen. Das verlerne ich gerade, weil mein Vater, der mir das immer erklärte, nicht da ist. Dafür denke ich mir neue Tierarten aus: Zwergelefanten und Riesenfeldmäuse, Nasenhasen und Schlangenwürger. Ihre Spuren male ich selbst mit einem Stöckchen in den Schnee. Dann sieht es so aus, als führte ich diese Tiere spazieren. Sie selbst sind nicht zu sehen, aber das macht nichts. Spaß macht es auch so. Der Schnee ist etwas sehr Schönes. Freude für den Menschen und Nahrung für die Schneetiere.

Wissen Sie, Piotr Michailowitsch, was mir auffällt? Mir fällt auf, dass ich meinen Beruf nicht der Kinder wegen mag, sondern wegen der Aufsätze, die sie schreiben, wegen der Ideen, die sie mit mir, einer Fremden, teilen, ob sie es wollen oder nicht. Kinder als solche sind mir unheimlich, wie die Katzen. Das darf ich im Schulrat nicht sagen, aber wahr ist es schon. Unheimlich sind sie mir alle ihrer unwissenden Weisheit wegen, der Waffe, die sie nicht benützen, nur vorzeigen, ohne Stolz, ohne Eitelkeit, fast spielend.

Sie fragen mich jetzt bestimmt, wie man diese Waffe benutzen könnte und inwiefern es überhaupt eine Waffe ist. Nun, mein Lieber, ich glaube, diese Art von Brillanz ist nur in unseren Augen eine Waffe. Das Denken der Erwachsenen bringt solche Begriffe hervor, Begriffe wie „Waffe". Ihre Bedürfnisse spiegeln sich darin. Und diese Brillanz zu benutzen wie eine Waffe, verrät zwar eine kindliche Sehnsucht, ist aber selbst nicht mehr kindlich. Sie würde nur unseren ernsten Zwecken dienen, denn auch im verrücktesten Traum würden wir ein Ziel verfolgen. Den Kindern scheint der Weg genug zu sein. Geht er zu Ende, suchen sie einen neuen, immer wieder und wieder, bis sie größer werden, erwachsen, und selbst nur mehr das Ziel vor Augen haben. Möge ein Erwachsener kommen mit der nötigen Brillanz des Geistes, einem reifen, umfassenden Wissen und einer kindlichen Lässigkeit. Möge er diese Waffe handhaben wie ein Kind, möge sein Ziel der Weg sein. Er wird sich in den Wind fallen und treiben lassen. Und es wird gehen. Warum auch nicht?

Weder vor den Kindern noch im Schulrat könnte ich das laut sagen. Aber Ihnen sage ich alles.

Denn auch ich bin mit Ihnen. Wenn Sie nur wüssten … Wie oft schaue ich aus dem Fenster, und mein Blick klammert sich immer wieder an die Zweige des Baums, an dem ein vereister Apfel hängt. So, genauso hängen meine Gedanken an Ihnen, lieber Piotr Michailowitsch. Als gäbe es nichts anderes auf der Welt.

Gestern habe ich etwas Entzückendes gesehen. Ein Rotkehlchen setzte sich in diesen Baum neben den Apfel, der so groß und rund war wie der Vogel selbst. Da erstarrte ich am Fenster, und je mehr ich mich bemühte, in diesem Zustand zu verharren, umso mehr kitzelte meine Anspannung den Vogel im Baum, bis er mir durch die Gardine hindurch direkt ins Auge sah. Da blinzelte ich einmal und noch einmal, und mein ganzes Körpergerüst brach geräuschlos in sich zusammen. Die Staubwolke, die unsichtbar blieb, war ein Seufzen, und dieses Seufzen gab dem Vogel den Rest. Wie ein Wahnsinniger pickte er mit aller Wucht auf den Apfel ein, bevor er davonflog. In diesem Augenblick überkam mich die Vorstellung, dass der Apfel dem Vogel folgte. Gleichzeitig sah ich, dass der Apfel rot anlief und dann golden wurde, und dann bildete ich mir ein, dass der Vogel den Apfel im Schnabel davontrug. Da soll einer verstehen, was wirklich geschah. Vielleicht gab es ja gar keinen Vogel? Klar ist nur, dass ich an Sie glaube wie an ein Wunder. Es ist kein Fünkchen Zweifel in diesem Glauben, auch wenn ich dieses Wort jetzt schreibe, Piotr Michailowitsch, mein guter, lieber Piotr.

Heute früh hatte ich auf dem Weg zum Bergwerk mit Goriunowa ein Gespräch. Wir gingen flotten Schrittes, denn es war recht frisch. Das Wasser wäre einem in der Gurgel gefroren, wenn man aus der Flasche getrunken hätte. Wir rannten also um unser Leben und führten ein gepflegtes Gespräch, leicht gedämpft, durch die Schals hindurch, die wir vor unseren Mündern hatten. „Konstantinowna!“, schrie Goriunowa mit leiser Stimme, die auf einmal knabenhaft klang. „Konstantinowna, du dummes Huhn! Hahaha!“ „Wieso denn das?“, fragte ich sie, ohne etwas zu sagen, mit meinem Lehrerinnenblick. „Ich glaub’s ja nicht, Konstantinowna, du riechst nach ausländischem Rosenwasser!“ Das stimmte auch, und es wunderte mich, dass Goriunowa diesen Duft wahrnahm, trotz der Kälte, trotz des Schneesturms und durch die Wolle ihres Schals. „Hör zu, Goriunowa, das tue ich, weil das Leben so schön ist!“, schrie ich ihr zu, mit dem Gehstock nach den zugeschneiten Gleisen tastend wie nach einem Geschenk im Sack. „Nicht für Boris Iwanowitsch von der Direktion, nicht für Anton Jakowlewitsch von der Telefonzentrale und nicht für den schmächtigen Dmitri, den Koch, der mit seinem krummen Finger für Frauen Blumenmuster in die Buletten ritzt. Und vor allem nicht für dich, denn dir ist ja alles Schöne unheimlich, Goriunowa!" So sprach ich zu ihr, und nicht ohne Bitterkeit. Ich weiß noch immer nicht, was über mich gekommen ist. Da blieb meine dickhäutige Goriunowa wie angewurzelt stehen, und dicke Tränen rollten aus ihren kleinen Äuglein, Tränen, größer noch als die Augen, aus denen sie quollen. Stellen Sie sich das nur vor! Ich heulte natürlich sofort mit. Wir umarmten uns auf den Gleisen, zum ersten Mal in unserem langen Leben. Schluchzend bat ich sie um Verzeihung, und sie nickte betont schwungvoll. Da musste ich an Ihre gesprächige Sekretärin denken, die, wie Sie sagten, ein beifallssüchtiger Elefant ist, und ich lächelte meine gute alte Goriunowa an. Tränen hingen uns wie Glassplitter im Gesicht. Man sollte nicht weinen bei 30 Grad minus. Das empfehle ich niemandem. Aber wenn es kommt, dann kommt es eben. Das Herz lässt sich nicht befehlen, auch wenn seine Launen einem nicht immer gut tun.

Goriunowa nickte in Richtung Bergwerk, wir gingen weiter, und ich tröstete sie und mich selbst, indem ich Goriunowa alles sagte, was ich ihr in den langen Jahren erspart hatte. Ob es am Schneesturm lag, der so heftig war, dass man kaum etwas hörte, weil man sich so sehr anstrengen musste, etwas zu sehen? Jedenfalls nickte Goriunowa immer heftiger, je lauter ich ihr große Worte zurief. Ob sie sich damit wärmte? Oder erreichten sie Goriunowa tatsächlich, trafen sie mitten ins Herz? Was ich all die Jahre einsam gehütet hatte, um meine Freundin zu schonen oder weil ich sie unterschätzte. Und weil ich ihr nicht gönnte, was ihr vielleicht gefehlt hatte? Das wollte sie mir nach alter Gewohnheit nicht verraten. Jedenfalls wurde unsere Bedeutung füreinander auf diesem Ritt durch den Schnee ein für alle Mal klar. „Liebes", sagte ich zu ihr und schluckte dabei, als wäre ich verlegen gewesen. (Bei aller Liebe, ich war alles andere als verlegen, auch wenn mir das Blut ins Gesicht schoss. Ein Segen, dass man das im Schneesturm nicht sehen konnte, sonst wäre ich dunkelblau angelaufen.) „Liebes, versteh mich richtig!", sagte ich und wusste sofort, wie falsch das klang. „Verstehst du nicht, Goriunowa, dass wir Frauen sind? Wir sind Frauen, Goriunowa, auch wenn wir zwei Ackergäule sind. Auch für dich will ich schön sein. Ich will duften nach Rosen, auch wenn weder dir noch mir jemand Rosen schenkt. Ich will den Faden der Poesie nicht abreißen lassen. Und dass du lachst über mich, ich kenne die Gründe. Du suchst Schutz, du wehrst dich gegen jede Sentimentalität. Und auch das ist mir teuer und lieb. Diese Geste der Stärke, die deine rührende, sanfte Natur entblößt in all ihrer Schwäche, meine liebe Goriunowa!" Ich wurde mit jedem Satz nur noch heiserer. „Goriunowa, hörst du, so bleiben wir am Leben! Ob du willst oder nicht, ob du mich auslachst oder verspottest, ich weiß, warum du es tust, und ich lasse dich, so wie du bist, denn ich liebe dich, Goriunowa! Ich tue es auch für dich. Für dich will ich gut riechen, damit wir beide am Leben bleiben. Allein schmeckt mir die Glückseligkeit nicht. Nur in Gemeinschaft, hörst du, in Gemeinschaft will ich sie erlangen, und außer dir habe ich niemanden!" Von Ihnen erzähle ich ihr nicht, denn Sie sind mein Geheimnis.

Goriunowa nickte und nickte, und so erreichten wir das Einfahrtstor beim Bergwerk. Im Laternenlicht sah ich, dass ihr Gesicht völlig vereist war. Da hätte ich sie gerne an mich gedrückt, aber ich wusste, das wäre für uns beide zu viel gewesen.

Mein Lieber, schreiben Sie mir bald.

Meine geliebte Anna Konstantinowna,

als ich heute Abend auf dem Weg zu meinem Hotel war, trieb eine alte Erinnerung an die Oberfläche meines aufgewühlten Bewusstseins. In meinen Damenkleidern glitt ich, ein Klotz von einem Mann, erstaunlich leichtfüßig an den Trümmern der Stadt vorbei und in Eile wegen der Gefahr, die hier von allen Seiten droht. Dabei war weit und breit keine Menschenseele zu sehen. Ich schaute hin und wieder in den Himmel, und der Himmel war alles andere als farblos. Er war fahl rosa wie die Bäckchen einer verblühten Schönheit vom Land, einst in Saft und Kraft und immer noch ansehnlich.

Der Himmel hat mich schon immer verzaubert. Wie ein Besessener versuche ich ihn mit dem Blick zu durchbohren, sein Geheimnis zu durchschauen. Diese Mühe füllt mein Leben aus, Anna Konstantinowna, und auch wenn sie vergebens ist, es macht mich glücklich. Natürlich weiß ich, warum meine Versuche immer scheitern werden. Weil ich etwas vom Himmel erwarte, weil ich eine Ahnung vom Himmel habe. Welche genau, weiß ich selbst nicht. Aber ich habe eine Ahnung, und sie könnte das sein, was mir im Wege steht.

Also blieb ich nach alter Gewohnheit stehen und strengte meine alten Augen an. Das Scheitern eilte wie immer dem Versuch voraus, ein leiser Hauch, ein Lächeln. Es macht mir nichts aus, man kann nicht alles haben, und manches ist so groß, dass man es eben nicht erfassen kann. Was würde ich tun, wenn ich das Geheimnis des Himmels durchschaut hätte? Ich würde mich auf den Boden werfen und heulen und vor Langweile und vor Ehrfurcht und vor Enttäuschung den Geist aufgeben. Nein. Wir wollen uns lieber an allen möglichen Unmöglichkeiten erfreuen, solange es noch geht.

Um nicht abzuschweifen … in den Himmel von Bagdad vertieft, kamen mir unsere ukrainischen Krähen in den Sinn, die zu Hunderten die Alleen unserer Städte bevölkern. Reglos und wach sitzen sie da und lassen nichts und niemanden aus ihren vollkommenen Augen. Und wenn sie schlafen, Anna Konstantinowna, dann wird die Stille noch stiller. Keinen Ton geben sie von sich. Ab und zu umkreisen Wächter, allein oder paarweise, den Baum, in dem ihre Kollegen schlafen. Wer an einem nebligen Winterabend unter so einem Baum steht und den Blick hebt, den lässt dieses Bild nicht mehr los. Bis zum Lebensende wird es ihm als Ideal des Zarten und Schönen gelten. Dann löst sich der Baum, der nun ein raschelnder schwarzer Haarschopf ist, vom Boden und wird davongetragen in einen rosafarbenen Himmel, der rot, glutrot anläuft und langsam in Flammen aufgeht. Dann ist man tot, dann darf man sich mit einiger Sicherheit für tot halten.

Beschwingt und mit allen meinen verbliebenen Zähnen lächelnd setzte ich meinen Weg zum Hotel fort. Ach, wie warm es mir auf einmal um das Herz wurde! So warm, dass ich ganz leise zu krähen begann. Wie zahme Rehe kamen Hunde aus ihren Verstecken, folgten mir und stimmten auf ihre orientalische Art in mein Lied ein. Begleitet von diesem räudigen Chor erreichte ich mein Hotel, es war nach Mitternacht. Machen Sie sich keine Sorgen, meine Liebe, mir kann hier nichts passieren. Unter meinen Frauengewändern fühle ich mich sicher, obwohl im Hotel mittlerweile jeder weiß, dass darunter ein Ukrainer steckt. „Es liegt an Ihrem Gang!" meint mein Fahrer Ali. „Sie gehen wie ein Schabrackenschakal, der die Hinterläufe hinter sich herschleppt wie ein Amerikaner ein R." Das mag stimmen, aber glauben Sie mir: Von allen werde ich hier mit Respekt behandelt, auch in Cafés, überall. Kaum betrete ich so ein Café, um süßen Tee zu trinken, verlassen alle Männer, einer nach dem anderen, den Raum, manche durch die Tür und manche durch das Fenster. Einmal blieb einer im Fensterrahmen stecken, da half ich ihm mit einem freundschaftlichen Tritt, wie wir Ukrainer das gerne tun. „Sie sollten Ihre Pistole besser verbergen, damit sie nicht alle Welt sieht!", meint Ali. Ja, ich sollte mir mehr Mühe geben und den Einheimischen mehr Vertrauen schenken. Sonst kommt man hier völlig durcheinander. Die Sitten des Landes sind ein Mysterium, in das man nur eindringen kann, wenn man sich ihm liebevoll ergibt. Wenn überhaupt.

Ach, wie sehr ich mich über Ihren Brief gefreut habe! Bevor ich Ihre Briefe öffne, streichle ich sie, wie man kostbare exotische Tiere in einem Palast streichelt. Wie der Sultan seinem Sklavenmädchen übers Haar streicht, an jedem Finger ein Ring. So komme ich mir vor, so reich, so beschenkt und gesegnet. Ihre Briefe, Anna Konstantinowna, retten mir das Leben, stillen jeden Hunger, jeden Durst. Wissen Sie das? Ob Sie das ahnen? Nur ein Wort von Ihnen und ich bin gerettet, erlöst! Ihnen zu danken wäre zu wenig. Wie für alles Wahre und Große sind Worte ein Hohn. Aber ohne Worte können wir uns nicht verständigen, ohne Worte können wir gar nichts. Das Wort ist schon eine vortreffliche Erfindung, der Himmel hat sie uns geschickt. Ein Mensch saß da und seufzte, schaute in den Himmel und seufzte. In seinem Kopf pochte das Verlangen, Dinge zu erklären, den See über ihm, die kleinen weißen Käfer darauf, die hübsch anzusehen sind, wenn man nicht schlafen kann. Alles kommt von der Grübelei. Es saß ein Mann und schaute in den Himmel und seufzte, bis ihm ein Wörtchen für Blau einfiel, ein Wörtchen für Gelb und Rot und für alle Dinge, die er sah und nicht sah. Das Wort, die Strafe und die Gnade des Allmächtigen, der die Sonne lenkt, unter dem sich viele andere Dinge tummeln, die wir erkennen wollen. Das ist unser Verderben.

Aber was tun? Auch die Gedanken wurden uns eingehaucht, die Eigenschaft, in Maßstäben von Mikrokosmen zu denken und zu handeln. Zum Außerkosmischen, zu IHM wollen wir aufsteigen, wie Tiefseefische an die Oberfläche schwimmen, um Luft zu kosten, wissend, dass unser feines Gewebe zerreißt, und dann werden wir davongetragen und in Licht gebadet, mit runder und runder werdenden Augen. Wir wollen zu Ihm aufsteigen, meine liebe Anna Konstantinowna, wenn wir uns hier ausgetobt haben, um die Liebe zu kosten.

Die Sandstürme, die es hier zu dieser Jahreszeit immer wieder gibt, lassen mich seltsamerweise an Fische denken. An Flugfische, die mit ihren langen Brustflossen durch die Luft segeln. Ein Flugfisch erhebt sich in die Luft, sein Leib ist abgeschliffen von den unzähligen Sandkörnern, die umherwirbeln, seine Augen geschlossen wie im Traum. Ja, wie im Traum schnellt er diesen bewegten Ameisenhaufen aus Sand empor, bis er den Trichter erreicht, auf dessen Spitze er auf dem Schwanzlappen stehend balanciert wie auf einem Kaminrohr. Die Abendsonne scheint ihm ins Gesicht. Eigentlich ist er ein einziges Gesicht, ein Kopf, ein Ganzes, anders als ein Säugetier, bei dem sich der Kopf durch den Hals vom Rumpf absetzt, wie um zu sagen: „Mit dem Kopf denke ich, mit dem Bauch verdaue ich, mit diesen Armen würge ich meine Feinde und umarme die Freunde, und mit diesem Huf versetze ich dir eine schallende Ohrfeige, lieber Gast!“ Das alles ist bei einem Fisch anders. Wenn er es eilig hat, dann als Ganzes. Wenn er nachdenkt, dann mit jeder Flosse und Schuppe. Es ist sinnlos, Ähnlichkeiten mit dem Menschen finden zu wollen, indem man ihnen fragend in ihre großen Augen schaut. Wussten Sie übrigens, dass die meisten Tiefseefische, die unter tausend Metern leben, blind sind? Wissen Sie warum? Sie sind blind, weil sie im Dunklen nichts zu sehen brauchen, in der ewigen Nacht der Tiefe, in der sie ihr Dasein fristen, geduckt wie wir, in Erwartung des strafenden Donners von oben. Und dort oben wimmelt es von den schönsten Engelchen, die spielen, Unfug treiben, spazieren fahren, bis ans Ende der Welt und zurück, ins Innere der Kontinente, sich vermehren, um dann irgendwann den Geist aufzugeben. Ist das nicht unglaublich?

Ja, ich denke hier die ganze Zeit an Fische, vor allem an die farbenprächtigen Tropenfische, die ich nur aus Büchern kenne. „Wie Karfunkelsteine glühen die südamerikanischen Salmler. Die Bärblinge Malayas flitzen in brokatenen Streifengewändern dahin." Für mich ist das herzerfrischende Poesie, Verehrteste. Lesen Sie Tierbücher, wenn Ihr Herz bedrückt und traurig ist. Sie vertreiben jeden Kummer. Ich empfehle Ihnen, lesen Sie so ein Buch über unsere Brüder. Dass sie kleiner sind als wir, heißt nicht, dass wir größer sind.

Fische, die als einzige Lebewesen nur aus einem Kopf bestehen, haben bis ins 19. Jahrhundert zu wenig Aufmerksamkeit von Seiten der Menschen genossen, obwohl sie auch in den tiefsten Gewässern in einer unglaublichen Vielfalt anzutreffen sind. Wer wusste zum Beispiel schon, was die Seepferdchen für rührende Geschöpfe sind? Ihre Tänze dauern Stunden, und am Ende legt das Weibchen dem erschöpften Männchen ihre Eier in die Brust. Von seinem Blut ernährt er die Brut, bis er sie nach Wochen im Mondschein ausstößt. Aus seiner liebenden Vaterbrust! Die Liebe wird ihm buchstäblich aus dem Herzen gerissen, tausendfach zittert und schwebt sie um ihn herum, sichtbare, durchsichtige Liebe. Ist das nicht unglaublich? Welch zärtliche Hingabe! Dass ein Mann sich so etwas gefallen lässt!

Oft liege ich um die Mittagszeit ziemlich matt auf meinem Bett und schaue auf die Decke, die natürlich auch hier weiß ist. Raten Sie mal, was ich dann sehe! Ich sehe den Schwertfisch, den schnellsten Schwimmer der Ozeane, wie er in rasender Fahrt, weil er sich selbst nicht mehr bremsen kann, mit seinem zweischneidigen Schwert einen Felsen teilt wie ein Stück Käse. Er muss ein schrecklicher Lügner sein, mit so einer Nase. Wenn ich Ihnen einen kostbaren Dolch schenken dürfte, würde es so ein Schwertfischnäschen sein, meine Liebe. Ja, Sie verdienen das Außergewöhnlichste. Gerne dürften Sie ihn dann als Brieföffner für meine Briefe benutzen. Im Moment, in dem Sie damit einen von ihnen öffnen, würde ich aufspringen, als hätten Sie mir einen Stromschlag geschickt.

Nun, ich gestehe, es bedrückt mich, dass Fische wie wahrscheinlich alle Tiere nur an Vermehrung zu denken scheinen. Es bedrückt mich manchmal so sehr, dass ich mir sagen muss: Auch wenn es so ist, sind sie nicht nur mit physischer Vermehrung beschäftigt, sondern mehren auch Gottes Liebe. Wer sagt denn, dass die Tiere davon unberührt bleiben? Vielleicht haben sie zur Vermehrung von Gottes Liebe mehr beigetragen als ich, ein kinderloser alter Mann, mit meiner Grübelei und Träumerei.

Ja, liebe Anna Konstantinowna, Sie haben Recht, man darf Tiere nicht unterschätzen, und jeder Wurm könnte die Krone der Schöpfung sein, jedes kriechende Ungeheuer, jedes Kalmarmännchen, das bei der Paarung errötet. Wenn ich mir uns Menschen betrachte, nehmen wir nur meinen Chef als Beispiel, kann ich nur den Kopf schütteln. Was kann man sonst tun, wenn man ihn sieht, wie er seine Jugend beweint, je weniger Wodka in der Flasche, umso lauter. Seine geröteten Augen, sein Selbstmitleid, warum? Warum dieses feierliche Elend, wenn Menschen in Kriegen umfallen wie die Buckellachse nach dem Laichen? Sie ziehen in den Krieg und lassen sich von den Prachtstücken der Schöpfung, die ihre Länder regieren, dafür bezahlen, dass sie auf ihresgleichen schießen. Gleichzeitig sorgen sie dafür, dass sich alle wohl fühlen. Für das Wohlbefinden werden wieder Dinge verlangt, die im Tierreich undenkbar wären. Die Schulpflicht zum Beispiel. Aber das ist bei Weitem noch nicht das Schrecklichste. Kaum erwürgst du einen Mitmenschen, der böse ist und dir ins Gesicht spuckt, schon wirst du für immer eingesperrt. Was für eine Folter! Wie verworren ist doch der Mensch! Da ist mir jeder Wurm lieber. Friedlich gräbt er sich sein Loch, frisst Erde, und wenn ein anderer Wurm daherkommt und seine bessere Hälfte besamen will, da ist er frei zu tun, was ihm beliebt. Entweder überredet er seinen Kollegen freundschaftlich, auf sein Vorhaben zu verzichten, oder er durchbeißt ihm wortlos Hals oder Taille. Und niemand wird ihn für das eine oder das andere verurteilen oder gar bestrafen. Seine bessere Hälfte wird ihn in jedem Fall anstrahlen, sodass ihre bescheidene Wurmkammer in hellem Glanze erstrahlt wie in heiliger Nacht.

Was Sie mir über Ihr Pferd und Ihre Mutter erzählt haben, ist sehr schön, liebe Anna Konstantinowna. Ihre Angst, dass die Tiere sich langweilen könnten, weil sie keine Bücher lesen, kann ich sehr gut verstehen. Früher, als kleiner Bub, habe ich mir gerne Geschichten ausgedacht, wie die Tiere sich in ihrer Freizeit beschäftigen. Zum Beispiel Hasen im Winter. Wenn sie nicht gerade auf dem verschneiten Feld sitzen, wo es scheinbar nichts zu holen gibt, und kauen und ihre Nasen verziehen, dann sitzen sie ganz gewiss in ihren Zimmern beim Tee. Ich stellte mir das so vor: Die Mümmelfrau holt einen Schneeball von oben, legt ihn in ein Gefäß und setzt sich darauf, damit er schmilzt. Dann nimmt sie ein getrocknetes Birkenblatt von der Wand und legt es ins Wasser. Nach vier Minuten ist der Tee fertig. Er ist nicht gerade warm, aber Heiß soll sowieso ungesund sein. Oder anders: Ein einsamer Mümmelmann kommt in die Hasentrinkstube, setzt sich in die Ecke und holt ein angetrocknetes Birkenblatt von der Wand und rollt es zu einer Zigarre. Mit der lässigen Geste eines alten Hasen zündet er seine Zigarre an. Er zieht genüsslich daran und bläst Ringe oder gar Herzchen in den Raum.

Früher hatte ich ein schönes Bilderbuch, „Die Fische ferner Länder" hieß es. Allein der Titel ließ meine Augen größer werden, sodass ich am Ende aussah wie ein Großaugenschnapper. Der war übrigens mein Liebling. Er bewohnt die mittleren Tiefen, wo die Angelruten machtlos sind. Darum wird er von den Fischern auch Teufelsfisch genannt. Wer ihn an den Haken kriegte und später in die Pfanne, der hatte seine Seele dem Teufel verschrieben. Eines Tages fand man ihn dann kalt über einen kalten Teufelsfisch gebeugt, und wenn man ihm auf die Schulter klopfte, fiel er langsam, wie unter Wasser, mit einem erlöschenden Lächeln vom Stuhl.

Damals erfuhr ich, dass die schönsten Fische dieses Leuchten vom Glanz der Sonne haben. Ich fürchtete mich vor diesen bunten Fischen wie vor dem Fliegenpilz. Andererseits wünschte ich mir voller Sehnsucht, ich möge beim Tauchen in unserem kleinen Dorfteich so einen Fisch antreffen. Er würde mir dann mit seinen riesigen Augen in die Augen schauen, abschätzen, ob er mich verschlucken könnte, denn es gibt Fische, die ihre Kollegen verschlingen, die größer sind als sie selbst. Und ich würde die Arme ausbreiten wie Jesus Christus, unser Herr am Kreuz, und den Fisch in meine Arme schließen. „Freund", würde ich zu ihm sagen, „endlich darf ich dich sehen!" Diesen Traum träumte ich oft, als ich klein war, am Tage und des Nachts. Ich verzehrte mich danach, einem exotisch leuchtenden Fisch mit traurigem Blick zu begegnen. Ich tanzte mit ihm im Wasser, bis mir die Luft ausging, bis mir der Fisch durch den Mund sein Leben und seinen ganzen Sonnenglanz einhauchte. Wieder am Ufer wusste ich nicht mehr, ob ich noch lebe. Die anderen Kinder schauten mich entsetzt an und bekreuzigten sich, denn mein Körper glänzte, als würde er in Flammen stehen. Ach, bei diesem Gedanken schüttelt es mich jetzt vor Kälte, als würde ich tatsächlich gerade aus dem Wasser steigen, einen Fischkuss auf meinem Mund.

Der Tigris wimmelt hier von Fischen. Man isst sie mit den Fingern, damit man nicht an den Gräten erstickt – eine Schmach in den Augen der lokalen Bevölkerung. Lieber stolz im ungleichen Kampf sterben oder, im klassischen Fall, einfach aus Altersschwäche umkippen. Fisch zu essen macht hier wirklich Spaß, und ich wühle mit Wonne in dem heißen Fisch wie ein Kind. Wenn mein Chef mich sehen würde! Seine Krawatte würde schrumpfen. Seine Ohren würden schlackern wie Flügel und ihn in eine unbekannte Richtung davontragen. Wie oft waren wir auf irgendwelchen steifen Empfängen, wo er sich am Büffet großzügig an unseren ehrlichen Karpfen bediente. Wie die Mutter auf ihr Kind, so schaute er auf sein Tellerchen. Dann sagte er immer: „Petrow, schau dir das nur an! Welche Pracht!" Und ich schüttelte nur den Kopf: „Wie wollen Sie das essen, Panassowitsch? Das Vieh ist ja mit Gräten gespickt wie ein Schlachtfeld mit Tretminen!" Und mein Chef griff zum Besteck und fing an, am Fisch herumzubasteln, dass da die Fetzen nur so flogen. Am Ende raste er rot im Gesicht aus dem Saal, ohne sich zu verabschieden, hungrig und wütend, oder wir fuhren direkt ins Krankenhaus.

Jetzt habe ich Hunger bekommen. Wissen Sie, was ich am liebsten essen würde? Keinen Fisch, nein. Am liebsten würde ich jetzt Pilze essen, unsere guten ukrainischen Pilze. Wenn ich das schreibe, schlängelt sich eine dicke Träne meine Backe hinab wie ein Glas-Aal. Ja, für ein paar Pilze würde ich jetzt viel geben. Erinnern Sie sich noch an die Pilzverkäuferinnen aus den alten Zeiten? An diese wandelnden Pilzgirlanden? Es gibt sie kaum noch, diese braungebrannten Großmütterchen mit ihren weißen Tüchern und den langen Pilzketten um den Hals. Langsam wandern sie alle in die Erde zurück, wie die Pilze selbst. Gerade sind sie noch zu sehen, aber kaum dreht man sich um, liebe Anna Konstantinowna, sind sie weg. Spurlos verschwunden. Darum sollten wir schauen, mit aller Kraft unserer Augen schauen, die Pilzsammlerinnen an ihren Kopftüchern festhalten, damit sie nicht untergehen. Wir dürfen nicht vergessen. Anna Konstantinowna, auch wenn wir die Letzten wären, was wir gottlob nicht sind, die an die alten Pilzverkäuferinnen denken, an diese Gestalten, die auf ihren dünnen, ehrlichen Beinen aussehen wie Schränke, wenn sie aus dem Nebel des Morgengrauens heraustreten, würde die Kraft unserer Zärtlichkeit ausreichen, um sie über der Erde zu halten.

Je älter ich selbst werde, umso öfter träume ich von ihnen. Auch ihre Stimmen waren mir damals wie Musik aus der Erde. So könnte ein Pilz sprechen, dachte ich mir. Ein Pilz lüftet sein Hütchen und stellt sich vor: „Pilz Pilzowitsch Pilzew, Weißpilz, gefunden und getrocknet an einem durch nichts getrübten Morgen im Jahre des Herrn …" Das waren Stimmen, ein Echo nach innen war das! So spricht niemand heutzutage. Auch ich könnte es nicht. Dafür müsste ich als Pilzsammler aufgewachsen und alt geworden sein, mit Ausdauer, tiefem Glauben und mit Liebe zu den Pilzen. Ja, ich habe Hunger jetzt. Würde jedoch eine dieser alten Pilzsammlerinnen aus meiner Kindheit vor mir stehen und die Namen der Pilze aufzählen, mit dieser erdigen, märchenhaften Stimme, ich würde keinen Bissen herunterkriegen. Ich würde einfach verhungern vor Ehrfurcht, vor Entzücken und vor Anstand. Der Hunger würde weichen, und mein Leben würde ihm folgen. Ein schöner Tod wäre das.

Aber noch ist es nicht so weit! Sie wissen ja, was ich vorhabe, liebste Anna Konstantinowna. Einen Schatz will ich für Sie und für alle Menschen ausgraben, ein königliches Geheimnis lüften. Wie und wo ich es finden werde und was es ist, weiß ich nicht. Ich darf es nicht wissen, und ich bemühe mich, es nicht wissen zu wollen. Inzwischen habe ich mehrere Versuche unternommen, gelassen, rein wissenschaftlicher Natur, habe die Gegend erkundet, eine Karte in der Hand, Flora und Fauna dieses trockenen Fleckchens Erde bewundert, alles, um meinen Verstand abzulenken, denn er ist das Einzige, was mir auf dem Weg zum Geheimnis im Wege steht. Auch jetzt, wenn ich das Wort „Geheimnis" schreibe, wittert er den großen Fang und fängt an zu zappeln und alles zu verderben.

„In der Ruhe liegt die Kraft", sagten die Weisen, die es besser wussten und genauso gestorben sind wie alle anderen. Ich sage lieber gar nichts. Am liebsten würde ich auf meiner Mission schweigen, aber es geht nicht, wegen Ali, der mich durch die Gegend kutschiert. Er allein scheint zu begreifen, was ich meinem Verstand verheimliche, dass es um etwas Großes geht, und sei es winzig klein. Manchmal fahren wir stundenlang durch die Wüste, ohne ein Wörtchen miteinander zu reden. Ich bin meistens so müde von der Hitze und der geistigen Anspannung, dass ich die Zunge ohnehin kaum bewegen kann. Ali ahnt jedoch immer, wo ich hin will. Dabei sage ich ihm nichts und gebe ihm auch keine Zeichen. Das lässt mich vermuten, dass er ahnt, worum es geht. Es ist nicht einfach nur ein Ausflug, es geht um den Weg, um den Zustand passiver Bereitschaft, um die Lässigkeit auf der Hut. Einen besseren Fahrer könnte ich mir nicht wünschen.

Als mir heute Vormittag Ihr Brief an der Rezeption des Hotels ausgehändigt wurde, wurde mir wieder sehr warm ums Herz. Ich fühlte mich plötzlich so einsam. Einsam kam ich mir vor, unendlich einsam und allein, obwohl ich Ihren lang ersehnten Brief in Händen hielt, ein Stückchen Heimat, eine Flocke Liebe, die greifbare Bestätigung meiner Hoffnung, dass Sie zärtlich an mich denken. Und trotzdem stand ich wie gelähmt da. Ein Wind pfiff durch mich hindurch. Was war das, Anna Konstantinowna? Was kann einen Gläubigen derart erschüttern, dass er seinen Gott zweimal nicht sieht? Kann es sein, dass man in diesem Augenblick von Ihm derart geblendet wird? Vielleicht kommt ja der Berg tatsächlich zum Propheten? Vielleicht bequemt sich das Wunder zu geschehen, sich wie ein Donner über den Köpfen der Wartenden zu entladen?

Ein Wunder ist Ihr Brief, ein Wunder ohnegleichen. Ich sage Ihnen, Anna Konstantinowna, auch wenn ich dazu verdammt wäre, das Geheimnis um Gilgamesch nicht zu lösen, den Schatz nicht zu finden, auch wenn ich nur zum Vergnügen hier wäre, auch wenn mir hier keine Offenbarung zuteil werden würde, würde ich nicht vor Kummer sterben, oh nein. Ich würde dann den Rest meines Lebens in Erwartung zubringen, bis nur mehr ein Häufchen Staub von mir übrig ist. Ich würde täglich meine Suppe essen, aus dem Fenster schauen und an Sie denken. Ab und zu würde ich Ihre Briefe mit Ihrer Schrift aus meinem Schreibtisch herausnehmen und sie, ohne sie zu lesen, denn ich würde sie alle auswendig kennen, mit feuchten Augen an meine Brust drücken, als wäre Ihr gutes Wort die Erfüllung, die Erlösung und das Geheimnis selbst, das zu lösen ich Ihnen so kühn versprochen habe. Meine Liebe, wenn ich das schreibe, muss ich fast heulen. Und wenn ich „heulen" schreibe, heule ich schon. Gleich tropft es aufs Papier… Na, es kommt nicht! So ist es immer. Sehen Sie: Je mehr man etwas will, umso mehr entzieht es sich einem.

Die Moral von der Geschichte? Zähle deine Tränen nicht!

Wenn Sie mir schreiben, weiß ich, dass Sie für mich beten. Für das gute Gelingen. Jedes Wörtchen von Ihnen, meine Liebe, ist ein Glied in der Gebetskette. Meine liebe Annuschka, Ihre Gnade …

Liebe Anna Konstantinowna, als ich eben mitten in der Nacht nach fast zehn Stunden Schlaf aufwachte, fiel mir ein, dass heute gestern war und dass mein Frühstück ewig weit zurückliegt. Sie wissen, ich bin ein großer Mann und brauche Nahrung. Wie lustig das klingt: „Nahrung". Der Hunger sprach mit mir in verschiedenen Zungen. Er sagte: „Petrow, du hast mich, du bist nicht einsam. Das Briefchen aus der Heimat, das dich einsam machte, wirst du bald vergessen haben. Schau nur, wie ich deinen Bauch kitzle! Das ist meine Unterschrift, die Handschrift meiner Poesie, der einzigen und einzig wahren auf dieser Welt." Da wurde ich noch im Halbschlummer böse. „Was erlaubst du dir!", sagte ich in Gedanken zu meinem Hunger. „Was erlaubst du dir, Freundchen", sagte ich zu ihm, „deine Poesie ist nicht die einzig wahre!" Und da verließen mich die Worte, und auf einmal schien mir die Poesie des Hungers tatsächlich die einzig wahre zu sein, ernst, bitter und klar. Alles andere erschien mir plötzlich wie lächerliches, überflüssiges Geblubbere aus satten Bäuchen. Wie konnten wir nur so tief fallen? Dann, nach einigen Überlegungen, kam ich doch wieder zu dem Schluss, dass der Hunger selbst nicht einmal der einzige Hunger ist. Mir fiel ein, dass es noch Lebenshunger gibt, Liebeshunger, Hunger nach Weisheit, Hunger nach Wundern und mehrere andere Arten Hunger. Der fleischliche Hunger kann also gar nicht der einzig wahre sein. Das hat mich sehr beruhigt, satt gemacht hat es mich aber nicht.

Anna Konstantinowna, meine Liebe, damit Sie

auch noch in Zukunft etwas von mir haben, muss ich diesen Brief schließen und mich empfehlen, um unten im Speisesaal des Hotels eine Kleinigkeit zu mir zu nehmen. Mitunter kommt mir das Hotel *Ischtar*, in dem ich wohne, wie ein Schiff vor, besonders in der Dunkelheit. Dann gehe ich oft ans Fenster, um zu schauen, ob wir nicht tatsächlich schwimmen. Aber nur die Wolken schlagen hohe Wellen, wie ich sehe. Annuschka Konstantinowna, leben Sie wohl. Ich küsse Ihre Hände! Ich warte auf Ihren Brief!

Ihr Petrow

Mein lieber Piotr Michailowitsch,

auch wenn Sie mit leeren Händen und erloschenen Augen aus der Wüste zurückkehren sollten, ohne das Geheimnis, das Sie mir versprochen haben, ohne ihm einen Schritt näher gekommen zu sein, wären Sie mir genauso lieb, wie wenn Sie es mir auf Ihrem Handteller servieren würden. Das Geheimnis von Gilgamesch würde uns dann bis an unser Lebensende entgegenleuchten, und unsere Augen wären feucht, weil wir ständig ins Licht schauen, mit den Augen und mit jeder Schuppe der Seele, die sich in uns regt. Was für ein merkwürdiger Vergleich … Ihr Bericht über die Fische war übrigens entzückend!

Jedenfalls, mein Lieber, seien Sie versichert: Wenn die Erfüllung nicht einträfe, würde sie sich trotzdem tausendfach erfüllen. Und früher oder später wären wir in ihr, in Unsterblichkeit gehüllt. Ob König Gilgamesch sie zu Lebzeiten erlangte oder nicht, wie weit sich ihm die Weisheit offenbarte, das herauszufinden haben Sie sich zum Ziel gesetzt, mein herzallerliebster Piotr Michailowitsch. Wie Sie umherirren in Ihrer Burka, wie Sie den Staub von Ihrem Rock klopfen, die Hitze darunter (ja, auch die Hitze stelle ich mir vor), wie Sie schwitzen müssen, wie Sie wie die Frauen für die Schönheit leiden …

Für Ihren lieben Brief danke ich Ihnen von Herzen. Sie wissen, damit verlängern Sie mir das Leben. Auch Ihr Wort stillt meinen Hunger. Es ist das Wasser, mit dem ich mich wasche, das Wasser, das mich schön macht. Verstehen Sie, was Sie mit mir tun? Nur durch Sie werde ich zu der Schönheit, die ich nie gewesen bin.

Ich schaue jetzt viel zu oft in den Spiegel. Als wäre ich eitel, was ich wirklich nicht bin. Aber ich bestaune einfach zu gern die unglaubliche Verwandlung, die sich mit mir vollzieht, ohne dass es mir wirklich bewusst ist, dass sie mich betrifft, meinen Körper. Wo es kein Licht gab, keine Anmut, nicht den Hauch einer Zartheit und Leichtigkeit, da ist jetzt noch immer nichts. Aber wenn ich mir im Spiegel in die Augen schaue und dabei an Sie denke, dann sehe ich um mich hohe Wellen schlagen und wie der Schaum aufblitzt, und mein Gesicht, dieses Gesicht, es steht in Flammen, zart rosa, und die Flammen wandern meine Wangen hinauf und in die Pupillen und aus dem Mund wieder heraus, weil ich dann seufzen muss, und in dem Moment, da ich vor lauter Verwunderung den Gedanken an Sie verliere, erlöschen sie.

Sogar meine unansehnliche Goriunowa ist jetzt ein netterer Anblick. Ich schaue sie jetzt immer zärtlich an. Dabei ist mir, als hätte ich keine Augen, nur zwei Lichthöhlen, um die Liebe zu verstreuen. Durch jedes Wesen und jeden Gegenstand zu Ihnen, mein Lieber, und durch Sie zurück in die Welt, so wandert mein Blick.

Goriunowa selbst schaut jetzt auch unruhig in den Spiegel. „Es zieht", sagt sie, während sie ihre alberne Frisur in Ordnung bringt. Wir sehen uns jetzt mehrmals täglich, weil es so kalt ist. Mal kommt sie zu mir, mal gehe ich zu ihr, je nachdem, bei wem geheizt ist. Nichtsdestotrotz ist es meine Aufgabe, das Holz aus dem Wald zu holen, das Holz zu hacken und für das Feuer im Ofen zu sorgen. Goriunowa hat mich nie darum gebeten, aber auch ohne Worte war mir klar, dass ich diese Aufgaben übernehmen darf. Schweigend fälle ich die Bäume im Wald, ich zersäge sie, fahre sie auf meinem Schlitten ins Dorf und erwarte keinen Dank von Goriunowa. Wie Sie wissen, verstehen wir einander auf eine Art, die keine Worte braucht. „Berührend" wäre wohl der richtige Ausdruck, auch wenn diese Berührung körperlich nicht spürbar ist. Wenn es überhaupt eine Berührung gibt, vollzieht sie sich auf der Ebene der Seelensprache, der Sprache der goldenen Ameisen, die mit ihrem Treiben Wind machen. Darum sagt Goriunowa vor dem Spiegel, dass es zieht. Dabei ist es nur die Liebe, die durch das Zimmer flattert.

Neulich, da hatte ich Ihren Brief schon bekommen, fuhr ich in die Stadt, um in der Bibliothek einige Bücher auszuleihen. Weil ich Lehrerin bin, wurde mir ausnahmsweise erlaubt, sie nach Hause mitzunehmen. Der gewöhnliche Sterbliche muss solche Kostbarkeiten in den Wänden der Bibliothek lesen, unter den strengen und schläfrigen Blicken der Aufseherinnen, die in jeder Ecke des großen Saals sitzen und aufpassen, dass den Büchern, einmaligen oder seltenen Exemplaren oder Folianten mit abgestoßenen Lederecken aus fernen Zeiten, kein Schaden geschieht. Dann strömt sofort Andacht in die Hand des Lesers, und die Allgegenwart der Aufseherinnen auf ihren bei jedem Atemzug knarrenden Stühlen lässt dieses Gefühl nur noch stärker werden. Ihre Körper wirken verwittert und fast schütter in ihren ärmellosen Fuchs- oder Hasenpelzjacken, als hätten sie in jungen Jahren die Luft gekostet, in der diese Bücher gedruckt wurden. Wenn man an ihnen vorbeigeht, verlegen, als müsste man sich für irgendetwas schämen, dann erkennt man, dass sie aussehen wie Gimpel im Tauwetter: Zerzaust, die Federn gespreizt, sitzen sie im Baum wie diese Greisinnen auf ihren Bibliotheksstühlen. Ob sie überhaupt etwas sehen? Das erscheint mir sehr unwahrscheinlich. Es ist gut möglich, dass sie ihre Brillen nur aufsetzen, um hinter ihren dicken Gläsern geborgen zu schlafen.

Jedenfalls habe ich in den nächsten zwei Monaten etwas Besonderes und Schönes zu Hause. Raten Sie mal, was für Bücher ich ausgeliehen habe! *Die Vögel und der Mensch*, *Die Geschichte der Vögel*, *Kuckucksei*, *Das Geheimnis der Sabier* und *Gilgamesch. Eine Erzählung aus dem alten Orient.* Ist das nicht großartig? Ich bin so glücklich. Wenn Sie wüssten, wie ich jetzt lachen muss, da ich das schreibe. Auch weil ich weiß, es wird wiederkommen, wenn Sie diese Stelle meines Briefes erreicht haben werden. Und ich könnte wetten, ich werde wieder lachen müssen, das Lachen wird mich lüften wie einen Hut, aus heiterem Himmel und sei es im Traum. Wochen später erst, denn so lange braucht die Post.

Nur weil Sie so herrlich von den Fischen der Tropenmeere geschrieben haben, kam ich auf die Idee, diese Vogelbücher auszuleihen. Diese Idee wurde zum Verlangen und schließlich zur Besessenheit. Wochenlang habe ich händeringend ausgeharrt, bis ich in die Stadt fahren konnte. Und nun habe ich unvorstellbare Schätze auf meinem Schreibtisch liegen. Gilgamesch war sowieso längst fällig; ich muss ja mithalten und wissen, worum es geht und wo Sie sind, mein lieber Piotr Michailowitsch. Der einzige Zufall war das Buch über die Sabier, es hat sich von allein in mein Wollen eingeschlichen. Bleich und kränklich stand es im Regal neben dem Gilgamesch-Buch.

Die Bibliothekarin, die mir zuvor drei Vogelbücher ausgehändigt hatte, erschien mir auf einmal wie ein Krauskopfpelikan. Die Abendsonne spiegelte sich trübe in ihren Brillengläsern, dahinter ihr dorniger, sanddorniger Blick. Recht verwirrt folgte ich ihrem Wink in die Tiefe des Bücherwaldes. Schwerfällig näherte sich ihr leichter Körper aus Haut und Knochen dem Regal, das den Mythen und Sagen der Welt bestimmt ist. Entschlossen flatterte sie zum Buchstaben G und ergriff das Gilgamesch-Buch. Dabei knickte das Buch, das daneben stand, so traurig ein, dass mein Herz einen Sprung machte. Den Kopf an einen Fremden gelehnt wie ein Betrunkener am Zaun, ratlos, verwirrt und von Gott verlassen stand es da. „Was ist das für ein Buch?“, fragte meine Zunge. Und die Bibliothekarin bewegte die ihre bedächtig wie eine Mühle im Traum: „Sabier.“ Und so kam dieses Buch über die Sternenanbeter zu mir ins Haus.

Sie haben dir geantwortet und dich gerufen, Sohn des Sternes, und du hast ihnen, die du berührt hast, geantwortet. Du hast die Höhe und die Tiefe gesehen, die Ferne und die Nähe, das Verborgene und das Sichtbare. Und sie – sie kennen die Nützlichkeit deiner Ansichten.

Ich kann dieses kleine Epitaph aus meinem Buch über die Sabier zwar lesen, durch den Schleier der Ferne und der Nähe, aber durchschauen kann ich es nicht, von dort, wo ich auf meinen alten Beinen stehe, auf ukrainischer Schwarzerde. Es wirkt gewichtig und ist schwer zu deuten. Wahrscheinlich ist das auch seine Bestimmung: den Nichteingeweihten zu berühren, ihm gar die Seele zu verbrennen, ohne ihn jedoch in das Mysterium einzuweihen. Ein Mysterium heißt ja auch nicht umsonst so.

Ich frage mich jetzt auch, ob es nicht das einzige Ziel der Kunst ist, sich selbst zu hüten, sich nicht preiszugeben und doch für alle Winde offen zu sein. Dabei scheint die Zeit, die uns von einem Kunstwerk und den Gedanken, die sich darin ausdrücken, trennt, nicht die geringste Rolle zu spielen. Wissen Sie, mir geht es mit allem, was von Menschenhand geschaffen ist, so wie mit diesem Epitaph: Ich stehe ratlos da, spüre, wie mir die Ferne um die Ohren wuchert (die Ferne und nicht die Zeit), die Ferne, die mit Absicht in das Wesen der Dinge gelegt zu sein scheint, damit der Suchende sie überwinden versucht. Aber wie? Mit Eifer? Gelassen? Schnell wie ein Pfeil? Was meinen Sie, mein Lieber?

Ich habe mich den ganzen lieben Tag in der Stadt aufgehalten, bin durch die breiten asphaltierten und gepflasterten Straßen gegangen und habe es genossen, dass meine Schuhe nicht dreckig wurden, abgesehen von dem Dreck, den ich von zuhause mitgebracht hatte. Ist es nicht toll, dass die Straßen gefegt werden, dass man sie überhaupt fegen kann? Der Gedanke, wie nützlich die Arbeit ist, die die Straßenfeger verrichten, rührte mich in seiner vollkommenen Klarheit zu Tränen. Dass der Mensch mit den Hähnen aufsteht und eigenhändig den Staub der Erde von ihrer Oberfläche wegwischt! Tagaus, tagein, bis er zusammenbricht, denn gekündigt werden

Straßenfeger bekanntlich nie. Nur der Tod befreit sie von ihren Pflichten, sonst niemand. Kein General, kein Barin, kein König. Ein Spaziergang durch so eine gepuderte Gasse fühlt sich an, als würde man Kuchen mit Sahne essen. Ach! Und erst wenn man eine Münze darüber rollen lässt! Da möchte man sich selbst tot oder krank die Mütze vom Kopf reißen und in die Ferne tanzen! Ich habe sogar die Zehen in den Schuhen eingezogen und die Hände vor Wonne zu Fäusten geballt.

Eine Brücke gibt es auch in der Stadt, eine recht ansehnliche Holzbrücke, leicht scheckig von Vogelmist, und unter der Brücke wurden gerade zwei Apfelschimmel in einem Boot zum Markt gefahren. Das hätten Sie sehen müssen! Wie das Boot den Flussvorhang hob, ohne ihn zu lüften, eine Umarmung, die nichts wollte, die perfekt war in ihrem Nichtwollen. So könnte es dem durstigen Suchenden eines Tages gelingen, in das Mysterium einzudringen. Plötzlich wird er den Vorhang lüften, ohne ihn zu heben, und da sein, wo er schon immer war. Die Ferne fällt raschelnd ab, und der wahre Glaube blitzt auf, heller als alles, war er zuvor gesehen hat.

– Unser Meister, erkläre uns das seltsame Ding!
– Lasset die Schalen mit Geheimnis gefüllt sein. Lasset, was bleibt, gesammelt sein …

Nun, mein Lieber, ich habe gewissenhaft in meinen Vogelbüchern gelesen und bin zu der folgenden Überzeugung gekommen: So geht es nicht! Die Wissenschaftler, die übrigens die gläubigsten unter den Menschen sind, behaupten allen Ernstes, dass kein

Kommunikationssystem der belebten Natur der menschlichen Sprache auch nur im Entferntesten gleichkomme. Der Gesang der Vögel, das Kreischen der Tiere, die Pheromone der Ameisen, das alles halten sie zwar für hoch entwickelt, sie stufen es aber niedriger ein, niedriger als unser Gezänk, unser sinnloses Gerede, unsere ohnmächtigen Schimpf- und Wutanfälle.

Sie wissen, die letzte Eiszeit hat uns von unseren Brüdern körperlich und auch geistig getrennt. So wie alle Lebewesen mussten wir vor der heranrückenden Eisdecke in südwestliche Richtung oder in südöstliche Richtung fliehen. Was überlebt hat, ist der Mensch, den wir kennen: ein bleiches, kränkliches Wesen, das gerne Kriege anzettelt, philosophiert, die Tiere bemitleidet und meistens nur dummes Zeug redet. Schauen Sie mich an!

Auch die Wege der Aaskrähe haben sich vor 120 000 Jahren getrennt, sie ist nicht mehr die Krähe von gestern. Der Weg, den sie eingeschlagen hat, steht ihr buchstäblich ins Gesicht geschrieben. Die Krähe des Westens ist die schwarze Rabenkrähe, die Krähe des Ostens die Nebelkrähe in ihrer grauen, ärmellosen Jacke. So scheiden sich die Wege, entscheiden sich die Schicksale, formen sich Merkmale, bildet sich die Sprache, die die Zunge der Landschaft ist. Was der Babelturm den Menschen war, war die letzte Eiszeit für das Getier.

Die Eiszeit hat etwa den Grauspecht seine klebrige Zunge gekostet. Sie ist kurz und unbeweglich geworden. Lustlos wühlt er damit im Boden nach Ameisen. In der Fremde, in der Eiszeit von seinem Bruder, dem Grünspecht, auseinandergerissen, ist der Grauspecht grau geworden. Der Kummer fand auch Ausdruck in seinen Liedern. Sie sind eine einzige absinkende Tonreihe und klingen im Vergleich mit dem Lachen und Wiehern des Grünspechts melancholisch. Kein Wunder: Der Grünspecht hat da unten, zwischen Palmen und Blumen, wo ihn sein Spechtschicksal hin verschlug, eine lange Zunge bekommen. Und der Buntspecht ist trotz seiner farbenfrohen Kleidung eine traurige Erscheinung. In langen Jahren ist er verrückt geworden, und er hat das Singen an den Nagel gehängt. Jetzt trommelt er nur noch. Stellen Sie sich das vor: Mit dem Schnabel hämmert er in rasender Folge (10 Schläge pro Sekunde) auf einen schwingenden Ast ein. Es kann natürlich sein, dass dieses Trommeln kein Zeichen seines Wahnsinns ist, sondern ein Teil seiner Arbeit als Morsevogel oder Nachrichtensprecher. Das können wir freilich nicht wissen.

Ach, mein Lieber, je mehr ich über das nachdenke, was in diesen Büchern geschrieben steht, umso mehr schäme ich mich für unsere Menschenrasse. Ich frage mich, welcher Vogel sich erlauben würde, so überheblich zu sein und solche Sätze zu schreiben: *Gewöhnlich halten sich Elstern einzeln oder paarweise auf. Spät im Winter und zeitig im Frühjahr kann man jedoch hunderte Vögel und mehr bei Versammlungen beobachten, deren Zweck unklar ist. Sie schwätzen, hüpfen auf den Zweigen umher und jagen einander.* Dasselbe hätten die Vögel über uns Menschen schreiben können: *Gewöhnlich halten sich Menschen einzeln, paarweise oder in Gruppen auf. Am Wochenende kann man sie bei seltsamen Versammlungen beobachten, deren Zweck unklar ist. Sie sitzen stundenlang herum und trinken klare oder gefärbte*

Flüssigkeiten, bis sie ihre Farbe verändern. Aber nein, Vögel würden so etwas nie schreiben, auch wenn sie schreiben könnten. Sie haben ihre Vogelmoral. So überheblich kann nur ein verdorbenes, verlorenes Wesen sein, bleiche Zweibeiner, die ihre Blöße bedecken und sich gerne mit fremden Federn schmücken.

Alles haben wir den Tieren zu verdanken: unser Überleben, unsere wachsenden Bedürfnisse, unsere Kultur, die Unterhaltung an langen Abenden am Lagerfeuer, Dekoratives und Nützliches – all das wäre undenkbar ohne das Tier, das nichts will und nichts verlangt, nicht einmal Anerkennung oder Respekt. Diese Begriffe sind ihm fremd und eigentlich nur in einer Gesellschaft möglich, deren Mitglieder einander nicht vertrauen, geschweige denn, dass sie sich der Schöpfung und dem ewigen Kreislauf anvertrauen.

– Habe ich euch nicht gegeben, was ihr mir gereicht habt?
– Für die Hunde, die Raben und die Ameisen.
– Was müssen wir in Bezug auf die Hunde, die Raben und die Ameisen tun?
– Oh, Priester! Sie sind unsere Brüder!

An den warmen Ofen gelehnt, sitze ich jeden Abend und lese. Es wird früh dunkel, um vier kann man nicht mehr ohne Laterne aus dem Haus. Ihr Brief liegt nicht weit von mir. Ich kann ihn von hier aus sehen, und ein zarter Jubel steigt mir bis zum Hals, aus der Tiefe der Tiefen der Tiefen: der Gedanke, dass Sie da sind, dass ich Ihnen jederzeit schreiben kann, dass meine Hand Sie erreicht, meine lebendige Hand, die so viel gesehen hat, die im eisigen Wasser am Teich mit Kernseife und Waschbrett Wäsche wäscht, während Hechte mit siebenhundert Zähnen vorbeihuschen, ja, diese Hand wird Sie erreichen und an der Seele packen, am Schopf Ihres Seins.

Daran denke ich, an den warmen Ofen gelehnt, und an den Helden Gilgamesch, dessen Geist ganz gewiss in Ihrer Nähe ist. Er ist ganz sicher noch da, denn die Sehnsucht, die ihn antrieb, die unsere Zivilisation Jahrtausende nach ihm noch nicht loslässt, sondern ihren Schatten in unser Tun und Treiben eingebrannt hat – diese Sehnsucht ist einfach zu stark, um selbst einen Toten in Frieden ruhen zu lassen. Er wird schon da sein, Ihr König. Lassen Sie sich nicht entmutigen. Das alles schwirrt in meinem alten Kopf umher, jetzt, da ich Ihnen selbst so nah bin und mit Ihnen lebe und leide und mit ihm, der unsichtbar ist, auch mit ihm. So sitze ich hier, Bücher wie treue Hunde um mich, und die Dämmerung draußen ein schwerer, rauschender Zottelkopf, und ich wundere mich, welche Entdeckung uns noch bevorsteht, mit welcher Entdeckung ein neuer Aufschwung des menschlichen Geistes anheben könnte. Die Entdeckung der Sonnenbahn war die letzte große Entdeckung, deren Auswirkungen wir an unseren sterblichen Leibern immer noch spüren. Was kann jetzt noch kommen, wie tief können wir noch fallen, wie hoch können wir noch fliegen? Natürlich ist ein Aufschwung möglich und notwendig, die Frage ist nur, welche Entdeckung ihn hervorbringt. Vielleicht wird sie so elementar sein, dass unsere Brüder, die Ameisen, darüber lachen werden. Vielleicht fällt sie uns wieder vom Himmel herab. Ein Meister, ein Herr, ein Held. Ach, um das zu erfahren, würde ich gerne noch weitere hundert, wenn nötig, tausend Jahre leben. Verstehen Sie das, Piotr Michailowitsch, hören Sie mich?

So früh wird es dunkel, Tag und Nacht wechseln einander ab, und ich alternde Frau sitze am Ofen, höre ihn in meinem Rücken grummeln und gehe oft ans Fenster, als könnte ich etwas sehen, als würde ich auf etwas hoffen. Aus irgendwelchen Gründen tut es mir weh, mir einzugestehen, dass ich schon seit langem auf nichts mehr hoffe. Noch schmerzlicher ist nur zu wissen, dass ich so tue, als würde ich auf etwas hoffen. Ob es da einen Unterschied gibt? Also stehe ich am Fenster, hauche gegen das dünne Glas, aus dem Bläschen eines fremden Atems mich wie Fischaugen anstarren, während ich ein Herz auf die Scheibe male, um es sofort wieder wegzuwischen.

Seit einigen Wochen sehe ich Kusmitsch, den alten Bergmann, seinen alten Wachhund in einer selbst gebastelten Karre durch die Gegend fahren. Sie sieht aus wie ein Kinderwagen, nur breiter, mit vier kleinen Rollen, fast quadratisch und windgeschützt. Man hört Kusmitsch und seinen Hund schon von weitem kommen. Es ist das Geräusch einer verwitterten Windmühle auf Rädern. Langsam bewegt Kusmitsch seine alten Beine, die Füße in Wolle gewickelt. Seine gefütterten Stiefel hat er versoffen vor vielen Jahren. „Dann bleib ich halt in der Hütte sitzen an kalten Schneetagen“, wird er zu seinen Saufbrüdern gesagt haben. Dabei blieb es auch – Kusmitsch war im Winter kaum draußen zu sehen, außer sonntags in der Kirche, mit aufgequollenem Gesicht, bis sein Hund aus heiterem Himmel seine Hinterläufe nicht mehr bewegte. Seines treuen Freundes Lähmung zwang den alten Kusmitsch, bei jedem Wetter auf die Straße zu gehen und seine zwei Füße in wollene Lappen zu wickeln.

Jeden Nachmittag sehe ich ihn nun mit besorgtem Gesicht seinen Hund an meinem Haus vorbeischieben. Der Hund sitzt scheinbar vergnügt in dem Wagen und blinzelt lieb nach links und rechts. Jeder weiß, wie hart ukrainische Hunde auf dem Land arbeiten müssen, und der einzige Dank ist oft nur ein Tritt in den Hintern. Kusmitsch, der immer als hartherziger Trinker gegolten hat, blickt mit feuchten Äuglein auf seinen kranken Hund und schiebt den Wagen tagein, tagaus vor sich her. Der Anblick seines Buckels rührt mich derart, dass mein Herz in Fetzen zu reißen droht. Ich wünsche mir dann, er möge etwas sagen, der Hund, er möge seinem Herrchen ein Zeichen geben, wenigstens zum Gruß mit dem Kopf nicken, ihm die Hand lecken oder ein Liedchen singen, damit Freude sein besorgtes Gesicht erhellt, Freude der Anerkennung, der Bestätigung, ihm seine Güte vergilt. Wie wichtig ist das für einen einfachen Menschen, der von Metaphysik wenig Ahnung hat. Ach, für jeden ist es wichtig, für jedes Lebewesen. Seitdem man Kusmitsch in diesem Zustand sieht, ist auch das ganze Dorf nicht wieder zu erkennen. Die Menschen halten den Atem an, wenn er mit seinem Hundewagen vorbeizieht, und grüßen ihn so herzlich, dass es fast den Anschein hat, als nähme man von ihm Abschied. Man schaut ihm lange lächelnd ins Gesicht: „Kusmitsch, Kusmitsch, einen schönen Sonntag, Kusmitsch, viel Gesundheit, Kusmitsch, du weißt, der Allmächtige sieht alles." Und untereinander spricht man nur über Kusmitsch und seinen

Hund: „Das arme Tier, man sagt, es leidet sehr. Aber Kusmitsch ist tapfer. Der Hund braucht Gesellschaft. Meine Hündin wirft bald Welpen, vielleicht sind sie dem Hund nützlicher als den Fischen im Teich." So reden die Leute. Ich selbst werde Kusmitsch in der Stadt neue Stiefel besorgen.

Gestern träumte ich übrigens von den Hunden im Dorf, wie sie sich im Dunkeln unterhalten, wenn die Stimmen der Menschen mit den Kerzen und Lampen verlöscht sind. Auch bei ihnen drehte sich alles um den gelähmten Hund und den seltsamen Mann, der seine Pfoten in Wolle gewickelt hat. Ihre ernsten menschlichen Worte und ihre Gesichter, die alle Kusmitsch ähnlich sahen, wie er sich mit besorgtem Gesicht über den Wagen beugt.

Allgegenwärtig ist die Liebe Gottes.

Sie sagten in einem Ihrer letzten Briefe, es gäbe keine Schuld, es sei eine Welt ohne Schuld, in der wir leben. Wenn ich mir den alten Trinker Kusmitsch so ansehe, wie er seinen gelähmten Hund spazieren fährt, damit dieser etwas in die frische Luft kommt, denke ich: So wenig, wie es Schuld gibt, gibt es auch Pflicht. Wir müssen nichts, und doch tun wir unsere Pflicht. Es ist keine Tugend, die unserem Selbstbewusstsein schmeichelt, die uns über das Animalische erhebt, es ist aber auch keine durchdachte moralische Haltung, die uns zu herausragenden Taten treibt. Wir hoffen weder auf Erlösung noch auf Vergebung, indem wir unsere Pflicht tun. Kann es sein, dass der Fehler das Urprinzip der Schöpfung ist? Ist es nicht die einzige Aufgabe des Denkens, in ihrem ewigen Wandel die Fehler zu korrigieren, damit die Welt eine Berechtigung hat zu bestehen? Wissen Sie,

Piotr Michailowitsch, ich glaube, die Pflicht ist nichts als eine Erfindung grübelnder, müßiger Menschen, die aus Überfluss an Zeit angefangen haben, über das Natürlichste und Heiligste nachzudenken und darin herumzustochern. Die Liebe, den elementarsten und glasklaren Begriff der Liebe, haben sie in Schuld, Pflicht und Tugend zerlegt. Was soll man schon erwarten von einem vernunftbegabten Lebewesen, das verstehen will und Aufgaben sucht für seine geordneten Staatssysteme.

Mein Lieber, denken Sie an Kusmitsch und seinen Hund! Dass es keine Pflicht gibt, soll den Menschen stärker als alles andere zur Liebe verpflichten, und darüber soll man weder nachdenken noch zweifeln. Ist die Pflicht erst einmal in der Welt, kann man nicht anders, als über das gelegte Ei nachzudenken. Man sieht sofort, dass alles, was das menschliche Gehirn hervorbringt, unzuverlässig und voller Mängel ist.

Nehmen wir Kusmitsch und den jungen Krimtataren Rostam. Kusmitsch steht auf dem Marktplatz und schlägt sich an die Brust: „Ich versüße meinem armen Hund, einem Tier wie aus dem Bilderbuch, das Leben, indem ich ihn täglich spazieren fahre, und Rostam hat seine Schwester erwürgt, weil sie jede Nacht einen neuen Liebhaber in ihrem Bett empfing!" Der Krimtatare Rostam, der von anderem Holz ist als Kusmitsch, Rostam, der die Ehre der Familie retten musste und die Schwester an ihre vergessene Pflicht erinnerte, indem er sie erwürgte, ist jetzt in seinem Dorf ein gefeierter Held, unglücklich und geknickt. Kusmitsch tadelte ihn, ohne ihn verstehen zu wollen, und machte damit seine eigene gute Tat zunichte. Beide haben in ihren Augen und in den Augen ihrer Mitmenschen ihre Pflicht erfüllt und haben doch falsch gehandelt. Kusmitsch, weil er ohne Verständnis tadelte, und Rostam, der leidende Bruder, der gefeierte Retter der Ehre, weil er nicht im Einklang mit sich selbst handelte.

Die Tugend erstrahlte in ihrem fragwürdigen Glanz.

Mein lieber Piotr Michailowitsch, wenn es überhaupt eine Pflicht gibt, dann ist es die Pflicht zu versuchen zu verstehen. Nicht das unbeständige moralische Gesetz in uns erhebt uns über den bestirnten Himmel, sondern das Verstehen.

Ich habe Tulpen auf meinem Schreibtisch stehen, Piotr Michailowitsch, Tulpen in drei Farben, wenn man das Grün der Blätter und Stiele nicht mitzählt. Die schönste Tulpe ist die violette. Am dritten und vierten Tag sieht sie aus wie der Schokoladenmund einer Frau. Die robusteste ist offenbar die gelbe, denn sie steht bis zum letzten Atemzug aufrecht auf ihrem Bein, während die anderen mit den Köpfen auf den Tisch sinken und ihre schlanken, ungewaschenen Hälse entblößen, nachdem sie sich an unsichtbaren Körnern satt gepickt haben. Freundlich ist die rote Tulpe. Die könnte man ohne Bedenken an die Brust pressen, um sich mit ihr im Kreis zu drehen. Ihr Herz ist froh. Ihr Herz ist warm und schlicht und ohne Tücken. Die Tulpen habe ich mir in der Stadt gekauft. Es gibt Blumenläden, wo die unglaublichsten Blumenarten angeboten werden. Im Winter gilt jede Blume als Rarität, solange es kein Schneeglöckchen ist. Im Gewächshaus fristen sie ihr kurzes Dasein und bekommen vom Winter kaum etwas mit. Umso härter der Schlag, wenn sie in einer warmen Stube ausgepackt und in einer Vase ans Fenster gestellt werden.

Was für eine bestialische Art, ein hilfloses Lebewesen mit der Realität zu konfrontieren! Der Mensch erlaubt sich zu viel, und denkt dabei vor allem nicht mit. Warum ans Fenster? Um der Blume zu zeigen, dass Winter ist und dass sie mit ihrem Bein im Grab steht? Um ihr den schönen Schnee zu zeigen, wie er in der Sonne glitzert und funkelt oder leuchtet unter den Laternen der Nacht? Um die Blume im Tod sich noch einsamer fühlen zu lassen, noch mehr von Gott verlassen, als sie es wirklich ist?

Gewaltiger noch ist das Leiden der Topfpflanzen auf den Fensterbrettern, weil sie gar nicht sterben dürfen. Jahrelang werden sie von Egoisten gegossen, von Großmütterchen mit Dutt, die gerne auf Parkbänken sitzen und Katzen und Tauben füttern. Dafür gelten sie dann überall als Sinnbild der Güte und der Barmherzigkeit. Da lachen ja die Hühner! Dank dieser Güte und Barmherzigkeit dürfen die armen Zimmerpflanzen dem Winter Jahr für Jahr in seine grauenvolle Fratze schauen, bis sie den Verstand verlieren. Und die Hauskatze schaut ihnen dabei über die Schulter. Sie schaut durch die Zweige hindurch auf den Schnee, der in großen Flocken fällt, und verflucht im Herzen dieses seltsame Leben. Die Katze hat es nur insofern besser, als sie ihre Pfoten bewegen kann und nicht 120 Jahre lang auf dasselbe Bild starren muss.

Sie fragen sich bestimmt, was mich dazu bewogen hat, die Tulpen im Winter zu kaufen? Ganz einfach: Ich wollte sie von ihrem Fensterbrettschicksal erretten. Ich wollte sie in Würde sterben lassen, in einer Umgebung kluger Menschenwärme. Einen gerettet, zehn gerettet.

In meinem Rucksack habe ich sie nach Hause getragen und dann zu den Klängen einer alten Schallplatte von Rachmaninow behutsam ausgepackt. Seltsam menschliche Musik drang in ihre Kelche, legte sich über den Geruch alter Bücher, die früher einmal Bäume gewesen waren. Ein Vasenbad wartete, die erschöpften Blumenkörper fest zu umarmen, und sie legten sich in dieses Brunnenwasser, meiner Menschenhand vertrauend in ihrem letzten Stündlein, das noch nicht das letzte war (die Tulpen haben sich tapfer geschlagen, muss ich sagen). Sechs Tage standen sie auf meinem Schreibtisch, die Gardinen zugezogen, und schauten mir zu, bei all den merkwürdigen Beschäftigungen, die einen Menschen ausmachen. Sie beugten sich zusammen mit mir über die Hausaufgaben meiner Schüler, sie schüttelten zusammen mit mir ihre Köpfe über die Fehler, sie niesten Blütenstaub, wenn ich niesen musste, wir waren uns nahe.

Nicht sie waren es, die mein Herz erfreuen mussten. Ich habe mich bemüht, ihren weichen Herzchen gut zu tun, ich, ein Mensch, ein Feind, der ein Freund sein wollte, wenn auch nicht für lange. Bis zum bitteren Ende. Alles erfuhren sie in diesen sechs Tagen: Freude, Lachen und Weinen, Rührung und kochendes Blut. Sie haben Lieder gehört, die Goriunowa an einem Abend für uns sang, ohne zu ahnen, dass die Blumen hinter mir mitlauschten, und ich freute mich umso mehr, als ich mich für die Blumen mitfreute. In diesen sechs Tagen haben sie sich anhand der farbigen Bilder in meinen Büchern davon überzeugt, dass es andere Blumen gibt, dass sie nicht alleine sind in Gottes Welt und dass die Welt groß und überall anders ist. Wie verzaubert wippten sie über meinem alten Blumen- und Kräuterbuch mit ihren Köpfen. Am schönsten fanden sie die Chrysanthemen, diese imposanten Herbstblumen, die, wie Sie vielleicht wissen, aus China kommen. China musste ich ihnen auf der Karte zeigen und dann auch Japan, wo eine Chrysantheme auf der Flagge des Landes eine aufgehende Sonne darstellt. Mit sechzehn flammenden Blütenblättern! Da verblasst man als Tulpe buchstäblich vor Neid.

Nach sechs Tagen schliefen meine Tulpen ein, sie erloschen wie die Augen eines Hauses, eine nach der anderen. Vielleicht waren sie in ihrem Unglück, auf der Welt zu sein, kurz glücklich. Vielleicht spürten sie meine feindliche Menschenliebe, vielleicht hat sie das weniger einsam gemacht. Wer weiß? Wer wird mir darauf eine Antwort geben können?

Ach, und als sie starben, griff meine Hand wie zufällig zu einem beliebigen Buch im Regal, das grüne Wiesenbuch mit Scherenschnitten aus dem Jahr 1944, zögerte verspielt, ergriff es und schlug es auf wie im Traum, auf Seite 20 mit dem Scherenschnitt einer blühenden Nessel. Ein getrockneter Schmetterling umklammerte das Bild mit seinen Armen. Als ich ihn sah, so frisch, so zart, transparent am unteren linken Flügel, war ich nicht erschrocken, nein, ich war gelähmt wie er. Für einen Augenblick wusste ich nicht, ob ich nicht da im Buch zwischen den Seiten 20 und 21 an der Scherenschnittnessel hing, eine Backe an das große Blatt gepresst. Ich wusste nicht, ob nicht ich es war, die mir selbst da entgegen fiel. Oder war es mein Geist, mein letzter Flug?

Ich las: *Es dämmert schon über der Wiese. Im Westen schwimmt die junge Sichel des Mondes auf dem Rücken, eine weiße Wiege, ein glückliches Schiff mit hohem Kiel. Die Sterne tun sich wie Augen auf, sie blinzeln eine Weile, und dann schauen sie ruhig und ernst auf das friedliche Land.*

Bedenken Sie, mein Lieber, das Buch wurde geschrieben, veröffentlicht und gelesen, während ein entsetzlicher Krieg auf den Feldern Europas wucherte, da und dort eine durchlöcherte Brust, da und dort Fetzen eines Briefes aus der Heimat, die in der Luft herumwirbelten.

Ich las: *Der trübe Dunst über dem Boden gerinnt in der Kühle, die Luft spinnt Fäden, weiße Bänder aus dem Nebel und knüpft sie da und dort an Halmen und Sträuchern fest. Von weit her kommt noch ein Vogelruf, wehmütig und wie aus dem Traum gesungen. Mir ist so wohl im feierlichen Frieden.*

Und dazwischen mein Schmetterling, der kleine Fuchs, *aglais urticae*, der Nesselfalter. Noch fliegt er, noch hüpft er über Lufthügel, noch hält er Ausschau nach Hühnern, die er den Bauern klauen kann, noch leckt er seine Lippen, es grummelt in seinem kleinen Bauch. Kugeln freundlichen, Kugeln feindlichen Feuers rasen an ihm vorbei, so laut, dass es weich tönt, wie von den Bäumen fallender Schnee, wie die Schritte seines Waldbruders, des großen Fuchses, im Schnee. So groß wie er sind die Kugeln, doch im Flug sind sie unsichtbar, für sein Auge nur als Flimmern wahrnehmbar. Hunderte von Kugeln umschwirren ihn, aber sie treffen ihn nicht, sie berühren nicht einmal ein Pünktchen an seinem Flügel. Sie eilen alle in die Ferne, ins purpurne Fleisch des Horizonts. Es wird dunkel. Der kleine Fuchs legt sich schlafen, und der kommende Morgen ist sein letzter. Zärtlich wird er von einer Mädchenhand am Hals gepackt. Mit einer feinen Nadel wird er durchbohrt, noch eine Zuckung, und schon legt sich sein Kopf auf das große Blatt einer Scherenschnittnessel auf Seite 20 eines grünen Buches. Noch einmal der gleichgültige Blick des Himmels über ihm, durch ihn und alles hindurch, das blaue Himmelslid … blinzelnd, blinzelnd, noch einmal und noch einmal, und schon schließt sich das Buch.

So ist es, mein Lieber. Schreiben Sie!

Ihre Anna Konstantinowna

Meine liebe Anna Konstantinowna,

Ihr Brief war wieder ein Hochgenuss. Ich wünschte, wir beide könnten so lange leben, bis die Schrift ausgedient hat und bis man endlich, ja, endlich gelernt hat, telepathisch miteinander verbunden zu sein, jederzeit, von jedem Ort des Universums. Aber vorher muss der Mensch ein Bild vom Universum haben, ein mit minimalen Abweichungen mehr oder weniger korrektes Bild. Bisher sind wir davon ein paar Gedanken zu viel entfernt, versunken in ängstliche Selbstbeobachtung und die Verherrlichung des Schöpfers, der in Wirklichkeit vielleicht winzig klein ist und nicht außerhalb unserer selbst, sondern in uns! Was, wenn es gar kein Außen gäbe? Was würden die Menschen sagen? Auf die Knie fallen und sich die Haare raufen? Wenn ein flammender Engel mit schwarzem Haar an einem Blitz vom Himmel herunterfahren würde, um uns zu verkünden: „Ihr Lieben, die Zeit ist reif! Hört, hört: Gott ist in euch, nicht über euch. Die Bewegung meines Kommens war in euren Augen eine des Herabsinkens. Ihr glaubt, ich kam von oben, aber der Schein trügt! Hört, hört, ihr Lieben, es gibt kein Oben und kein Unten und kein Dazwischen. Wenn es ein Außen gibt, dann ist es ein Innen. Es gibt nur Innen. Gott ist klein. Gott hat sich in euch verteilt und verdreht euch den Kopf, aber ihr dürft nicht verzagen. Ihr Menschen, sucht, grabt tiefer! Findet euch ab mit dem Kleinsten und mit der Wahrheit! Schaut in euch und findet ihn zerstreut in euch, ihr goldenen Ameisen, Gott in euren Leibern. Grabt tiefer und fliegt, fliegt höher! Die Zeit ist reif!" Was würden die Menschen dann sagen? Würden ihnen die Herzen stehen bleiben? Würden sie die Feuerwehr rufen? Würden sich ihnen endlich die Augen auftun? Würden sie mit den Scheinwerfern eines unbekannten Sinnes wie mit Spürhunden nach Gott suchen, wo sein Platz ist?

Die Idee, dass das Universum außerhalb unserer selbst gar nicht existieren kann, beschäftigt mich nun schon seit Tagen. Nicht der flammende Engel kam zu mir, aber ein Traum wurde mir geschickt, liebe Anna Konstantinowna, und den möchte ich Ihnen erzählen.

Vor einigen Wochen lag ich in der Badewanne meines Hotelzimmers. Es ist ein prächtiges Badezimmer mit einem Fenster, das bis zur Decke reicht. Von da aus kann man die Ruinen des Kulturpalastes sehen, der auf einem fernen Hügel liegt. An diesem späten Abend wurden die Ruinen von Artilleriefeuer fantastisch beleuchtet. Lange lag ich in dem heißen Wasser, diesem kostbaren Gut, und planschte darin herum, als wäre es mein kleiner persönlicher Tigris. Das Licht machte ich natürlich nicht an, und von Duftkerzen bekomme ich sowieso Kopfweh. Das einzige Licht kam aus dem glühenden Schädel meiner Pfeife. Also lag ich da im Dunkeln und schaute auf dieses bombastische Feuerwerk, das sich da vor meinem Fenster abspielte. Verschiedene Gedanken streiften meine Schläfen. Ich schloss die Augen und war für den Bruchteil einer Sekunde nicht mehr da, sozusagen nur mit einem Bein noch. Das genügte aber für das Bild, das ich sah, auch wenn es kein

Sehen war. Dieses Sehen geschah mit allen Organen und Sinnen gleichzeitig, auch mit uns unbekannten, ungeahnten, die vielleicht nicht einmal unsere eigenen Sinne sind. Also sah ich dieses Bild:

Ich, ein nackter Kloß, geballtes Denken, schlüpfe aus meinem Schädel und entferne mich zirka anderthalb Meter von mir, von dem, der da liegt im dampfenden Wasser. Dabei rase ich gleichzeitig in mich hinein, unzählige Male hin und zurück, bis ich da und dort weiß und sehe: Es ist alles in mir – Gott und die Pracht und die Herrlichkeit, alles, wonach ich mich sehne.

Es war Zauber, Anna Konstantinowna, ich ahnte, wie klein Gott ist, wie gigantisch klein, wie die Welt sich zusammenrollt, um unendlich zu sein, Lichtgeschwindigkeit, Licht, Euphorie … Ob es ein Außerhalb geben kann, eine Ausweitung? Hinein nur, hinein ins Unendliche!

Puh, mir wird heiß, wenn ich daran denke, wenn ich Ihnen, meine Liebe, solche Worte schreibe. Natürlich ärgere ich mich, dass ich diesen kurzen, fast einsilbigen Halbtraum nicht besser zu fassen weiß als so. Nun, es ist bekannt, dass wir nicht mehr können, als wir können. Ob es auch stimmt? Ob das von Gott Gegebene nicht versiegt? Es ist auch bekannt, dass Gott großzügig ist im Geben, und wenn Er von sich gibt, vom Unendlichen, dann kann das Gegebene unmöglich versiegen … Auch Bernsteine atmen, und die Fliegen darin drehen sich alle tausend Jahre einmal um sich wie Hühner am Grill … Dann können wir also mehr, als wir können – wir tun es und ahnen es nicht.

Wissen Sie, liebe Anna Konstantinowna, meine These lautet so: Ein Außen ist immer in sich hinein gerichtet. So stößt es an keine Grenzen und behält seine Unendlichkeit. Die Formel dazu sieht dann so aus:

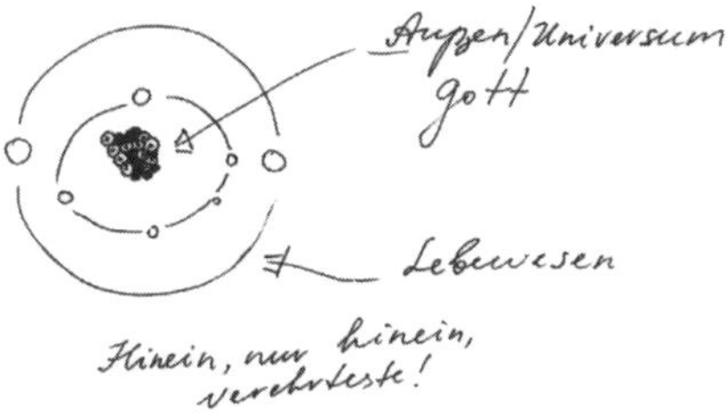

Was sagen Sie dazu, meine Liebe?

Wie es Ihnen wohl geht in dem Augenblick, da ich diesen Satz schreibe? Ob Sie jetzt zur Tür treten und sich an den Türrahmen lehnen, Ihr Pfeifchen rauchen, in den Schnee schauen? Ob Sie gerade an mich denken, an Ihren armen Petrow, wie ich mich über diesen Satz beuge und an meiner Pfeife ziehe? Ob Sie sich die Anspannung meiner Lippen vorstellen, wie sich mein Mund zu einem faltigen Herzchen formt? Wie Sie dabei mit dem linken Mundwinkel lächeln, denn im rechten steckt Ihr Pfeifchen, gebogen wie meine, weil es so leichter ist, sie im Mund zu halten. Sie haben mich verhext, Annuschka. Den ganzen lieben Tag weht der Schleier Ihres Bildes vor meinen Augen. Den Kopf haben Sie mir verdreht wie der liebe Gott, bei Gott, Annuschka.

Wussten Sie, dass Pilze, von denen Sie in Ihrem Brief so schwärmen, offiziell keine Pflanzen und keine Tiere sind? Der kluge Biologe hat ihnen einen eigenen Rang zuerkannt – eben den der Pilze. Menschen haben schon früh angefangen, sich für Pilze zu interessieren, und viele haben es mit ihrem Leben bezahlt. Wer überlebt, gehört zu den Weisen und gibt seine Erfahrung an die kommenden Generationen weiter. Davon kommt der Begriff „Volksmund". Der Held ist immer anonym, von seiner Heldentat profitiert die Gemeinschaft. Am eigenen Leib erfährt er die Gnade des Allmächtigen. Ob er im Kampf mit dem Pilz fällt oder als Erleuchteter satt und ruhmreich den nächsten Tag erlebt, ist gleich, gleich gnadenreich, denn es geht ja um nichts anderes, als Weisheit zu erlangen, um jeden Preis. Und außerdem weiß man als gläubiger Mensch genau: Gottes Gnade ist da, unerschöpflich und für jeden, für die Toten und die Lebenden, für die Suchenden und die Findenden. Wer fällt, lebt weiter, in den Sporen, in der feuchten Erdenmutter, im Volksgedächtnis und vor allem im Volksmund:

Wer zum Pilz geboren ist, wird keine Zeder.
Ein Pilz hält nicht wie Filz.
Pilze und Gäste von drei Tagen sind gleich beliebt dem Magen.
Bei Pilzen und Dichtern kommen auf einen guten zehn schlechte.

Was wahr ist, ist wahr!

Ach, wie vertraut ist mir dieses Bild, das Sie in Ihrem Brief heraufbeschwören! Großmütterchen mit Pilzketten um den Hals, diese Schränke auf dünnen Beinen! Der Markt riecht nach Pilz in meiner Erinnerung. Wenn ich an den Markt denke, an den Sonntagmorgen, an den Tau, wie er an den nackten Waden der Dorffrauen glitzerte, wenn sie vor mir zum eisernen Markttor schritten, lachend, kniehohe Blümchenkleider, dann ist in den immerkühlen Hallen sofort dieser Marktpilzgeruch da. Nicht Blumen, Fisch oder Obst, nein, der leicht melancholische, geheimnisvolle Pilz... Sein Duft und hinter diesem Nebel die Gesichter derer, die diese Pilzketten trugen und mit ihren unbeschreiblichen Stimmen riefen, so leise, dass es schon laut war, hörbar für den taubsten Menschen: „Pilze, Pilze, Steinpilz, Pfifferling, Rotfuß, Hohlfuß..."

Auch wenn die Biologen den Pilz „Pilz" nennen, auch wenn er weder zu den Pflanzen noch zu den Tieren noch zu den Menschen zählt, ist er all diesen Formen des Lebens nicht unähnlich, vor allem in seiner Art der Fortbewegung: Er folgt dem Beispiel der Bäume und breitet sich über die Welt aus. Er folgt dem Beispiel der Tiere, die ihre hungrigen Bäuche auf der Suche nach Spurenelementen und Mineralien über die Erde schleifen. Wie der Mensch wandert er unbeirrt vorwärts (und manchmal auch zurück) und macht sich die Erde untertan. Aber nur der Pilz zeigt dabei einen ausgeprägten Gemeinschaftssinn, auf offenen Flächen, wo er als einsamer Krieger am verwundbarsten ist. Darum wächst er auf Wiesen nie allein, sondern im Pilzring, umgeben von seinesgleichen. Die Menschen nennen solche Ringe oft „Hexenringe", weil sie vermuten, dass in der Nacht auf den Wiesen Hexen tanzen und Pilze sprießen, wo ihre Hexenfüße die Erde berühren. Der liebe, gute Pilz. Ein stolzer Krieger ist er. Er weiß, er muss fallen im Kampf gegen den fremden Hunger, dem Menschenhunger, und er fällt in Gemeinschaft seiner Brüder, zusammen und allein, im letzten Reigentanz erstarrt. Im Morgengrauen steckt nur mehr sein Pilzschuh im taufeuchten Gras. Er selbst schaukelt in einem kunstvoll geflochtenen Korb und wird in die Ferne getragen, in die er sich so mühsam vorankämpfte, Jahr für Jahr, Tag für Tag, ganze Generationen hindurch. An einem einzigen Morgen wird sein Traum und der Traum seines Geschlechts Wirklichkeit. Endlich hat seine Sehnsucht ein Ende.

Wissen Sie, Anna Konstantinowna, ich war traurig dieser Tage; es wird ja Frühling bei uns. Hier in der flimmernden orientalischen Glut ist davon natürlich nichts zu spüren. Doch wozu hat man den Kalender erfunden? Und wozu trägt man seinen Kopf auf den Schultern? Auch ohne Kalender, auch ohne Kopf weiß ich sehr wohl, dass wir zu Hause Frühling haben, dass die Kirschbäume bald zu knospen beginnen, dass der Lebenssaft in der Erde und in den Stämmen der Bäume pocht. Mich packte so ein Weh, liebe Annuschka. Wie mit Zahnweh strich ich Abend für Abend durch die Straßen von Bagdad. Mein Fahrer Ali war so lieb und erklärte mir, wo der botanische Garten liegt. Ich machte mich auf den Weg dorthin. Unsere ukrainische Birke habe ich leider nicht gefunden, dafür aber Tannen, Erlen, Buchen und krumme Apfelbäume, die mich schlichtweg entzückten. Vor ihnen blieb ich stehen. Ich packte mein Butterbrot aus, biss hinein und fing an nachzudenken.

Ich dachte über den Grund meiner Traurigkeit nach, warum der Frühling für mein ukrainisches Herz immer so schmerzvoll gewesen war, warum ich immer gelitten hatte beim Anblick von knospenden, blühenden Bäumen, die vom Tod erwachen Jahr für Jahr. Es war purer Neid, liebe Annuschka, nun weiß ich es sicher. Die Butter auf meinem Butterbrot schmolz in der Sonne, sie glitzerte recht schön, als ich diese Wahrheit begriff und hinnahm. Ich war neidisch auf die Bäume, die jedes Jahr unbeirrbar von den Toten auferstehen und zu blühen beginnen, als wäre nichts gewesen. Ich beneidete sie um etwas, was ich nicht kann, was mir nicht gegeben ist. Ich werde einschlafen und nicht wieder erwachen. Und sie erwachen nach jedem Tod aufs Neue zum Blühen, rauschen fröhlich mit ihren Kronen, und andere Menschen sitzen in ihrem Schatten, empfinden vielleicht so wie ich, doch dann bin ich nicht mehr ich. Ja, daran hatte ich all die Zeit gedacht, vor Neid schwankend, Frühling für Frühling bleichnasig, nicht allergisch-verächtlich, einfach nur bleich. Bleich vor Neid und heimlichem Entsetzen darüber, dass ich im Angesicht eines fremden Wunders an mein eigenes nicht glaubte. Einschlafen und nicht wieder erwachen …

Frauen gingen an mir vorüber, freche Kinder vermuteten einen falschen Hund, einen zahmen Berg unter der Burka und wischten ihre klebrigen Hände an mir ab. Ich stampfte nur mit dem Fuß auf, um sie zu verscheuchen, wirbelte Staub auf, und als er sich legte, war alles weg: die Frauen mit ihren Kindern, die krummen Apfelbäume, vor denen ich eben noch gestanden war, und all die anderen Bäume des botanischen Gartens. Der Zaun war weg, das Tor war weg, selbst die mit scharfkantigen Steinen gesäumten Pfade waren nicht mehr zu erkennen. Nur mein Butterbrot schmolz weiter in der Sonne. Beständig ist ihr Licht, unvergänglich in dieser und in jener Welt.

Plötzlich fühlte ich mich der Ohnmacht nah vor Erleuchtung. Ich umklammerte mein Butterbrot noch fester, sodass fast Wasser daraus tropfte. Aber nein, es war nur eine Lichttäuschung. Ich wusste in der Sekunde: Ich habe absolut keinen Grund, neidisch zu sein. Denn es kann gut sein (und es ist sogar sehr wahrscheinlich), dass die Bäume, die da zu blühen beginnen, nicht mehr die sind, die sie waren. Baum Iwan, der letztes Jahr friedlich entschlummerte, wacht dieses Jahr als Baum Wladimir auf. Iwan ist weg, es gibt nur mehr Wladimir, der Iwans stämmigen Körper mit seinem neuen, frischen, pulsierenden Geist ausfüllt. Im Herbst schläft Wladimir ein, um im Frühling als Oleg aufzuwachen: Im alten Baum ein neuer Geist. So geht es Jahr für Jahr, bis ein Sturm kommt oder ein rotwangiger Holzhacker mit einer Latzhose… Ob so ein Leben beneidenswert ist, ein Scheinschlummerwachleben? Und wir Menschen lassen uns an der Nase herumführen. „Unter diesem Baum bin ich schon als Kind gesessen, habe ich als junger Mann getrunken und will ich als Greis begraben werden!“ Solche Reden schwingen wir mit feuchten Augen. Dabei kann es gut sein, dass nicht von ein und demselben Baum die Rede ist, weil er einfach jedes Jahr ein anderer ist. Wenn es so wäre, oh, wäre das dann nicht einer der unglaublichsten Streiche, die uns die Natur spielt? Und wir Erdenbürger, wir sind noch stolz auf unsere hellen Köpfchen, addieren zwei und zwei, erfinden heiße Schokolade, Teleskope und Kompasse. Früher haben wir sogar noch wilde Feste gefeiert, den Frühling und die Sonnenwende begrüßend! Ach, wenn irgendeine Macht mir beweisen könnte, dass meine Vermutung wahr ist! Dann würde ich dem Frühling gelassen entgegentreten, ohne Neid und eher mitfühlend, still und ernst wie vor einem Alzheimerkranken.

Es war seltsam, die Allee entlang zu wandern, zurück zu dem eisernen, grün gestrichenen Tor, von dem die Farbe abblätterte, davonflatterte, sich in der Welt zerstreuend, wie es Blätter tun. Wissen Sie, woran ich bei diesem Anblick denke musste? Das werden Sie niemals erraten. An unseren ukrainischen Prachtkosaken, an unseren eisernen Klosterbruder Zalizniak dachte ich. Um genau zu sein, an die tausendjährige Eiche, unter der er angeblich blutige Schwüre geschworen und Messer gegen den polnischen Adel gesegnet hat. Erstaunlich, dass die hasserfüllten Aufständischen ihr Lager meistens vor den Mauern einer Klosteranlage aufgeschlagen haben. Das Motroninski-Kloster zum Beispiel war Zeuge des Aufstandes von 1768. An einem Frühlingsmorgen, frisch nach dem Gottesdienst, wandte sich unser Held Zalizniak, Sohn eines Priesters, ein tiefgläubiger Ukrainer, mit einer Rede an dreihundert Analphabeten mit kleinen, ehrlichen, versoffenen Augen, weihte ihre Heugabeln und Küchenmesser und schickte sie in den Kampf gegen polnische Adlige und Juden, und sie zogen los und besudelten ihre besten, liebevoll bestickten Leinenhemden mit fremdem und eigenem Blut. Anna Konstantinowna, stellen Sie sich das nur vor: Mit Gottes Segen haben diese räudigen Kämpfer für den rechten Glauben gemordet! Und diese Vergangenheit wurde in tränenreichen Versen verherrlicht, nicht zuletzt von dem guten Taras Schewtschenko, dessen Gedichte jedes Schulkind auswendig lernen muss. Auf einem Porträt, das Zalizniak nach der Schlacht bei Uman, bei der bis zu 20000 Menschen ums Leben gekommen sein sollen, anfertigen ließ, sieht man ihn als ukrainischen Hetman, mit entschlossenem und doch bäuerlich verlegenem Blick den vergoldeten Griff eines Schwertes mit der rechten Hand umklammern, in der Linken eine Gebetsschnur wie eine steife Otter. Als hätte er Angst, vom Blitz getroffen zu werden, hält er den Atem an. Die stolze Gurkenfrisur des Helden duckt sich wie das Steppengras vor dem Gewitter. Unten rechts die Inschrift: „Bruder des Motroninski-Klosters Maxim Zalizniak. Es wird schön sein und gut, wenn es bei uns in der Ukraine keine Polacken und keine Juden mehr gibt."

Mir stehen die letzten Haare zu Berge, Anna Konstantinowna, wenn ich an diesen Kosaken denke. Und an ihn musste ich denken, als ich das Eisentor des botanischen Gartens von Bagdad betrachtete. Für seine uralte Eiche freue ich mich außerordentlich. Wie richtig, dass sie ihn überlebte! Dass sie sich über die menschliche Dummheit und Blindheit erhebt und mit tausend Blättern rauscht. Dass sie nichts sagt und doch ununterbrochen redet: „Ich bin es, ich werde es immer sein, so wahr in diesem Stamm die Säfte meiner Brüder fließen. Auch Menschensäfte fließen in mir. Wer fiel und nicht mehr aufstand, kroch, ohne sich von der Stelle zu rühren, in meinen Leib, und nun vermehrt er, ob er will oder nicht, Gottes Liebe, denn das ist Sein Wille. In alle Ewigkeit."

Bedenken Sie, Anna Konstantinowna, Bäume führen keine Kriege und leben oft auf engstem Raum nebeneinander. Und wenn einer im Schatten des anderen eingeht und fällt, dann war es sein Schicksal, und keiner von ihnen nimmt es sich zu Herzen oder jemandem übel. Warum lernen wir nichts von unseren großen Brüdern? Warum, warum, warum lernen wir nichts?

Ich bitte Sie, nein, ich beschwöre Sie: Lassen Sie Ihre Schüler keine Gedichte über unser Kosakentum lernen! Brechen Sie mit dieser Tradition! Erzählen Sie ihnen die Wahrheit, ohne Entsetzen oder Verachtung zu streuen. Seien Sie gnädig, seien Sie, was ich nicht sein kann: barmherzig. Erwecken Sie bei den Kindern Mitleid mit den Kosaken, mit diesen entflohenen Sklaven, diesen blinden Räubern, die alle eine Mutter hatten, eine Mutter, die ihnen ein Schlaflied sang, ein Lied von der Freiheit. Sagen Sie das Ihren Schülern, ich flehe Sie an! Schauen Sie nur, wie ich mich aufrege. Ich bin ja nicht besser als Schalesnjak und seine Brüder. Das wilde Blut ergießt sich zischend auch auf meinen spärlichen Funken Verstand, Annuschka, schauen Sie nur! Sagen Sie den Kindern die Wahrheit! Tun Sie das auch für mich. Wenn Sie einen Ausflug mit Ihrer Klasse machen, gehen Sie zu dieser tausendjährigen Eiche auf dem Grundstück des Klosters und lassen Sie den Baum sich über Ihnen und den Kindern ausrauschen. Lassen Sie ihn sich ausreden. Die Botschaft ist klar: In der Liebe liegt die Kraft. Und die Liebe ist allgegenwärtig.

So ging ich durch die Straßen von Bagdad, meine Liebe, zärtlich, selig, als hätte mich mein Mütterchen gewiegt, so sanft legten sich meine Füße in den sumerischen Staub. Staub knirschte auf meinen Zähnen, ich muss wohl geschluchzt haben. Ich schien zu gehen, Annuschka, auf Staubkörnern schien ich zu schweben, rollte ich in eine ungewisse Ferne, durch das Tor des botanischen Gartens hinaus, vorbei an den rotznäsigen Kindern, die versuchten, ihre Hände wieder an meiner Burka abzuwischen, doch sie griffen ins Leere, ich war so hoch. Von oben wurde zu mir gerufen, doch ich wusste, es kommt von innen, aus der Tiefe. Wieder diese Stimme, wieder dieses Rascheln der Flügel: „Hast du denn nicht gehört? Hast du nicht begriffen? Der Herr ist Gott von Ewigkeit zu Ewigkeit. Seine Macht reicht über die ganze Erde. Er hat sie geschaffen! Er wird nicht müde, seine Kraft lässt nicht nach. Seine Weisheit ist tief und unerschöpflich. Er gibt den Müden Kraft, und die Schwachen macht er stark. Sie gehen und werden nicht müde, sie laufen und brechen nicht zusammen."

„Wer ist das?", schien ich rufen zu wollen. Stattdessen schlug ich mir drei Mal an die Brust. Da ging die Sonne in meinen Augen unter, die goldenen Staubkörner drehten sich schneller unter mir. Ich rührte mich nicht, und ich raste in die Ferne.

Ein Seraphim fuhr in mich wie ein Blitz. Der Seraphim aus einem verschneiten Tannenwald, aus dem Wald, wo alles begonnen hatte, wo ich getauft worden war, mit einer glühenden Kohle. Erinnern Sie sich an meinen alpinen Seraphim? Er war auf einmal mitten in mir, in jedem Punkt meiner selbst. Und in ihm war der Herrscher der Welt. So viel Licht, so viel Ehre und Wonne war nicht zu ertragen, und ich raste wie im Traum aus meinem Leib, ja, ich glaube, ich war außer mir.

In diesem Zustand begriff ich etwas Wesentliches, etwas, wonach ein Menschengeist sich sehnt. Wenn Sie mich fragen, was es war, kann ich keine Antwort geben. Ich habe es wohl vergessen, bevor ich verstanden habe, dass etwas geschehen war. Nur der Gedanke daran versengte mich, brannte auf meiner Zunge, als hätte ich mir zu Ehren ein Totenlied gesungen, als hätte ich selbst meine leblose Hand am Sarg geküsst. Ich sah von allen Seiten, wie ich da lag und auf mich schaute. Ich lag auf einer Straße, ein paar Hühner pickten zu meiner Rechten nach unsichtbarem Gold. Oder war es links von mir? Oder waren sie in mir, diese schielenden, mandeläugigen Hühner? Wie so ein Huhn wohl niest? Wie sich das anhört? Gerecht wäre es, wenn es sich anhören würde wie eine hundertzwanzig Jahre alte Holztür, aufgestoßen in einer windigen Nacht. Aber die Hühner scheinen nichts von dem zu wissen, was passt und was nicht passt. Sie niesen nicht einmal, und wenn, dann schüchtern, zur Seite. Ihr Niesen ist unscheinbar wie sie selbst.

„Bist du es?“, schien ich zu rufen, und die Antwort kam sofort: „Du bist es!“ Ich weiß nicht, ich weiß bei aller Liebe nicht, Anna Konstantinowna, aus welcher Richtung der Ruf kam und woher die Antwort. Die Richtungen, über die ich als zerstreuter Mensch immer wieder gerne nachdenke, zeigten sich mir zum ersten Mal in einer unerwartet sympathischen Gestalt. Endlich einmal waren sie sich über ihre Richtung einig: Es gab keine und nur eine, und die schien mitten in mich hinein zu führen. Wie ein Strahl wurde ich von ihr durchbohrt. Ich konnte mich unmöglich verlaufen. Ich konnte gar nicht laufen. Etwas lag da, ein Leib, mein Leib, und schaute und schaute, versuchte etwas zu sehen. Der Mensch verlässt sich gerne auf die Augen, er hütet sie wie goldene Äpfel. Es ist gut, dass ich ein robuster Mann bin, ein anderer wäre bei dem Anblick, der sich mir da bot, tot umgefallen. Aber ich konnte nicht umfallen, weil ich schon lag, und ein Ukrainer meines Gestüts ist hart im Nehmen. Das sage ich, ohne vor Ihnen zu prahlen, meine Liebe.

Ich schaute und schaute und glaube, dieses Bild gesehen zu haben: Mein Körper, wie er in der Sonne liegt, reichlich mit Staub bedeckt, zuckende Hühner, eisern zu meiner Rechten und Linken, über meinem Kopf und mir zu Füßen, scheinbar mit dem Picken beschäftigt. Doch es war offensichtlich: Sie markierten die vier Himmelsrichtungen – eine Landebahn für die Botschaft, die mir in den Mund glitt. Diesem Mund konnte nach der Feuertaufe in den Bergen neulich nichts mehr wehtun.

In der Botschaft rotierte mein Seraphim und in ihm unser Herrscher – alles strömte in diesen Mund dieses Leibes, den ich meinen Leib nenne, den ich immer irgendwie mitschleppe und der jetzt fern von der Heimat im Staub lag. Kirschenähnliche Augen glitzerten an meinen Armen. Mit dunkelblauen, fast schwarzblauen Augen waren meine Arme übersät. Und aus meinem Brustkorb spross ein Baum, und an seinen Zweigen schaukelten Menschen, aus deren Körpern wieder solche Bäume sprossen, zahllose Bäume. Das alles schaute ich, meine Liebe.

Als ich mich aufrichtete und begann, den Staub von meiner Burka zu klopfen, spürte ich einen süßen Schmerz in der Brust. So wie neulich in den Bergen – ein Beweis dafür, dass tatsächlich etwas geschehen war. Ein Arzt würde sagen: „Sonnenstich, klare Sache“, aber ich ahne, das war eine Prophezeiung, die mir in den Mund gelegt wurde. Wie sie lautet, kann ich Ihnen bei aller Liebe nicht sagen, denn ich habe sie vergessen! Sie hat sich in meinem Bewusstsein völlig aufgelöst, wie die Hühner, von denen plötzlich keine Spur mehr war, nicht einmal ein Abdruck im Staub. Oh, Annuschka, ich war so unglücklich. Ich fing zu weinen an wie ein Kind, zu schluchzen, aber es machte alles nur noch schlimmer. Vor Wut schlug ich mir an die Brust, aber es ertönte keine Stimme. Kein Ruf, keine Antwort.

– *Wen soll ich senden? Wer ist bereit, unser Bote zu sein?*
– *Ich bin bereit. Sende mich!*

Ich ging schwankend zum Hotel zurück, zum höchsten Punkt von Bagdad, zu meinem Babelturm. Die Sonne ging unter, ein Hahn sang irgendwo verschlafen ein Lied, der Nacht zu Ehren, und ich sprach in mich hinein, rief in die Tiefe, zu Gott, und weinte aus unerklärlichen Gründen: „Herr, nun weiß ich es sicher: Nicht an der Stimme erkenne ich deinen Willen, sondern am Schatten deiner unergründlichen Gedanken, der auf mich fällt, mich zur Erde drückt und mich verkünden lässt – nicht das, was ich von dir zu hören glaube, sondern das Unaussprechliche, das Rätsel, das ich nicht zu erfassen vermag. Sende mich!“

Lieber Piotr Michailowitsch,

„Über das Universum haben die Astronomen zwar viel herausgefunden, sie stoßen aber immer wieder an Grenzen“, lese ich in der Zeitung von heute. Ist es nicht ein Wunder, dass auch Ihr Brief heute angekommen ist? Ihre kühne Hypothese, die er enthält, gibt eine Antwort auf die Frage, warum die Astronomen an Grenzen stoßen: weil sie ihre Suche nach außen richten. Dass Gott klein ist und in uns, zerstreut im Kleinsten vom Kleinen, das ist das Kostbarste, was ich je gehört habe, mein lieber Piotr Michailowitsch. Was für Gedanken Sie haben!

Es gibt einen Physiker, der eine interessante Erklärung für das Universum hat. Er meint: „Scherben entstehen aus Glaskaraffen, aber Glaskaraffen entstehen nicht aus Scherben. Warum? Für das Universum in seiner Gesamtheit sind die einzelnen Galaxien, Sterne und Planeten völlig irrelevant, und so gleicht der heutige Kosmos eher einem in kleinste Scherben zerbrochenen als einem wohlgeformten intakten Gefäß.“ Nun gut, der junge Mann scheint mehr Phantasie zu haben als viele seiner Kollegen. Sein Blick ist allerdings nach oben gerichtet. Sehnsüchtig schwebt er über den Sternen. Er sucht nach der Zeit vor dem Knall, bevor die Karaffe zu Bruch ging, hofft, auf etwas zu stoßen, das vor der Karaffe da war – eine andere Zeit? Natürlich gab es diese Zeit! Sonst wäre die Karaffe ja nicht zerbrochen. Ein Splitter ist unser Universum, und unsere Erde ist ein winziges

Farbtüpfelchen auf diesem Splitter. Wir selbst sind unsichtbar und doch da.

Lieber Piotr Michailowitsch, Sie sind mein Stern, und Sie schwimmen in mir. Wie ein goldener Fisch in einem trüben Teich, so erleuchten Sie meine Dunkelheit.

Warum in Gottes Namen soll uns das Universum überhaupt kümmern? All diese Galaxien, diese Splitter, warum denn? Es zählt doch nur der Glanz. Der Glanz unserer Leiber, unserer Augen, unserer Reden und des Unsagbaren, Unaussprechlichen, jedes gottverdammte Molekül in uns. Warum soll uns interessieren, was über uns herumschwebt? Eine Karaffe ist zerbrochen – na und? Warum sollen wir sie zusammenkleben, um sie zu begreifen? Sie soll uns begreifen! Ihren eigenen Glanz, ihre klirrende Pracht. Ohne uns ist sie nichts.

Raten Sie, was ich jetzt in meinem Haus versteckt halte! Einen Raben, der ein Papagei hätte sein sollen. Letzte Woche bin ich extra in die Stadt gefahren, um das einzige Zoogeschäft aufzusuchen. Sie können sich vorstellen, die Tiere in den Käfigen waren begeistert von dem Duft meiner Mutter, vom Duft ihrer Strenge, vom ehrlichen Pferdeduft, der mir vorauszueilen scheint. Kaum öffnete ich die Tür, glitt er an dem schlafenden Türglöckchen vorbei, die Ankunft eines außergewöhnlichen Gasts vom Land anzukündigen. Fast knarrte die Stalltür, aber nein, das war bloß das Krähen eines Raben aus einem der Käfige. Alles, was Augen hatte, schaute auf mich: jeder Wurm, jede Schnecke und jeder Bär, der an seiner Pfote lutschte. Einige Fische küssten verzückt meine Erscheinung durch das Glas ihrer Zweilitergefäße, und die Hunde fingen an, theatralisch um die Wette zu zittern. Dabei wollte ich doch für meine Schülerin Katja einen Papagei kaufen. Das war ihr Geburtstagswunsch, wenn Sie sich erinnern können. Große und kleine Papageien wurden mir vorgeführt. Wer etwas klüger war, bemühte sich, mir zu gefallen, mein Herz zu gewinnen, schaukelnd und sich aufplusternd. Wer dümmer war, schlief unbeteiligt weiter oder tat nur so. Ein Schönling jedoch machte alles zunichte, indem er mir in den Zeigefinger biss. Sie wissen, wie ich bin, Piotr Michailowitsch: Ich kann Ungerechtigkeit nicht leiden. Im Begriff, das Geschäft zu verlassen, ließ ich meinen betrübten Blick ein letztes Mal über die vielen Käfige wandern und erblickte inmitten dieses ganzen Zirkus – ein schwarzer, stummer Vorwurf – einen Raben.

Natürlich habe ich ihn sofort gekauft. Zahm und süß wartet er jetzt in meinem Haus heimlich auf Katjas Geburtstag. Ich werde ihn ihr überreichen, mit einer bunten Schleife um den Hals, mit einem Schnabel voller unaussprechlicher Dinge, mit einem scharfen Verstand und einem liebenden Herzen. Wenn Sie wüssten, was für ein wunderbares Wesen das ist!

Außer dem Raben habe ich für unseren Kusmitsch ein Paar Wattestiefel besorgt, damit er im Winter, ohne an den Füßen zu frieren, seinen gelähmten Hund noch lange Jahre spazieren fahren kann. Kusmitsch, dem das Knarren seines Wagens vorauseilt wie dem Hund sein mildes, rätselhaftes Lächeln, schüttelte mir lange beide Hände. Selbstvergessen und auf einmal knabenhaft wirkte er, traurig und gleichzeitig, als wollte er kichern. Wie ein Page stand er vor meinem Tor, und als er weiterzog, sein vierrädriges Knarren hinter sich herschleifend, sah ich ihn, sich mit einer kraftlosen Bewegung in seinen Handschuh schnäuzen. Und fast glaubte ich, ich würde ein leises Bellen aus dem Hundewagen hören, als hätte sein Hund ein Glöckchen in den Schnee gespuckt.

In der Früh war ich mit Goriunowa Hand in Hand im Wald spazieren – ein seltener Anblick in unserer Gegend. Im Wald sammelt man Pilze und Beeren. Man verscharrt die Leiche seines Feindes im Wald, man fällt Bäume für den Ofen, den einzigen warmen Platz, den es zwischen Oktober und April in einer ukrainischen Hütte gibt. Man geht in den Wald, um Wildschweine zu den Urvätern zu schicken, aber für Waldspaziergänge hat man nicht nur keine Zeit – man denkt erst gar nicht daran. Eher geht man auf dem Friedhof spazieren und zupft nebenher Unkraut vom Grab der lieben Toten. „Annuschka, geh auf den Friedhof, Unkraut jäten“, sagte mein seliges Mütterchen zu mir, wenn sie glaubte, sie sähe die Langeweile in meinem Gesicht. Und ich gehorchte ihr. Ich tat immer alles, was sie sagte. Und als sie starb, die alte, grob geflochtene Wäscheleine, an der schon die Wäsche meiner Großmutter und meiner Urgroßmutter zu trocknen das Vergnügen gehabt hatte, um den Hals, da fand ich ein Briefchen auf dem Fensterbrett. Auf dem weißen Briefchen lag ein Kieselstein vom Schwarzen Meer als Briefbeschwerer – das einzige Andenken, das sie von ihrer einzigen Reise mitgenommen hatte. Mit großen Druckbuchstaben für meine schlechten Augen schrieb sie diesen einen Satz: „Pflanze eine Birke auf meinem Grab, Kindchen. Kopf hoch!“

Wenn ich nicht gewusst hätte, dass ich es bin, die plötzlich allein da stand, wäre ich mir vorgekommen wie in einem Märchen. Aber nein, es war mir anders zumute. Die Kälte kroch mir die Beine hinauf, den Rücken hinauf, in die Augen, bis in die Träne, die so groß, so unwahrscheinlich groß ist, dass sie bis heute nicht hervorzutreten vermochte. Den Wunsch der Mutter habe ich erfüllt. Eine wundervolle Birke wächst auf ihrem Grab. Als Selbstmörderin hätte sie sowieso nie ein Kreuz bekommen. Einen Baum finde ich auch viel schöner. Er ist weiß, er raschelt im Wind. Die Mutter fest umschlossen, ist er in die Höhe geschossen, sodass ich tatsächlich meinen Kopf in den Nacken legen muss, und Jahr für Jahr streut er ihren Leib in Form goldener Münzen in die Welt aus. An seinen Zweigen wächst die Mutter, in seinem Stamm fließt ihr Saft, sie steht angewurzelt da und verbreitet sich über die Welt. Wenn ich jetzt mit Goriunowa im Wald spazieren gehe, schaue ich in die Gesichter der Bäume, und ich weiß: Sie sind mir nicht fremd. Einer von ihnen ist meine Mutter.

Oft träume ich von meiner Geburt, dass ich aus dem Stamm eines Baums wachse, nackt und unfähig zu atmen. Und ich ringe nach Luft, ringe verzweifelt nach Luft, und ich sehe: Luft ist überall, blaue Luftmoleküle, nur nicht für mich. Und dann wache ich auf und weine, und dann lache ich über mich selbst.

Nach dem Waldspaziergang biegen wir immer zum Friedhof ab. „Schau, Goriunowa, wir weiden auf der Hand meiner Mutter“, sage ich zu ihr, lange bevor wir die Birke erreicht haben. Sie nickt und verdreht ihre Äuglein. „Auf der Hand meiner Mutter weiden wir, meine Liebe! Bis hierher erstreckt sie sich!“, setze ich dann feierlich fort. „Auf der Hand, die uns nie böse sein kann, in der Gemeinschaft der Heiligen, die uns anlächeln, im Chor der Engel, Cherubim, Seraphim." Dann werde ich sentimental, und die zu große Träne, die auszuweinen ich leider Gottes nicht imstande bin, regt sich in meinem Blick.

Als kundige Rechtgläubige sollte mir die gute Goriunowa verbieten, in Anwesenheit meiner Mutter von den Heiligen zu reden, denn sie war eine Selbstmörderin, und eine Selbstmörderin ist, wie Sie wissen, jeglicher kirchlichen Ehre beraubt. Jeder an Goriunowas Stelle hätte mir gesagt, ich solle den Mantel der Heiligen nicht mit dem Namen meiner Mutter besudeln. Aber Goriunowa ist nicht jeder. Sie war es, die damals zu meinem Erstaunen meine Schüler dazu bewegte, für ihre Lehrerin auf dem Friedhof zu singen.

Dieser Tag blieb verschwommen in meinem Bewusstsein zurück. Geweint habe ich bitterlich, und niemand, kein Mensch, konnte ahnen, wie ergriffen ich war, dass beinahe das ganze Dorf zu der Beerdigung gekommen war, alle gläubigen Christen, der Metzger und der Arzt, der Bäcker und der hinkende Schmied, und dass die Schüler meiner Klasse mit konzentrierten, bleichen Gesichtern sangen, mehr noch als davon, dass ich begriff, ich würde meine Mutter nie wieder sehen.

Von da rührt mein Glaube, mein Glaube an die Güte des Menschen. Dass sie alle meiner Mutter zu Ehren kamen und sangen, obwohl ihr, der Elenden, ein Gottesdienst verweigert und ein Grabplatz ohne Kreuz am Rande des Friedhofs zugewiesen wurde. Fern von Gottes Haus, neben dem Misthaufen des

Friedhofs sang meine Klasse das Trisagion, diese alte christliche Hymne, Goriunowa rot vor Aufregung. Ein Strumpf rutschte ihr beim Singen über das Knie. Wie verzaubert schaute ich die ganze Zeit auf den rutschenden Strumpf.

„Heiliger Gott, heiliger Starker, heiliger Unsterblicher, erbarme dich unser…"

Wussten Sie, dass das Trisagion in der Vision des Jesaja das Loblied der Seraphim ist? „Erbarme dich!" Goriunowa könnte ich darum bitten, wie ich Gott darum bitte: „Goriunowa, erbarme dich meiner!" Sie würde nur wieder ihren runden Kopf schütteln und die Augen verdrehen, doch sie wüsste genau, was ich dabei denke: Sie ist in Gott und Gott ist in ihr, sie ist bei Ihm und Er ist bei ihr. Es ist ganz gleich, zu wem wir beten, solange wir Gott meinen, und Gott meinen wir immer, denn es gibt nur Ihn.

Es gehört zu unserem Waldspaziergang, dass wir zum Friedhof abbiegen und vor der Birke der Mutter unsere Brote und Schnaps auspacken. Die Brote legen wir auf ein Pfarrblatt, damit sie sauber bleiben, und bevor wir trinken, hauchen wir in die Gläser. Ein saures Gürkchen schimmert tröstlich, die Birke raschelt über uns wie im Märchen. Am Himmel ziehen schöne Wolken vorüber, einige sehen aus, als würden sie ihre Kollegen jagen und genussvoll verschlingen wollen.

„Prost, Goriunowa", sage ich dann immer als Erstes und wische eine Träne weg. Dahinter pocht die große, nicht auszuweinende Träne, die diesem Ort und der unerklärlichen, erdrückenden Freude gilt, die ein Kirchenvater leicht mit der Sünde der Traurigkeit verwechseln könnte. „Ein getrübter Seelenzustand", sagt Goriunowa und schenkt mir sofort nach.

Auf dem Misthaufen, an dessen Rand meine Mutter in der Gemeinschaft von namenlosen und verwilderten Gräbern mancher ruhmloser Genossen in den Himmel wächst, sahen wir frische Schnittblumen auf verfaulenden Schnittblumen liegen und ihrem Beispiel folgen. Ihre Hände berührten einander, ihre verkrüppelten Füßchen, hie und da eine feuchte Zeitung, die nur noch aus einer unleserlichen Überschrift bestand. Pilze wuchsen an den dunkelsten Stellen des Misthaufens. „Ob sie wohl genießbar sind?", fragte Goriunowa und machte keine Anstalten, hinabzuklettern, um einen zu pflücken. Sie wäre am Ende auch noch ausgerutscht, sodass der Himmel ihren uralten weißen Unterrock zu Gesicht bekommen hätte, und ich hätte sie womöglich wieder herausziehen müssen. Meine Brille wäre mir beim Abstieg abhanden gekommen, ich hätte nach ihr getastet, in der feuchten Masse gewühlt, ohne zu sehen, was ich da ergreife, eine Blume, eine Zeitung oder einen platten Pilz. Und meine Birkenmutter wäre Zeuge dieser jämmerlichen Begebenheit gewesen, ihr lächelndes, raschelndes Krönchen über uns.

Neulich habe ich in der Stadt ein Blumentuch für Goriunowa gekauft, so dünn und fein, dass man ihre Strähnen dadurch schimmern sehen würde. Die Blumen waren mit einem hauchdünnen goldenen Faden eingefasst, und der Schmetterling auf der opulenten Margerite war ganz aus Gold. In der Sonne würde dieser Schmetterling im Auge des Betrachters lichterloh brennen, und auf dem runden Schädel der Goriunowa würde Frühling werden.

Goriunowa ist Luxus genauso wenig gewohnt wie ich. Als sie das Tuch sah, stieß sie einen langen Seufzer aus, wie ein umknickender Baum, streichelte es und presste es an ihr welkes Bäckchen. „Nein, so was darf man gar nicht tragen. Es ist zu schön!", sagte sie, und ich war überwältigt, wie damals auf dem Friedhof, vor meinen singenden Schülern. Diese Kindergesichter waren bei Gott alles andere als engelsgleich, alles andere als edel und schön. Die meisten zierte eine Kartoffelnase. Viele schlackerten beim Singen mit den Ohren und hatten Schweißränder unter den Achseln ihrer besten Leinenhemden, die sie nur an Feiertagen und sonntags anziehen durften. Diese ernsten Buttergesichter waren für mich trotzdem schöner als Ihr Seraphim aus dem Wald, schöner als Ihr Seraphim im Staub von Bagdad, so schön wie die kleine, missratene Goriunowa mit dem feinen Tuch in den Wurstfingern und dem Seufzer, der sie plötzlich über die Welt erhob und strahlen ließ.

Diese Begebenheiten, mein lieber Piotr Michailowitsch, erheben mich selbst über unser Dorf und über die ganze Welt. Sie lassen mich strahlen, sie baden mich im Licht des Glaubens an die Güte des Menschen, dass der Mensch gut ist, weil Gott gut ist. *„Wie heißt du?" fragte ihn Jesus. Der Dämon antwortete: „Mein Name ist Legion, denn wir sind viele."*

Mein lieber Piotr Michailowitsch, wie können Sie behaupten, dass Sie nicht barmherzig sind? Dass Ihnen Ihr Blut in den Adern kocht, hat damit nichts zu tun. Allein die Tatsache, dass Sie mich bitten, für Sie barmherzig zu sein, weil Sie es angeblich nicht sein können, ist ein Zeichen Ihrer Barmherzigkeit, Ihrer sanften Seele.

Natürlich werde ich Ihren Wunsch erfüllen und sehr bald mit meiner Klasse diesen Ausflug zu der tausendjährigen Eiche machen. Wir werden unter der Eiche sitzen und an all die Kosaken, all die Geistlichen, all die armen Bauern denken und an das rote Blut, an das rote wilde Blut, das sie für die missverstandene Freiheit vergossen haben. Ich werde meiner Klasse sagen: „Liebe Kinder, wir wissen und ahnen nicht, wie hart das Leben dieser Menschen war, wie verzweifelt sie in ihrem Elend waren, bevor sie in Hass gegen die aufflammten, die es in ihren Augen besser hatten. Unser Herr spricht: ‚Verurteilt nicht und Ihr werdet nicht verurteilt werden.' Meine Lieben, der Weg bis zur rechten Wange ist lang, noch sehr lang. Bis wir unserem Bruder Feind die rechte Wange hinhalten, wird viel Zeit vergehen. Wollen wir unsere Hoffnung auf die setzen, die diesen Weg zu gehen versuchen. Wollen wir der Menschen gedenken, die traurig und ruhmlos starben."

Ja, wir werden der Liebe gedenken unter der tausendjährigen Eiche. Ganz wie Sie wollen, mein teurer Piotr Michailowitsch. So wie Sie in der Ferne des Orients große Taten vollbringen, werde ich in der ukrainischen Steppe, hier in unserem wallenden Grasmeer, kleine Wunder tun. Seitdem ich Ihr Wort hörte, Ihr festes, gutes Wort, spricht ein Bedürfnis aus mir, ich selbst rufe aus der Tiefe zu mir selbst: Ich werde etwas tun, wofür mich die Kirche verdammen könnte, wofür man mich ins Gefängnis werfen könnte oder in ein Irrenhaus – aber ich werde es tun.

Ich werde meine Schützlinge aufklären, was Gottes Liebe ist. Ich werde die Zeit, die mir bleibt, nutzen und eine Generation von ehrlichen Bauernkindern aus der Furcht vor Gott befreien und ins volle Bewusstsein seiner Liebe schleudern. Gleich, was wir tun, Gott liebt uns. Diese Botschaft, so elementar wie fremd, werde ich hier auf dem Land verkünden, während Sie in der Ferne nach dem Großen greifen, mein Lieber.

Ganz gleich, ob wir beichten, unsere Schuld bekennen oder nicht, ob wir Reue zeigen oder mit steinerner Miene dem Tod ins Gesicht schauen, Gott liebt uns. Denn Gott ist großmütig. Das werde ich meinen Schützlingen ins Herz pflanzen, in ihr Blut, in ihren reifenden Verstand. Sie sollen sich nicht fürchten, sie sollen wissen, wie großmütig Gott ist. Er ist so großmütig, dass er nichts verlangt und nichts erhofft. In diesem Gedanken sollen die Kinder leben. Gott ist nicht unser Richter, sondern der Dichter unserer Seelen. Lächelnd schaut er auf unser Treiben, wissend um unsere Güte. Dieses vorwurfslose, nichts verlangende Lächeln soll uns zur Verantwortung verpflichten, für jedes Wort und jede Tat und jeden heimlichen Gedanken, denn es gibt keine Schuld vor Gott, sondern nur voreinander: vor jedem Stein, den wir treten, jedem Glas, das wir in Wut an die Wand werfen, jedem Geschöpf, dem wir wehtun. Den Schmerz sollen wir immer wieder lindern, solange wir leben, wissen, dass es niemanden gibt, der es für uns richten kann, außer wir selbst. Das alles werde ich den Kindern beibringen. Ich werde sie neu christianisieren. Und mit ihnen hoffentlich mich selbst.

Ich habe mir überlegt, Piotr Michailowitsch, wenn Gott nicht verzeihen kann, dass man nicht umkehrt, dass man sich von ihm abwendet, dass man ihn nicht für möglich hält, wenn er das nicht vergeben kann, dann ist er ein kleinlicher, zorniger Gott, der die Liebe nicht lebt und nicht verdient, dessen Wort eine Lüge ist. Es kann nicht sein, denn Gott ist Liebe und Wahrheit. Er ist in jedem, auch in dem, der ihn verrät, der nicht bereut. Ein kleinlicher Gott würde es übel nehmen, und Gott kann nicht kleinlich sein. Kleiner als das kleinste uns bekannte Teilchen ist er und in seiner Winzigkeit unendlich.

Wissen Sie, alle Gebete, die ich beten musste als Kind, erfüllten mich mit einer unverständlichen Furcht vor einem Fremden, einem Bestrafenden, einem, vor dem man sich schämen musste, dass man von ihm erschaffen wurde. Warum musste das so sein? Warum muss es so sein? Ich weiß erst jetzt, was mich immer so ängstlich stimmte vor Gott. Es war das düstere Geheimnis in Gottes Bild, das Schuldgefühl angesichts der herrlichen Dinge des Lebens. Für das Eis, das ich mit Entzücken und Tränen in den Augen aß, musste ich Gott um Verzeihung bitten, für die Freude, die es mir brachte, empfand ich Reue. Das Gebet von Efrem dem Syrer musste ich beten an besonders schönen Tagen: „Herr, himmlischer Zar, Tröster, Geist der Wahrheit, erbarme dich und vergib mir, deiner sündigen Sklavin, alle Schuld, vergib mir, einer Unwürdigen, alles, was mich heute schuldig macht vor dir. Ein Mensch bin ich und doch schlechter als das Vieh im Feld. Meine bewussten und unbewussten Sünden, meine sichtbaren und unsichtbaren Sünden, die Sünden der Jugend, die Sünden, die vom heißen Blut und vom Leichtsinn kommen, vergib sie mir! Wenn ich bei deinem Namen schwor und ihn besudelte, wenn ich jemanden verurteilte oder betrog in meinem Zorn, wenn ich jemanden betrübte, ärgerlich wurde, an der falschen Stelle einschlief, oder ein Bettler kam zu mir, den ich fortschickte, wenn ich meinem Bruder wehtat, mich in einen Streit einmischte, prahlte, stolz war oder gar zornig, oder wenn ich im Gottesdienst in Gedanken bei meinen alltäglichen Dingen war, wenn ich unreine Gedanken hatte, zu viel aß oder trank, an der falschen Stelle lachte oder Böses dachte, oder wenn ich fremde Schönheit sah, von der Schönheit ins Herz getroffen war, oder wenn ich über die Sünde meines Bruders lachte, obwohl meine Sünden zahllos sind, oder wenn ich keine Freude am Gebet hatte, wenn ich noch anders sündigte, ich kann mich dessen nicht erinnern, weil ich es tat und mehr noch! Vergib mir, erbarme dich meiner, mein Schöpfer, mein Herrscher, erbarme dich deiner traurigen, unwürdigen Sklavin, vergib und verzeih mir, als Gütiger und Menschenliebender, damit ich im Frieden mich hinlege, mich beruhige, damit ich, eine Verlorene, Sündige und Unglückliche, mich verneige vor dir und dich besinge, dich preise, deinen ehrwürdigen Namen, mit dem Vater, dem Sohn, jetzt und immer und in alle Ewigkeit. Amen."

Ja, auf Reue war mein trüber Glaube gebaut, auf bitterer Reue dafür, dass man Mensch ist, dass man lebt, dass man lacht. Ist das nicht erschreckend? Im Finstern habe ich gelebt, in der Dunkelheit ängstlichen Blutes, im Unverständnis. Das lichte Antlitz Gottes schauend, war mir dunkel im Herzen. Nicht nur mir wird es so ergangen sein. Als hätte die Kirche uns von der Wahrheit und der Botschaft der Liebe fernhalten wollen! Sie hat sie gepredigt, aber sie blieb uns fern und fremd. Piotr Michailowitsch!

Ist das nicht ein Verbrechen gegen die Liebe? Alles ist voller Widersprüche. Schon das Evangelium nach Johannes lässt die Liebe wie ein Missverständnis erscheinen. Auch die Propheten waren nicht frei von Ängsten und Zweifeln? Auch in ihnen floss rotes Blut, als sie diese Worte schrieben: *Ich bin das Licht der Welt. Wer mir nachfolgt, der wird nicht wandeln in der Finsternis, sondern das ewige Leben haben.*

Ja, darüber haben Sie mir in einem Ihrer Briefe geschrieben. Sie meinten, diesem Licht kann man nicht entrinnen. Aber schauen Sie tiefer! Diese Worte, mein Lieber, schauen Sie nur, denken Sie darüber nach. Sie sprechen nicht von der bedingungslosen Liebe, die Gott ist. „Wandelst du nicht in mir, bist du nicht mein – fort mit dir!" Denken Sie nach! Wir können uns nirgendwo sonst befinden als in ihm. Wir sind im Licht. All unser Denken ist Licht. Was wir tun, können wir nicht anders tun als in seinem Namen. Auch die größten, bittersten Fehler geschehen in seinem Namen. Denn es gibt nur IHN. Es gibt keine Finsternis. Davor soll sich kein Kind fürchten. ER wendet sein Angesicht niemals von uns ab. Nur ab und zu wird es uns schwarz vor Augen.

Ob die Engel, die zu den Auserwählten, zu einfachen Menschen gesandt wurden, daran schuld sind? Ob sich ihnen die Botschaft unterwegs verwirrt hat? Auch Engel sind Menschen.

Wenn man die Offenbarung des Johannes liest, stehen einem die letzten Haare zu Berge. Spricht so ein bedingungslos liebender Gott? *Ich bin der Erste und der Letzte, der Anfang und das Ende. Wer durstig ist, dem gebe ich umsonst zu trinken. Ich gebe ihm Was-*

ser aus der Quelle des Lebens. Wer den Sieg erlangt, wird dieses Geschenk von mir erhalten, und ich werde sein Gott sein, und er wird mein Sohn sein. Aber die Feiglinge und Treulosen, die Abgefallenen, Mörder und Ehebrecher, die Zauberer, die Götzenverehrer und alle, die sich nicht an die Wahrheit halten, finden ihren Platz in dem See von brennendem Schwefel. Das ist der zweite Tod. Wie kann ein Gott, der jeden liebt, der in jedem ist, so etwas sagen? In jedem Feigling, in jedem Abgefallenen, in jedem Mörder, im schlimmsten Feind der Menschen, auch in ihnen ist Gott. Auch in ihnen ist Licht. Wie kann man so blind sein, das nicht zu sehen?

Die Offenbarung passierte zwei Tore auf dem Weg zu uns. Das erste Tor war der Mund des Engels, der Johannes die Offenbarung in den Mund legte. Das zweite Tor war der Mund von Johannes, aus dem die Offenbarung zu uns kam. Piotr Michailowitsch, ich fürchte, wir sollten uns nur vor uns selbst fürchten, dass sich uns genauso wie den Engeln und Propheten die Botschaft verwirren könnte, weil auch wir Menschen sind, in unserem Denken und vor allem in unserer übermäßigen Liebe zu Gott, die so wild, so blind ist wie eine Mutter, die morden würde für ihr Kind. Durch uns geht die Botschaft, wir sind ihr drittes Tor. Es ist Zeit, dass wir uns endlich trauen, darüber nachzudenken, ob es wahr sein kann, dass Gott etwas von uns verlangt, dass er Geschenke nur an die verteilt, die an ihn glauben und ihren Glauben bekennen. Was ist mit den armen Verlorenen, deren verzweifelte Schreie nicht in Worte zu fassen sind? Was ist mit denen, die sich in ihrer Schlechtigkeit für unwürdig halten, Gott anzurufen? Was ist mit all diesen Menschen? Wird die Liebe sich von ihnen abwenden? Kann die Liebe wählerisch sein? Verteilt sie ihre Gnade nur an die, die ihr günstig sind?

Wenn ihr in mir bleibt und wenn meine Worte in euch bleiben,
dann bittet um alles, was ihr wollt: Ihr werdet es erhalten.

Die Botschaft der Liebe darf nicht wie eine Drohung klingen, noch weniger wie eine Erpressung, auch wenn sie aus einer fernen und fremden Zeit auf uns kommt und von einer Hand aufgeschrieben wurde, die dem, der an ihr zweifelte, aus Liebe zu Gott Steine in den Rücken werfen konnte. Wir sind nicht anders. Wir haben bis heute Weniges vollbracht. Die rechte Wange halten wir nur zögernd hin nach dem Schlag auf die linke. Der Weg ist so lang, Piotr Michailowitsch. Über das Wort der Offenbarung sollen wir hinweggehen, dem Wort misstrauen, uns auf unsere eigene Güte verlassen, auf das, was kein Wort auszudrücken imstande ist: auf die Liebe. Auf die Liebe, mein Lieber!

Annuschka Konstantinowna, meine Liebe,

erschlagen von Ihrem zauberhaften Briefchen taumelte ich gestern durch den Staub und den Sand der Straßen von Bagdad. Wie Sie es schaffen, mir Halt zu geben, wenn mein Glaube zu schwanken droht, wenn meine Mission an einem Faden zu hängen scheint – Sie retten mich aus dieser Not, Sie erlösen mich, meine Liebe!

Ihre Briefe sind mir notwendiger geworden als alles andere. Sie tragen mich, und ich gestehe Ihnen, so wie ich mir selbst mit Entsetzen gestehen muss: Ich falle, ich sinke, ich suche und finde nichts, nur Sie, Annuschka, nur Sie, meine Ferne. Keine Spur von Gilgamesch. Nur Sie und Ihr Wort.

Wäre ich wahnsinnig, würde ich langsam anfangen zu glauben, dass Sie meine Mission ausführen, dass es mich nicht gibt auf dieser Welt, weil es Sie gibt. Es wäre albern zu fragen, ob Sie mein König von Uruk sind. Sie sind es, Sie sind alles, Annuschka. Am meisten ich selbst. Dieser Gedanke ist mein Frieden, das, was mich beruhigt, wenn ich atemlos durch Bagdad renne.

Ja, Annuschka, wenn ich zu lange nichts von Ihnen höre, sehe ich eine bittere Erkenntnis vor mir aufsteigen: Ich bin nicht in der Lage, hinter das Geheimnis zu kommen. Das Gesetz der Erde bleibt meinen Ohren, meinen Augen verschlossen. Aber dann taucht wie durch ein Wunder Ihr weißes Briefchen auf, und das Geheimnis kommt zu mir wie von selbst und lässt mich aus seiner Hand kosten.

Langsam bin ich so weit, dass ich wieder zu beten beginne wie in ferner Kindheit oder zuletzt bei der Beerdigung meines Vaters. Ich bete zu Ihnen, ich bete, dass Sie Ihr Angesicht nicht von mir abwenden. Als würde ich für die gesamte Menschheit bitten, so bete ich zu Ihnen, Annuschka. Am wenigsten für mich, denn es scheint mich kaum zu geben auf dieser Welt.

„Du bist des Wahnsinns, Petrow!", hat mir mein Chef Solowjow neulich geschrieben. Seine Botschaften kommen sonst immer verschlüsselt an, aber diesmal unterlief ihm ein Fauxpas: „Du faule Socke, reiß dich zusammen oder ich komme!" Das erhielt ich als Antwort auf meine vorsichtig geäußerte Vermutung, eine ukrainische Lehrerin könnte der König von Uruk sein, dass sie mir das Gesetz der Erde verkünden könnte.

Solowjow glaubt, mich würde Heimweh plagen. Was für ein Irrtum! Heimweh wurde von Malern erfunden, die ihren Bildern Tiefe und Stimmung verleihen wollen, von Musikern, die die weinerliche Gedehntheit ihrer Melodien zu verteidigen versuchen, und nicht zuletzt von Literaten, die darin einen Vorwand suchen für das sinnlose Gemetzel ihrer Nebensätze. Der Bürger hat diesen Begriff dann aus dem trüben Teich der Kunst herausgefischt, um ihn in den trüben Teich seiner Launen und Gefühle einzupflanzen, als Rechtfertigung für ihre Unlust, das Gegebene zu genießen. Heimweh kann man nicht haben, wenn man darüber nachdenkt. Unser Heim sind wir selbst, und unser Weh sind wir selbst, die wir viel gehört und viel gesehen haben: Brücken und Dampfer, die unter ihnen hindurchfahren, beladen mit flauschigen Bäumen wie mit Elefantenbeinen, Vögel im blendenden Sonnengeläut an Ostern, errötende Mädchen mit leicht verrutschten Blumentüchern, die abends über staubige Dorfstraßen flanieren und Liebeslieder singen. Das alles hat man in sich, und was man hat, kann man nicht vermissen.

Da mein Chef mit den Ergebnissen alles andere als zufrieden ist und langsam ungeduldig wird, gequält von den Nachfragen „von oben", hat er mir in seiner Verzweiflung einen Vorgesetzten vor die Nase gesetzt, einen gewissen Leopold Leopoldowitsch von der Abteilung für Absurditäten. An ihn schicke ich jetzt meine Berichte, die dann in entschärfter Form auf Solowjows Tisch landen. Von Leopold Leopoldowitsch bekomme ich auch meine Anweisungen, die ihm Solowjow bei einem Glas Birkenschnaps diktiert. Ich sehe die russische Birke in den Briefen buchstäblich vor mir, wenn sich darin ein Glasrand in sichelförmiger Verschwommenheit verewigt hat. Dann weiß ich, so übel nimmt er es mir nicht, der gute Chef, denn solange getrunken wird, ist die Welt noch in Ordnung.

„Der Wald lichtet sich. Greifen Sie sofort zum Beil!", schreibt mir Leopold Leopoldowitsch. Das heißt so viel wie: „Das Budget der Mission ist fast erschöpft. Kommen Sie endlich auf den Punkt!" Was habe ich nicht alles ausprobiert in den letzten Tagen, um auf den Punkt zu kommen. Ich habe Erde gegessen, Anna Konstantinowna, Staub.

Fliege nun tiefer hinab, tiefer hinab in die Wohnung der Finsternis. Steige hinab in die Wohnung, aus der nicht wieder hinausgehen, die sie betreten. Geh hinab den Weg, den man nie zurückgeht, dessen Bahn sich nicht wendet nach rechts oder links! Tritt ein in das Haus, dessen Leute das Licht entbehren! Erdstaub ist ihre Nahrung und Lehm ihre Speise.

Mein Fahrer Ali, den ich inzwischen sehr lieb gewonnen habe, stand hinter mir und schluchzte beim Anblick der knienden, nicht mehr ganz jungen männlichen Gestalt in den Frauengewändern seiner Heimat, mit dem Mund voller Erde, gesammelt an verschiedenen Orten rund um Uruk. Ich selbst konnte meine Tränen kaum zurückhalten. Zuerst dachte ich, die Verzweiflung treibt mir diese Tränen in die Augen, die Ahnung meiner Resignation, pure Verzweiflung. Dann horchte ich, beruhigte mich ein wenig beim Kauen.

Sumerische Erde ist keine erstklassige Erde, nicht die Schwarzerde der Ukraine, meine Liebe. Sie ist voller Steinchen, voller Sand und knirscht, wie Sünder in der Hölle mit den Zähnen knirschen. Ich horchte und stellte fest, dass ich der Erde näher war als sonst. Sie war schon in mir. Und bald würde ich in ihr sein. Darum kämpfte ich mit den Tränen. Weil es so verdammt romantisch war, selbst für einen robusten Menschen wie mich. Ali jammerte in seiner Sprache bitterlich und putzte sich die Nase. Ich wusste, in dieser Erde, die ich aß, war auch Gilgameschs Spur: sein Leib und sein Gedächtnis, das Pochen seines Hirns beim letzten Gedanken, ob er der Zukunft galt, seinen Urvätern, ob er sich selbst galt, seiner Anwesenheit, ob er auf einmal um sich selbst kreiste? Der letzte Gedanke, den aß ich da. Er knirschte und besänftigte mich. Darum hatten meine Augen einen feuchten Schimmer. Ob Ali mich durchschaute?

Wir fuhren schweigend nach Bagdad zurück an diesem Abend. Und als wir uns für den nächsten Morgen verabredeten, nickte er kurz, und seine Augen, größer als gewöhnlich, blinzelten mich an wie zwei regennasse Kirschen. In diesem Augenblick verstand ich: Auch er wartet. Annuschka Konstantinowna! Auch er wartet auf die Lösung und die Erlösung. Er hofft auf mich.

Als ich auf dem Zimmer war, warf ich mich auf mein Bett und weinte wie ein Weib (verzeihen Sie mir diesen Ausdruck). Dass ich von Gilgameschs Spur gekostet hatte, dass er mir näher gekommen war, war nicht zu bestreiten, aber wir hörten einander nicht. Durch die Tränen sah ich den Lüster. „Jetzt und hier!“, sagte ich zu mir selbst. „Jetzt, hier und sofort, mach es, Petrow, lass den Lüster ein paar Mal hin und her schaukeln! Sauge dich an des Lüsters sattem Glanz fest, zeig es ihm, zeig es dir, Petrow!“ Und gleichzeitig hörte ich mich denken: „Nur nicht daran denken, dass solche Kunststücke in der freien Natur meistens misslingen.“ Und genau das hat meinen Blick in diesem Moment seiner magischen und doch so selbstverständlichen Kraft beraubt. Sie sehen: Ein Gedankchen des Zweifels, ein Schatten des Gedankchens, und schon ist alles vorbei! Der Mensch ist selbst sein größter und einziger Feind.

Ich ärgerte mich darüber, dass ich, als wäre nichts geschehen, auf meinem Bett liegen blieb und mich damit begnügte, mir vorzustellen, wie der Lüster hin und her schaukelt. Das aufblühende Lächeln der Zufriedenheit auf meinem Gesicht. Wie ein Wilder sprang ich auf und verrenkte mir fast das Kreuz dabei. Es knirschte in meinen nicht mehr jungen Gelenken. Das gab mir den Rest. Ich sprang auf den Lüster und blieb mit meinem ganzen ukrainischen Gewicht daran hängen. Einfach aus Protest. „Fall herunter!", befahl ich dem Lüster und zappelte wie ein Fisch an der Angel. „Fall herunter, hörst du!" Und der Lüster hörte auf mich und fiel und zerbrach, aber das machte mich weder froh noch zufrieden. Wie kann ich mit bloßen Gedanken einen Kometen aufhalten, wenn ich nicht einmal einen Hotellüster in Schwung bringen kann? In einem See aus Splittern badete ich meinen Körper, in seinem Glanz, im erlöschenden Glanz ließ ich ihn weiden. Rote Mohnaugen öffneten sich hier und da, erste Blutstropfen – ich blutete.

„Was soll's, Petrow?", sagte die Stimme, die plötzlich wieder aufgetaucht war. „Was soll's, mein Guter, der Lüster ist kein Komet. Es wird schon. Steh auf, Petrow. Nein, bleib liegen. Lächle, bevor du aufstehst. So und nicht anders, Petrow. Jetzt kannst du aufstehen und dich setzen. Da an den Schreibtisch!" Lächelnd tat ich, was die Stimme mir befahl. „Hol mal deinen Bleistift aus der Brusttasche, Petrow!", bat die Stimme.

„Ich habe keine Brusttasche", antwortete ich.

„Dann tu doch so, als hättest du eine, du Tölpel!"

Lässig stellte ich mir vor, meine Burka hätte eine Brusttasche, legte die Hand an die Brust, und, siehe da! – ein Bleistift sprang mir in die Finger. Wie eine warme zitternde Heuschrecke. Da wurde ich auf einmal sehr wach.

„So, so, Petrow, wer glaubt, wird selig. Schreib mal an deine Lehrerin. Sei herzlich, schreib ihr die ganze Wahrheit."

„Ja", sagte ich, „aber der Bleistift ist ja stumpf. Mit so einem Bleistift kann man nicht einmal ein Herzchen malen, geschweige denn die Wahrheit schreiben."

„Dann spitze ihn mal, Petrow!", empfahl die Stimme.

Während ich in den Schrankregalen nach einem Bleistiftspitzer wühlte, fingen die Gedanken wieder an, sich zu regen. Sie tollten herum, kicherten und räusperten sich ein paar Mal, bevor sie sich aussprachen: „Welche Wahrheit willst du denn schreiben?" – „Welche denn?", fragte ich die innere Stimme, doch sie schwieg. Sie wollte mit diesen Gedanken offenbar nichts zu tun haben. „Ein Messer, ein Mi-ma-messer für den Bleistift!", kicherten die Gedanken. „Im Kühlschrank, neben dem Flaschenöffner!" – „Seltsam, dass sie sich so verselbstständigen können, die guten Gedanken", dachte ich bei mir, als ich den Bleistift spitzte. Ich spitzte, dass die Funken flogen, und lachte, und die Lage schien mir auf einmal alles andere als hoffnungslos. Da rutschte mein Obstmesser aus und fuhr sehr ungeschickt in mein linkes Handgelenk. Ein Mohnfeld flammte auf. „Roter Mohn, warum welkst du schon?", sangen die Gedanken einstimmig, und ihre Stimme schmeckte rostig, salzig, falsch.

In dem Krankenhaus, in das ich eingeliefert wurde, hingen die Propheten in goldenen Rahmen an den Wänden. Abraham, der gemeinsame Stammvater der Juden, Christen und Muslime, im Eingang kniend mit seinem sanftmütigen Sohn Isaak, ein Messer in seiner Rechten, die Linke auf der Schulter des Sohnes. Die Köpfe der beiden in zwiebelähnlichen flammenden Nimben. Um die Ecke lugt ein schöner schwarzhaariger Engel, ein Lamm unter dem Arm. Goldene Wölkchen blinzeln besänftigt voller Gnade und der Weisheit Gottes, der seinen ergebenen Propheten Abraham im Alter von hundert Jahren mit einem zweiten Sohn gesegnet hatte, den zu schlachten er ihm kurz darauf befahl.

„Oh, mein Sohn, ich sehe im Traum, dass ich dich schlachte. Nun schau, was meinst du dazu?“ Er sagte: „Oh, mein Vater, tu, wie dir befohlen wird. Du sollst mich, so Allah will, unter den Geduldigen finden.“ Die beiden beugen sich dem Willen, bestehen die schwere Prüfung, und ihre Namen werden bewahrt unter den künftigen Geschlechtern. *Und Gott hieß Abraham hinausgehen und sprach: „Siehe gen Himmel und zähle die Sterne. Kannst du sie zählen?“ Und sprach zu ihm: „So unzählbar groß soll dein Same werden.“*

Von den Wänden in den Korridoren schauten rechts und links streng und erhaben: Adam, Noah, der gereifte Isaak, Sohn Abrahams, Ismael, Abrahams erster Sohn, in der Not gezeugt mit seiner Sklavin, Lot, Abrahams verirrter Neffe, Jakob, Joseph, Moses, Aaron, David, Salomon, Hiob, Elias, Jonas, Esra, Johannes, der am ganzen Körper brennende Muhammad im Warteraum und Jesus mit einem schönen pechschwarzen Vollbart im Speisesaal. Friede sei mit ihnen allen.

Der Chefarzt, dem ich unter meiner Burka heftig errötend verriet, dass ich ein ukrainischer Gesandter im Auftrag der „Kometen-Gedanken-Mission“ bin, zeigte Verständnis. Seine Erwartung, in einer heroischen Erzählung zu hören, wie ich zu meiner Schnittwunde gekommen war, ob im ungleichen Kampf oder bei der Ausführung meiner dienstlichen Pflichten, wurde allerdings sehr enttäuscht, als er erfuhr, dass ich mit dem Obstmesser einen Bleistift spitzen wollte. „Passen Sie nächstes Mal besser auf!“, sagte er traurig, und als ich seine Traurigkeit bemerkte, sah ich erst, wie schwarz sein Bart war, so wie Jesus' Bart auf dem Bild im Speisesaal. Seine Augenringe, die Augen, die sich hinter der altmodischen Brille in der Tiefe verloren, zu Pupillen zusammenschrumpften, immer kleiner werdend, nadelkopfgroß, während er sprach: „Hier fallen jeden Tag Kometen vom Himmel. Fünf Töchter hatte ich. Nun habe ich nur noch zwei. Auch wenn sie als Mädchen nicht sehr nützlich und wenig belastbar sind, sind sie mir sehr viel wert. Sie backen Brot, obwohl sie erst fünf und sechs sind. Wenn ich heimkomme, klatschen sie in ihre Hände.“

Am liebsten hätte ich dem Chefarzt meine Hand auf die Schulter gelegt, wie Abraham seine Hand auf die Schulter Isaaks gelegt haben muss. Nein, am liebsten hätte ich ihn umarmt, so fest, dass unsere Rippen geknirscht hätten, sein Bart an meiner Backe. Ich sah es vor mir, bei Gott: Wir beide stehen in Flammen, wie zwei brennende Büsche. Ich, ein bleicher Stachelbeerbusch mit grünen trüben Augen, und er, ein imposanter Dornbusch. In dieser Umarmung sind wir die, die wir sein werden.

Wie gerne hätte ich ihn umarmt …

Meinen Verband unter der luftigen Burka verbergend wie eine Goldpfote ging ich durch den Staub und den Sand der Straßen von Bagdad, und die Erkenntnis quälte mich: Ich habe ihn nicht umarmt, ich habe es nicht getan.

Ich überlegte mir, wenn ich es getan hätte, wäre die Welt vielleicht eine andere geworden, eine echtere Welt. Und vielleicht hätte ich dann den Kometen mit meinen Gedanken tatsächlich aufhalten können. Ich sagte: „Hätte aufhalten", und in diesem Moment gab ich auf. Ich fiel. Ich fiel tiefer, als ich hätte fallen können. In die tiefste Erdschicht sank ich, als ich erkannte, dass ich ihn nicht umarmt hatte: diesen einen Menschen, in dem alle Menschenseelen saßen. Der Chefarzt. Ich habe ihm einfach kühl und trocken die Hand gedrückt.

Damit hatte ich den Glauben an die Möglichkeit des Unmöglichen ein für allemal aufgegeben. Und siehe da – ich flog. Ich fiel, und ich flog, und ich wurde zerrissen von den Engeln, die aus einem Säuseln aufgetaucht waren. Sie zerrten an meinen Ärmeln, rissen sie ab. Sie zerrten an meinen Beinen, und weg waren sie, als wären sie nicht die meinen gewesen.

Kometen! Sanfte Kometen schlugen ein, die Erde um mich herum pflügend. Mein Mund, wie zu einem Lächeln verzerrt, vereint mit den zahllosen anderen Mündern, runden Kindermündern, roten Frauen- und Mädchenmündern, den zahnlosen Mündern der Greise, die sich ihrer zu schämen aufhören. Ein langer, kaum hörbarer Schrei. Ich versank darin.

Anna Konstantinowna, als ich wieder auf meinem Hotelzimmer war (von den Scherben des Lüsters und vom Lüster selbst keine Spur), war ich traurig, dass ich noch lebte, dass ich diesen Kometeneinschlag überlebt hatte. Unversehrt, mit diesem lächerlichen Armverband lag ich da und starrte den Lüster an, der nicht mehr da war.

Mir wurde an diesem Abend klar, dass auch die Liebe wie der Krieg eine Gewalt ist. Sie will sich erweisen. Sie weiß, was gut ist. Sie will es tun, und sie tut es. Die Liebe zerschmettert unsere Körper, reißt uns Arme und Beine aus, so oder so. Im Namen der Liebe.

Zum Trost wurde mir ein wunderschöner Traum geschickt. Ich sah Sie einen blühenden, von der Sonne weich geleckten Hügel hinabsteigen. Sie schienen eine frohe Botschaft auf den Lippen zu haben und sehr ergriffen zu sein. Ihr Mund lachte. Sie trugen ein rotes Tuch aus Pawlowski Possad mit exotischen Blumen darauf, rote Schuhe mit Schnalle auf einem kleinen festen Absatz und ein Leinenhemd mit viel Wind darin. Ihre Ärmel bauschten sich auf eine unbeschreiblich schöne Art. Fast sorgte ich mich, Sie würden davonfliegen. Aber nein, schon im Dunkeln der plötzlich herabgesunkenen Nacht erreichten Sie wohlbehalten den Hafen, an dem drei Schiffe vor Anker lagen. Das eine hieß *Litaunia*, das andere hieß *Odessa*, und wie das dritte hieß, kann ich Ihnen leider nicht mehr sagen, weil ich es vergessen habe. Eines der Schiffe war aus lauter Kerzen, ein schmelzendes rotes Gebilde aus Wachs. Auf dem schmelzenden Deck standen Sie mit Ihren roten ukrainischen Schuhen, und Ihre Wangen schienen zu glühen vor Freude.

Stand ein Mägdelein in rotem Hemd.
Wenn man dran rührte, knisterte das Hemd.
Stand ein Mägdelein gleich einem Röslein.
Es strahlte ihr Antlitz und blühte ihr Mund.

Ich war so entzückt, dass ich mich erst nach dem Aufwachen über das Kerzenschiff wunderte. Danach habe ich lange gebadet. Meine Hand mit dem Verband über dem Wasser, dachte ich über Ihre Hand nach, wie dünn und wie weiß und wie zart Ihre Haut sein muss, obwohl Sie viel arbeiten, Holz hacken, Hühner rupfen, wenn es sein muss. Ihre Frauenhand habe ich mir vorgestellt. Zehn nackte Finger auf einer glatten dunklen Oberfläche, die gar nicht zu unserem Leben passt, auf einem Konzertflügel zum Beispiel. Ihre Hand auf dem kühlen Holz, ein hellblaues Netz von Venen. Ich schaute auf meine Hand und sah die Ihrige darin, wie eine weiße Feder. Diese Feder wollte ich hüten. Diese Feder wollte ich beschützen. Ich knirschte mit den Zähnen, so begierig war ich, Ihnen dienen zu wollen.

Ich schloss die Augen wieder und sah mich als Ritter in voller Montur. Da stiegen Sie die lockigen Lufthügel hinab und kamen durch das Fenster hereingeflattert. Ihr Duft, Annuschka, Ihre Armbewegung in dem luftigen Ärmel, als würden silberne Glöckchen schellen. Durch das hochgeklappte Visier haben Sie mich geküsst. Verzeihen Sie mir, dass ich das schreibe. Sie sind gegangen, und ich habe das Visier heruntergeklappt und zu weinen begonnen. Ohne mich abzutrocknen, legte ich mich auf das Bett und schlief sofort ein. Und heute hatte ich einen Bärenhunger.

In das Geraschel meiner Burka gehüllt, betrat ich

den Frühstücksraum des Hotels. Meine Kollegen pflegen je nach Herkunft zu unterschiedlichen Zeiten zu frühstücken. Die Amerikaner sind immer die letzten, sie bekommen zu ihrem Pech nur den Rest vom Schützenfest ab. Die Polen sind meistens schon lange, bevor das Büfett eröffnet wird, da und gehen, die Hände auf dem Rücken, nervös auf und ab. Mein Platz ist nach alter Sitte in der Mitte des Raums am Tisch der Amerikaner. Da sie meistens nach mir kommen, verschlinge ich mein Frühstück in stolzer Einsamkeit.

Natürlich weiß inzwischen jeder, dass ich unter meiner Burka alles andere als eine Frau bin. Das erkennt man an meiner buckligen, breitbeinigen Haltung, noch bevor ich den Schleier zurückschlage. So elegant zu sitzen wie Sie, ist mir physisch unmöglich, meine liebe Anna Konstantinowna. Ich hocke wie ein räudiger Wachhund vor der Hütte. Meine Art, Tee zu trinken, ist das einzig Vornehme und Raffinierte an mir. Mit den barocken Fingern meiner großen Hände halte ich die Tasse wie einen Libellenflügel. Es geht gar nicht anders, so winzig ist ihr symbolischer Henkel. So halte ich mein Tässchen, kneife die Augen zu und berühre sie sehr behutsam mit dem Mund. Einmal, als junger Mann, hatte ich, in Gedanken versunken, die Tasse angebissen.

An diesem Morgen redeten alle von irgendwelchen Bomben, die auf dem Marktplatz eingeschlagen sind. Die chinesischen Journalisten knabberten konzentriert an ihren Fingernägeln, die ohnehin schon recht kurz sind, und die Polen schauten mit trüben Augen zur Hoteldecke, während sie dann und wann ihre schwarze Madonna von Częstochowa anriefen.

„Welche Bomben?", dachte ich bei mir. „Das waren doch Kometen, und ich, Elender, habe sie nicht aufhalten können." Vor Entsetzen gefror mir mein Blut in den Adern. Und davon verging mir der Appetit.

So sitze ich jetzt auf meinem Zimmer (wie ein geprügelter Wachhund muss ich wohl aussehen) und schreibe Ihnen dieses Briefchen. Bitte schreiben Sie mir bald, wenn Ihnen nur irgendetwas heilig ist. Lassen Sie mich nicht warten. Liebe Annuschka.

Lieber Piotr Michailowitsch,

danke für Ihr Briefchen. Sie wissen, damit verlängern Sie mein Leben. Mehr noch! Sie lassen es nützlich erscheinen. Als hätte alles einen zweiten, tieferen Sinn, nach dem sich alles ordnet.

Bleiben Sie fröhlich, mein Lieber! Schauen Sie, es ist schon fast Sommer. Hier glänzen die Kirschen in den Gärten, und die Augen der Dorfjugend sind den Kirschen nicht unähnlich. Alles scheint sich zu freuen. Warum sollen wir uns auf diesem Fest des Lebens fremd fühlen?

Die Zeit der Gewitter ist da. Gestern war ich Pilze sammeln und wurde im Wald von einem Sturm überrascht. Während ich mich bückte, um den braunen, gerippten Kegelhut einer Morchel zu lüften, schlug mir eine Donnerpeitsche über den Rücken, einmal und dann noch einmal und dann kreuz und quer. Wo verstecken sich all die Tiere, wenn ein Unwetter kommt? Und die armen Bienen? Ein Regentropfen, und schon ist die Gehirnerschütterung perfekt. Bestimmt wittern sie jedes Gewitter im Voraus, und Plätze gibt es genug im Wald. So viele wie Blätter an den Bäumen. Ich bin leider nicht klein und schmal genug, dass ich mich unter einem Blatt verstecken könnte, und außerdem bin ich sehr unbegabt, was Wetterprognosen angeht. Goriunowa sieht an den Vögeln und an den Wolken, dass da etwas im Busch ist. „Nimm mal die Wäsche von der Leine, Konstantinowna!“, sagt sie dann zu mir.

Erst als die ersten dicken Regentropfen fielen, dachte ich an meine Wäsche, die zum Trocknen an der Leine hing: zwei Röcke, eine Steppdecke und ein Taschentuch. Als es donnerte, fiel mir ein: Goriunowa hat gerade Schicht im Bergwerk und konnte mich diesmal nicht warnen. Als es blitzte, mehrmals nacheinander, dachte ich an die angeblich erste Photographie der Welt, aufgenommen mit einer Belichtungszeit von acht Stunden. *Blick aus dem Fenster*.

Die Vögel, über die ich so viel gelesen hatte in letzter Zeit, schauten aus ihren Nestern auf mich und zuckten mit ihren Vogelschultern. Ich dachte darüber nach, was sie wohl gerade über mich dachten. Was war in ihren Köpfen? Kann der Mensch jemals hinter dieses Geheimnis kommen?

Wenn mich der Blitz getroffen hätte, wäre ich sehr traurig, weil ich wüsste, Sie warten auf mein Briefchen, das nicht mehr geschrieben werden kann. Sie haben nichts, das Sie an Ihre Backe pressen können. Wenn es passieren würde und ich hätte noch zehn Minuten Zeit, würde ich Ihnen meinen letzten Brief schreiben, an eine Buche gelehnt, im Gewittertosen, das immer lauter wird:

Mein Lieber,
dies ist mein letzter Brief. Seien Sie ohne Sorge: Ich werde weiterleben, aber nicht in dem, was gesagt und getan wird. Ich lebe im Nichtgesagten und Nichtgetanen weiter, im wahren Leben. Denken Sie nicht mit Traurigkeit an mich, aber denken Sie an mich. Ohne Sie zu berühren, habe ich Sie tausendfach berührt, Ihren Hals umarmt. Da wo wir saßen und schwiegen, da habe ich laut geredet von meiner Liebe zu Ihnen. Da wo wir verlegen ins Feuer schauten,

da habe ich Ihre Hände geküsst, Ihr Gesicht. Unzählige Male. Darin lebe ich weiter. Denken Sie an mich, so wie ich an Sie denke: jetzt und damals und in diesem Moment.

Alles denkt an Sie. Mein Atem, der im Raum verfliegt, mein Schatten, der sich im Raum auflöst, mein Wort, das verhallende, das ungesagte Wort, das alles trägt, das Bäume ausreißt, Dächer und Türme und Köpfe rollen lässt. Mein lieber, zärtlicher Freund!

Sie können sich vorstellen, dass mein Gesicht nicht nur vom Regen nass wurde, während ich in Gedanken meinen Abschiedsbrief formulierte. Und ehrlich, Piotr Michailowitsch: Wenn ich noch einen Tag zu leben hätte, würde ich Sie schnappen und mit Ihnen zurück in Ihre Alpen fahren, zu den Anfängen Ihrer Theorie über Steppen und Berge. Wir würden uns sehen, einander in die Augen schauen. Einen Schlitten würden wir ausleihen und damit einen Berg herunterfahren. Mehr brauche ich nicht.

Vom Blitz wurde ich an diesem Tag nicht getroffen, aber es regnete in meinen Korb hinein. Die Pilze wurden nass und noch nackter, als sie schon waren. Auch ich selbst sah aus und roch wie ein Pilz: erdig, arglos und schlicht. Auf einmal krochen alle möglichen Vögel aus ihren Nestern, mich zu bewundern, denn ich war ihnen nah, besänftigt und gezähmt von der dampfenden Walderde. Ihre großen Augen folgten meinen Bewegungen. Ich winkte ihnen zu, so vorsichtig wie möglich. Und ich hätte schwören können, ihre Flügel zuckten, weil sie mir zurückwinken wollten, bevor ihnen einfiel, dass das gar nicht geht.

Mir fielen Sätze ein aus den Vogelbüchern, die ich gerade lese, Sätze von Menschen, die alles nach dem Maßstab ihrer Intelligenz messen wollen:

Menschen haben oft erfolglos versucht, Stare zu vertreiben, indem sie deren Angstgeschrei über Lautsprecher übertrugen. Manchmal übernachten Zehntausende von ihnen so dicht gedrängt auf Bäumen, dass die Äste unter ihrem Gewicht brechen und viele Stare dabei umkommen.

Zwischen den Zeilen wird der Tod der Vögel belächelt. Wie dumm muss man sein, wo nebenan Hunderte von Bäumen leer stehen … Aber auch Vögel sind Menschen. Auch wir wärmen uns gerne aneinander in den bitterkalten Momenten unseres Lebens. Und außerdem stirbt es sich zusammen leichter.

Was über die Dohlen geschrieben steht, klingt wie ein Hohn: „Die Dohle ist ein Dieb." Was für eine Frechheit! Dabei nimmt der Vogel sich nur, was die Natur ihm bietet. Gut, er rupft den Pferden und Schafen Haare und Wolle aus dem Fell, um sein Nest auszupolstern. Aber, meine Herren, wer sagt denn, dass es Diebstahl ist? Oder gar Körperverletzung? Dafür, dass er dem Pferd ein paar Haare ausrupfen darf, unterhält er es tagtäglich mit seinen fröhlichen Liedern. Das Pferd ist nicht allein und fühlt sich aufgehoben und geborgen unter den Augen seiner Freundin. Es handelt sich um einen Liebesdienst und nicht um Diebstahl. Sie sehen, in welchen Begriffen wir denken, wir armen gebrannten Kinder.

Die Dohle ist eine Sammlerin. Sie sammelt nutzlose

und unverdauliche Dinge, um sie irgendwo zu verstecken. Wer gibt uns das Recht, zu behaupten, dass irgendetwas nutzlos ist? Auch scheinbar nutzlose Dinge sind auf ihre Art nützlich, allein weil sie unser Interesse erwecken. Und warum trauen wir den Vögeln keinen Schönheitssinn zu? Warum muss alles, was man braucht, verdaulich sein? Vielleicht sammelt der Vogel diese scheinbar nutzlosen Dinge, um sie irgendwann, an einem schwarzen Tag der Menschheit, wenn der Krieg kommt, für uns zu verkaufen oder bei anderen, größeren Tieren gegen Nahrung einzutauschen. Wer weiß, wozu so eine Dohle fähig ist.

Sollte irgendwann ein solcher schwarzer Tag kommen und sollte es einen Vogel geben, der dann an uns Menschen denkt, die wir einsam und verlassen unter der Sonne hungern, sollte so ein Vogel einen trockenen Weißpilz zu uns herunterwerfen, und dann noch einen und noch einen, alles vor den erstaunten Augen ungläubiger Menschen, um dann mit einem metallischen Kjack wieder im Wald zu verschwinden – oh, was wäre das für ein Tag! Dafür lohnte es sich zu leben und zu sterben. Ein Pakt der Freundschaft, ein tiefes Begreifen, Bescheidenheit, Sanftmut. Ja, was wäre das für ein Tag, mein lieber Piotr Michailowitsch.

Auf dem Weg nach Hause habe ich mir zum ersten Mal überlegt, was all die vielen Vogellaute bedeuten mögen. „Kjak“ könnte für einen Vogelgruß der Ermutigung stehen. Wenn sich zwei Dohlen um einen Platz unter der Sonne streiten, könnte es aber sein, dass es nichts Gutes bedeutet. Wenn der Waldkauz dumpf heulend „Huuh-hu-huuuuuh“ ruft, wünscht er seiner Herzallerliebsten möglicherweise eine gute

Nacht. Sie wiederum antwortet ihm „Kjuiek", was soviel wie „Schlaf gut, mein Herz" heißen könnte. Der Steinkauz ruft „Uuhg" und jede Maus im Wald weiß: „Gast im Haus, Gott im Haus." Wenn er sehr aufgeregt ist, schreit er gellend „Kwiff-kwiff-kwiff": großer Gott! So könnte es sein. Nichts spricht dagegen, nichts spricht dafür.

Zu der sanften Rede der Vögel rollten meine Beine wie ein Rad den Waldhang hinab, über den Staub der Dorfstraße bis zu meinem eisernen Tor, das mich mit seiner Stimme begrüßte, die der der Vögel so fremd ist. Zum Gruß streichelte ich seine etwas angerosteten Stäbe. Im Haus band ich mir eine Schürze um, das rührende Geschenk Goriunowas, ihre leise und vergebliche Hoffnung, sie könnte mich für das Kochen begeistern, und putzte meine Morcheln, ließ sie auf einem Holzbrett trocknen, für die herzhafte Pilzsuppe, die Goriunowa jeden dritten Abend für uns kocht. Weil es wieder anfing zu regnen, erinnerte ich mich an meine Wäsche, schaute aus dem Fenster und sah, dass sie gar nicht da war. Ich hatte vergessen, sie aufzuhängen. Es goss in Strömen, und es roch, wie es in den Nasen ehrlicher Bauern riechen soll: eine stumme Mahnung an die Erde, den Tod und die Wiedergeburt, an den unendlichen Kreislauf, an die tröstliche, unveränderliche Liebe Gottes.

„Die Liebe ist nicht abzuwenden, sie ist sicher wie der sichere Tod", sagte mir Goriunowa eines Abends beim Birkensaft. „Hast du jemals geliebt?", fragte ich. „Ich liebe immer noch", antwortete sie, mit einem bitteren Lächeln in die Ferne schauend, und damit hat sie mehr gesagt als alles.

An diesem Abend wurde sie zu einem der Sterne an meinem Himmel. Seit diesem Abend zählt Goriunowa zu meiner Armee der Heiligen, zu der auch Sie zählen. Sie fragen mich jetzt gewiss, ob Sie das verdienen? Mein Lieber, wir beide verdienen das, weil ich das so will. Mein Wollen wird für uns beide reichen. So stark ist Ihre Anna Konstantinowna.

Regentropfen trommelten auf mein Dach wie schwerwiegende Gründe. Die Vogelscheuche, die ich als Kind für meine Mutter gebastelt hatte (die, wie sie sagte, aussah wie sie selbst), stand apathisch an ihrem Platz. Im Stall redete die Mutter mit sich selbst. „So vergeht das Leben", dachte ich, während ich durch die Gardine hindurch die Vogelscheuche betrachtete. Sie schaute in den Himmel. Wasser lief ihr über das Gesicht, das auch mich jetzt an meine selige Mutter erinnerte. Also nahm ich meinen alten Regenschirm, den ich eigentlich nie benutze (dafür hat man bei uns dicke Kopftücher), und machte ihn an der Schulter der Vogelscheuche fest. Danach kam ich völlig nass und zufrieden zurück, setzte mich, wie ich war, an meinen Schreibtisch und schlief ein.

Im Dämmerschlaf dachte ich an Goriunowa, wie sie, als Mann verkleidet, ein Zigarettchen vom rechten in den linken Mundwinkel rollt und in der Manier der Bergleute daran kaut. Ich sah sie unter die Erde fahren und fragte mich, ob sie in der Tiefe etwas vom Gewitter merken würde. Blitze durchbrachen die Erdkruste wie eine Eisschicht, krochen wie silberne Würmer tief in die Erde hinein, und irgendwo dazwischen meine runde kleine Goriunowa mit einem Zigarettchen im Mundwinkel, die mir zulächelt wie an dem Abend, als sie sagte: „Ich liebe immer noch."

„Wen denn?" – diese Frage hätte alles zerstört. Es wäre die überflüssigste aller Fragen gewesen.

Ein Klappern aus der Küche weckte mich. „Mutter ist zurückgekommen", dachte ich und brachte meine Zopffrisur in Ordnung. Nach so vielen Jahren wollte ich gut aussehen. Vor Aufregung zitterte mir das Kinn. Ich überlegte mir, was ich sagen konnte: „Du hier, Mutter? Was für eine Überraschung!" – „Gott sei Dank, du bist wieder da, Mütterchen!" Oder sollte ich mich einfach vor die Mutter auf den Boden werfen, ihre Knie umarmen …

Die Küchentür stand halb offen und zeigte Goriunowas breiten Rücken. Nach alter Sitte umarmte ich sie, und sie sträubte sich dagegen, nach alter Sitte übertrieben theatralisch. „Lass mich los, Konstantinowna! Du siehst, ich koche."

Mit ausklingender Traurigkeit und scheu wachsender Freude aß ich Goriunowas Suppe. „Schmeckt es dir nicht?", fragte sie mehrmals, während sie auf ihren Löffel pustete.

„Es ist die beste Pilzsuppe meines Lebens!", beteuerte ich herzlich, aber Goriunowa winkte nur ab.

„Jaja, das sagst du immer!"

Gerne hätte ich sie daran erinnert, dass jeder Tag ein neuer Tag ist, aber das hätte nur einen unnötigen Streit provoziert. Dafür schmeckte die Suppe zu gut. Stattdessen sagte ich: „Schmieden wir das Eisen, solange es heiß ist, meine Liebe!" Und wir aßen weiter.

Nach der Suppe saßen wir besänftigt auf der Bank vor dem Haus und inhalierten die gute Nachtluft, die nach dem Gewitter noch dunkler, noch geheimnisvoller war. Erst draußen, im Licht der Petroleumlampe fiel mir auf, dass Goriunowa mein Geschenk auf dem Kopf trug – das dünne Blumentüchlein, das nach ihren Worten zu schön war, um es zu tragen. Es würde ihr ausgezeichnet stehen, sagte ich zu ihr. Sie nickte nur, und wieder kroch dieses bittere, erschreckend schöne Lächeln über ihr Gesicht. Wir schwiegen. Ich schwieg so fest, dass sich kaum noch ein Gedanke in mir regte. Es ist ein Segen, dass wir so gut zusammen schweigen können. Mit Goriunowa schweige ich oft stundenlang, ohne auf die Uhr zu schauen. Oft schläft eine von uns ein dabei und schläft, bis sie von alleine wieder aufwacht.

Im nassen Laub raschelte ein Vogel oder irgendein anderes Tier, das einen Vogel verspeiste. Ich zündete mein Pfeifchen an, und auf einmal waren Sie da. Goriunowa begann, ohne mich zu fragen, zu singen. So saßen wir zu dritt: Sie, mein lieber Piotr, als Gedanke, als Rauch aus meiner Pfeife, die singende Goriunowa und ich, kaum merkbar für mich selbst. Ich war glücklich.

Die Apfel- und die Birnbäume erblühten,
Nebelschwaden lagen über dem Fluss,
da ging Katjuscha hinaus aufs Ufer,
auf das hohe, steile Ufer.

Sie ging hinaus und sang ein Lied
über einen grauen Steppenadler,
über den, den sie liebte,
über den, dessen Briefe sie bewahrte.

Ach, du Lied, du Lied eines Mädchens,
fliege hinter der hellen Sonne her
und bringe dem Freund im fernen Land
von Katjuscha einen Gruß …

Da es so dramatisch war, fragte ich sie, den Schimmer einer Träne im Auge: „Und wie willst du enden, Goriunowa?" Und Goriunowa, die liebe Goriunowa, fing an zu erzählen, und ein wundersames Bild entfaltete sich vor mir.

Goriunowa, meine treue Freundin, eine Greisin, so alt, dass es niemanden im Dorf gibt, der sich an sie als junge Frau erinnert, sie hat alle, wirklich alle überlebt. An einem Wintertag holt sie den Schlitten ihrer Eltern vom Dachboden. Solche Schlitten gibt es nur noch in alten Büchern: die schöne geschwungene Form, der elegante Griff, dunkles, rötliches Holz, so zart wie ihre Knochen. Goriunowa, die kaum laufen kann, schafft es irgendwie zu dem zugefrorenen Teich, setzt sich in den Schlitten und wartet. Feiner Schnee bröselt vom Himmel herab und bleibt an ihren Backen hängen, an ihren kurzen Wimpern. Ein Wimpernschlag, und schon fallen ihr die Schneeflocken in die Augen. Sie sitzt, dick eingewickelt, in ihrem Schlitten und wartet. Sie wartet nicht lange. Fremde Kinder tauchen auf. Lärmend laufen sie den Hang hinab, ziehen ihre Schlittschuhe an, bevor sie sich aufs Eis trauen. Goriunowa sitzt in der Mitte des Teiches. Ihr Schlitten ist auffallend schön. Ein Junge kommt näher und schiebt sie ein wenig an. Dann sind es schon zwei und bald auch vier Jungen, die verjüngt den schönen Schlitten mit der zahnlosen Goriunowa über den Teich fahren, und die ist außer sich vor Glück, streckt ihre knochige Hand aus dem Ärmel wie eine weiße Flagge und winkt mir durch Zeit und Raum zu. Und ich kann sie hören, ich kann sie sehen … wo auch immer ich bin …

Lieber Piotr,

was machen Sie bloß mit mir? Ich kann weder schlafen noch kann ich mir Goriunowas Suppe schmecken lassen. Meine Gedanken sind bei Ihnen, und ich male mir Schreckliches aus. Wo bleibt Ihr Briefchen? Wo bleibt Ihr gutes Wort? Als ich den weit gereisten blauen Seemannsumschlag eines Ihrer Briefchen zum letzten Mal streichelnd in mein Haus trug, standen die Bäume in ihrem schüchternen Grün, und jetzt stehen sie schon in goldenen Flammen. Es ist Herbst, und bald ist Winter, und ich leide wie ein Hund in Erwartung Ihres Briefchens. Wenn ich nicht so schüchtern wäre, würde ich nachts den Himmel anheulen. Den Wölfen im Wald würden vor Rührung ihre grauen Herzen stehen bleiben.

Oh, wie schrecklich, wie sehr bin ich mit Ihrem Wesen verwachsen! Oft liege ich abends an meinem Ofen, die Hände vor der Brust wie eine Pharaonin, und ich zweifle. Ja, auch ich zweifle verzweifelt, mein lieber Piotr Michailowitsch. Ob ich Sie tatsächlich schon einmal zu Gesicht bekommen habe? Oder traten Sie aus mir hervor, aus meinen heißen Gebeten, aus meinem guten Glauben? So nah sind Sie mir, dass ich Sie nicht mehr sehen kann. Und wenn Sie tot sind? Wie könnte Ihre Annuschka dann noch bestehen? Ich müsste Ihnen trotzdem schreiben. Ja, ich müsste es. Ich bin dazu verdammt.

Piotr Michailowitsch, haben Sie ein Gewissen und sterben Sie nicht. Nie. Niemals! Hören Sie? Ich bringe

Sie um, wenn Sie sterben. Nicht für mich bitte ich. Ich bitte für alle. Für die Welt. Für die Liebe, für die Wahrheit und die Poesie. Sie sagten ja selbst: „Wer schreibt, der bleibt." Oder sagte ich das? Wie auch immer, seien Sie ein Mann des Wortes und bleiben Sie.

Ich war neulich im Theater. Zum ersten Mal in meinem Leben, stellen Sie sich das nur vor! Es hat mich erschlagen. Sie können das gewiss an meiner Schrift ablesen. Schauen Sie, wie groß, wie rund die Buchstaben sind, wie Kutschenräder. Wir gingen in die Oper, die Oper hieß „Marie". Goriunowa hatte sich monatelang geweigert, weil sie sich ihres Aussehens wegen schämt, und weil sie nichts anzuziehen hat, weil sie etwas Falsches tun könnte, sich plump auf einen Theatersessel setzen zum Beispiel oder auf dem Parkett ausrutschen. Als ich eines Abends vor ihr kniete und sie unter Tränen um diesen Theaterbesuch (wohl den letzten unseres Lebens) bat, gab sie sofort nach. Auch ich schämte mich, allein ins Theater zu gehen, wo alles von Liebe wimmelt. Ohne Goriunowa, meine einzige Freundin, meine heimliche Heilige, wollte ich da nicht hin.

Meine Schüler haben mir diese zwei Theaterkarten geschenkt. Jedes Kind gab ein wenig Geld für diese Karten, um mir eine Freude zu machen. Eigentlich sollte ich mich schämen, dass ich mich schämte, alleine ins Theater gehen zu müssen, dass ich auf einmal ängstlich wurde und dabei etwas sehr Wichtiges vergaß: Dass ich nicht für mich allein ins Theater gehe. Ich tue es für meine Schulklasse und für die Familien der Kinder, für ganze Generationen. Ich tue etwas, was sie selbst niemals tun werden, tief versunken in ihre Schwarzerde, eingehüllt in die modrige Wärme ihrer Kühe, in deren sichtbaren Atem im Morgengrauen. Das alles habe ich erst auf der Rückreise verstanden. Unter einer der Laternen blieben wir stehen, genau in ihrer sanften Sonnenmitte, und ich erzählte Goriunowa von der Scham, die mich plagte. Ich erzählte ihr davon ohne große Hoffnung auf ein Zeichen ihres Verständnisses. „Natürlich ist es so, was glaubst du nur, Konstantinowna?“, sagte sie zu mir. „Auch ich habe wohl, ohne es zu wissen, zu etwas Gutem beigetragen, indem ich mitgekommen bin“, fügte sie hinzu. Während sie sich umdrehte, um weiterzugehen, um den sanften Laternenkreis zu verlassen, das goldene, fast schattige Licht, sah ich, wie ein mädchenhaftes Lächeln auf Goriunowas Gesicht aufblühte. Es war schöner als das ganze Theater mit all seinen schweren Samtvorhängen, Lüstern und Goldnymphen.

Wie schön so ein scheinbar unscheinbarer, unattraktiver Mensch sein kann! Diese Art der Schönheit rüttelt an der Seele, sie dreht einem den Magen im Leibe um. Haben Sie schon einmal einen Greis beim Lächeln beobachtet? Was gibt es Schöneres als das? Ein schüchternes zahnloses Lächeln, das sich zu verstecken sucht, das bebt und flattert und dann nach einem kurzen Kampf aufgibt, um für einen Moment aufzublühen. Wie kostbar ist so ein Anblick!

Wenn man all diese Lächeln irgendwie sammeln könnte, wie Rahm, wie Meeresschaum, was wäre das für eine sanfte Gewalt! Mit dieser Gewalt könnte man Menschen von Krankheiten heilen oder gar vom Tod! Trübsinnige würden wie die Luftballons schweben und kichern, Zornige würden vor Rührung in Tränen ausbrechen, Trostlose ließen sich trösten, und Einsame gingen auf andere zu und würden erkennen: Sie waren nicht allein.

Goriunowa saß ziemlich steif im Theater und mit einem fast grimmigen Gesichtsausdruck. Sie wusste nicht, wohin mit ihren Beinen. „Hast du gesehen, wie die mich angeschaut hat? Rieche ich etwa? Machen mich die Chrysanthemen an meinem Rock runder, als ich wirklich bin?“ Solche Fragen flüsterte sie mir ins Ohr. Sie hielt ihr Flüstern für ein Flüstern, doch Goriunowa kann nicht flüstern. Wir flüstern weder bei uns im Bergwerk noch auf der Dorfstraße. Da wird klar und deutlich gesprochen. Als hätten wir von klein auf mit Lärm kämpfen müssen! So ist es aber nicht, ganz im Gegenteil. Man hört bei uns nur Fliegen und die fernen, unterirdischen Methangasexplosionen. Aber man nimmt Rücksicht auf das fortschreitende Alter. Bei uns haben sehr viele Menschen Hörprobleme, und ich gehöre wohl auch dazu, was sehr gut erklärt, warum Goriunowas Flüstern kein Flüstern war. Bei jeder ihrer Fragen drehten sich die vorderen Sitzreihen wie auf Kommando um und beschossen uns mit den zischenden Giftpfeilen ihrer Blicke.

Goriunowa wühlte ständig in ihrer Zopffrisur, die ich ihr mühevoll geflochten hatte. „Sie fällt gleich auseinander!“, flüsterte sie.

„Wenn du weiter daran zupfst, fällt sie wirklich auseinander!“, flüsterte ich so leise wie möglich, aber nicht leise genug.

Die erste Arie sang Marie höchstpersönlich. „Die ist aber auch nicht dünner als ich“, raunte Goriunowa bis über die vorderste Stuhlreihe hinweg. Marie zuckte nicht einmal mit der Wimper. Stattdessen sang sie ein für ihr Alter kesses Liedchen:

Er ist so gut, so brav und bieder,
sein redlich Herz find't man nicht mehr;
wie er beglückt mich keiner wieder,
und wenn's der König selber wär!

„So was!", empörte sich Goriunowa. Die Köpfe vor uns drehten sich jetzt nicht mehr um, als hätten sie einen Schlag bekommen. Man gewöhnt sich an alles, auch im Theater. Marie trällerte währenddessen unbekümmert weiter:

Reichtum allein tut's nicht auf Erden,
das ist nun einmal weltbekannt;
mit Konrad kann ich glücklich werden,
er gilt mir mehr als Kron' und Land.

Ohne Goriunowa anzuschauen, wusste ich, sie schüttelte ihren Kopf, sie musste die Marie gefressen haben.

Wie wär's, wenn ich ihn weckte? Gar zu gern
möcht ich ein süßes Wort mit ihm noch plaudern.

„Du Teufelin!", flüsterte Goriunowa und klopfte sich auf ihren Chrysanthemenschenkel. Ein unkontrollierbares Husten stellte sich im Saal ein. Ich versuchte, mich in meinem Sessel kleiner zu machen, und schloss die Augen.

O schöne Nacht, wie hell die Sternlein flimmern!

„Schläfst du, Konstaninowna?", flüsterte Goriunowa wieder, als hätte sie ein Mikrofon in ihrem Ausschnitt stecken. Ich verneinte, indem ich sie flehend anschaute. Sie möge bitte leise sein, sagte meine ganze Körperhaltung in Erwartung eines über die Bühne und die Sitzreihen fegenden Sturms. Auch Marie witterte das Böse und schlich auf Zehenspitzen und mit einem an ihren korallenroten Mund gepressten Finger davon:

So schlumm're sanft, du Trauter, du,
dir wünscht dein Liebchen süße Ruh'!

In der Pause kaufte ich Goriunowa ein Würstchen und mir eine Packung mit getrockneten Bananen.

„Du, das alles regt mich so auf!", gestand Goriunowa. „Wie böse die Weiber sind. Schau dir nur diese Marie an! Wie sie sich anstellt, wie sie den Männern schöne Augen macht!"

Ich streichelte Goriunowas Ärmel. „Schmeckt dir dein Würstchen?", fragte ich sie mit einer Stimme, die mir fast salzig vorkam, als hätte sich die Stimme meiner seligen Mutter auf meine gelegt… Wir drei am Meer… Möwengeschrei und Birkenwäldchen, kühlsilbern raschelnd…

„Ja, sehr! Gute Wurst, aber bei weitem nicht so gut wie die von unserem Metzger. Er kennt jede Kuh beim Namen. Hier in der Stadt weiß man nicht einmal, wie die Menschen heißen", lachte Goriunowa wehmütig.

Im zweiten Akt, der noch viel empörender ausfiel als der erste, saß Goriunowa friedlich abwesend neben mir. Weder stampfte sie mit dem Fuß auf, noch seufzte sie, noch blähte sie ihre Nase. Marie hingegen tobte auf der Bühne, wirbelte Staub auf, klagte: „Oh, Himmel, Himmel!“, schlug sich an die Brust, warf sich vor Männern mit Hut auf die Knie. Mit einem Auge schaute ich auf Goriunowa, ob sie von diesen Grausamkeiten und Frechheiten tatsächlich unberührt blieb. Ihr Gesicht drückte nichts aus als Ferne – Goriunowa war fern, jenseits von Gut und Böse. Sie kreiste in ihrem Chrysanthemenrock und mit ihrer strammen Zopffrisur um ihre für das Theatergewimmel viel zu hohen, viel zu hellen Sterne. Vielleicht war sie in Gedanken bei ihrer Pilzsuppe, oder sie legte gerade eine Patience, ich weiß es nicht. Aber eines weiß ich sicher: Diese Frau war nicht einmal in der Lage, dieses ganze Theatergetue zu verachten, nicht einmal mit einem Wimpernschlag. Dafür flog sie einfach zu hoch. Ihre zerrissenen, ihre besten Schuhe, in die sie sich für diesen Theaterbesuch gezwängt hatte, berührten im rasenden Nachtflug Baumkronen, Tannenspitzen, die Kopffedern der Vögel, die ein letztes Liedchen sangen, bevor sie sich zur Ruhe legten. Und ich saß neben diesem wunderbaren Menschen und war glücklich an diesem Abend.

Mein Lieber, raten Sie, was ich neulich mit meiner Klasse unternommen habe! Genau, wir waren bei der tausendjährigen Kosakeneiche, und statt patriotische Gedichte zu rezitieren, gedachten wir der Liebe.

„Wie denn der Liebe gedenken?“, fragte mich meine Schülerin Katja. Sie wissen, ihr Vater ist der verschüttete Kapitän.

„Du stellst dir einfach vor, dass dein Vater bei jeder

seiner großen Entdeckungen an sein Töchterchen denkt und dir viele zärtliche Grüße schickt, von Stern zu Stern, sodass du sie immer bei dir hast. Jedes Mal, wenn du in den Himmel schaust, wenn du vor eurem Haus im Gras liegst", sagte ich zu ihr, und sie strahlte mich wehmütig an. Fast wehte ein Lüftchen mir entgegen von diesem Blick.

Dann kam eines von den Kindern auf die Idee, Geschichten über das wahre Kosakenleben zu erfinden. Und schon ging es los:

Es lebte einmal ein zahnloser Schmied. Eines Abends hatte er es satt, Brei zu essen, und beschloss, sich eiserne Zähne zu schmieden. Lange arbeitete er daran, und die Mühe lohnte sich. Beim Sonntagsgottesdienst gelang ihm eine Überraschung. Sein unscheinbarer Gesang klang jetzt wie Gottes Strafe durch die alte Kirche. Beim Amen klapperte er zweimal mit seinen neuen Zähnen, auf AM und auf EN, und setzte damit einen eisernen Punkt hinter die ganze heilige Liturgie. Den armen Menschen aus dem Dorf blieb nichts anderes übrig, als sich zu fürchten. „Der Teufel ist aus der Hölle gefahren", jammerte ein altes Großmütterchen, das bestimmt nur neidisch war auf die guten Zähne. Bald musste der Schmied sein Dorf verlassen. Er nahm sein treues Pferd, seinen Hund, seine Pfeife und sein Schleifmesser mit.

Viele lange Jahre verbrachte er damit, von Dorf zu Dorf zu ziehen und fremde Messer zu schleifen. Sein Schleifmesser wurde in der Zeit schärfer und schärfer. Bald konnte er damit keine Messer mehr schleifen und fing an, als Wassermelonenschneider zu arbeiten. Hatte eine Familie eine große Wassermelone, die präzise in viele dünne Scheiben geschnitten werden musste, ließ sie das von dem klugen Mann erledigen. So verging die Zeit. An einem Spätsommerabend, an dem die Wassermelonenfelder wie ein wogendes Meer in der Abendsonne grünten, sah der Schmied, der noch gar kein alter Mann war, eine ukrainische Schönheit mit schwarzen Zöpfen. Sie ging barfüßig mit einem Tragjoch im Schatten alter Lindenbäume dahin und sang ein Lied:

Bin weder reich noch edel
Und doch von Ehrenblut –
Ich nähe, stricke,
Trage Wasser heim.

Der Schmied knirschte vor Begeisterung mit seinen Eisenzähnen, denn das Mädchen war unbeschreiblich schön. Vor Kummer, dass er sie nicht ansprechen konnte, ging er ins Wassermelonenfeld und tobte mit seinem Messer, sodass auf dem Feld keine heile Wassermelone übrig blieb. Wer ihn da in der abendlichen Sonne sah, wird gedacht haben: „Ein Krieger im Feld besiegt tausend Mann“, denn alles war rot, rote Spritzer flogen wie Meeresschaum durch die Luft.

Die Legenden über Kosaken sind aus Gerüchten entstanden. Dabei waren Kosaken gute und schüchterne Männer, Schmiede, Messerschleifer, Wassermelonenschneider, Menschen wie wir.

Mir wurde wieder klar, wie sehr sich Menschen nach Helden sehnen. Der Geist einer Gemeinschaft lebt von der Existenz eines Helden. Ob er gelebt hat, lebt oder leben wird, spielt dabei kaum eine Rolle. Die Frage ist nur, in welcher Form der Held erscheint. Bei den Kindern ist dieses Bedürfnis flexibel. Sie begnügen sich mit dem Wenigen – mit dem wirklich Großen und Phänomenalen. Ein Schmied mit Eisenzähnen, diese für Erwachsene etwas alberne und Mitleid erregende Gestalt, könnte ihr Held sein. Er beflügelt sie, erweckt eine reine und noble Art von Freude, die keinen Nationalstolz und keinen Schatten kennt.

Vielleicht sind Märchen an allem Elend schuld, an Kriegen und all den anderen Missverständnissen? Bedenken wir, dass Märchen von Erwachsenen erzählt und weitergegeben wurden, damit man am Lagerfeuer nicht einschlief und zum Fraß für wilde Tiere wurde („Und da biss er dem Ungeheuer den Kopf ab!") und um die Gemeinschaftsflamme, die alles zusammenhielt, am Leben zu halten („Meine Brüder, morgen gehen wir ins Tal zu den Talmenschen, und wir werden uns nicht fürchten, weil unser Urvater Blablaius, der große Held, furchtlos war!"). Außerdem dürfen wir nicht vergessen, dass es nicht wirklich lange her ist, dass wir aus dem Wald kamen, dass wir noch frisch sind und nur halb zivilisiert. Unsere Urväter haben alles erkämpft, jedes Stück Land, jede Kuh, in den zahlreichen Wäldern unserer abendländischen Heimat. Einfache Räuber wurden zu Märchenhelden, zu tätigen Wundern. Für Philosophie hatte man erst mit der Entdeckung des gestirnten Himmels Zeit.

Wir dürfen nicht vergessen, dass wir als Menschen noch sehr jung sind. Ein Windhauch und schon brechen unsere zaghaften Füße durch das dünne Eis, und wir rutschen in das trübe Wasser der Steinzeit zurück. Aber noch weniger dürfen wir vergessen, dass wir keine Zeit zu verlieren haben. Der Komet fällt auf uns, unsere Gesichter werden von einem rasenden Licht erleuchtet, und unser letzter Gedanke soll dem Schmied gelten, dem wahren Helden.

Der Schmied würde bei dem Anblick des Kometen nur kurz mit seinen Eisenzähnen klappern, ein Reflex. Und dann würde er einmal mit dem Auge zwinkern, und noch einmal, und sich den Schweiß von der Stirn wischen, sich sein Pfeifchen anzünden, einen vorbeilaufenden Hund streicheln. Er hätte Kraft in sich, Menschenseelen zu beruhigen, ohne ein Wort zu sagen, allein mit dem Beispiel seiner rührenden und albernen Gestalt. Wie er da steht, erleuchtet von diesem seltsamen Licht, an einen Bretterzaun gelehnt, der Mutter gedenkend, des Vaters gedenkend und all der lieben Menschen auf der Welt. Frauen und Kinder schreien, und er beruhigt sie, er zähmt sie, er lähmt sie, und schon stehen sie alle zusammen, schauen einander mit großen, großen Augen an, mit rasenden Herzen, und der Schmied erzählt mit klappernden Zähnen eine Geschichte:

Als die Welt noch flach war (klapper-klapper), lebte ein Pilz. Er hieß so wie ich (klapper-klapper) Pawlo. Einmal ging er wandern auf seinem kurzen Bein. Er wanderte um die Bäume herum, weiße schüchterne Birken, edelweiche Tannen, stolze und störrische Eichen, alle freuten sich über den kleinen Wanderer. „Was bist du denn für ein Baum?“, fragten die Bäume. „Ich heiße Pilz Pilzowitsch. Kurz, Pawlo“, war seine Antwort. Bald wurde es Pilz Pawlo langweilig, und er hüpfte weiter und erreichte bald das Ende der Welt. Am Rande der Welt blieb er stehen und schaute mit einem Auge in die Tiefe. Sie war schön. Sie war wie das, was der Rock einer Pilzsammlerin offenbart, lauter kreisende zärtliche Sterne. Pawlo warf ein Stein-

chen verliebt in die Tiefe hinab, und kurz darauf erreichte ihn ein wunderschöner Gruß, den zu beschreiben niemand und nichts in der Lage ist.

So schön ist dieses Märchen, dass der Schmied vergisst, mit seinen Eisenzähnen zu klappern, und die Frauen samt ihren Kindern weinen, mit unklaren Gefühlen, die die Todesangst verdrängen, die an der Seele rütteln, die ihnen den Magen im Leib umdrehen in diesem vielleicht letzten Stündlein ihres menschlichen Lebens, das vielleicht gar nicht ihr letztes Stündlein ist. Vielleicht schauen sie dann verweint in den Himmel und sehen: Der Himmel ist wieder so, wie er immer war. Da ist nichts, gar nichts. Der Komet hat sich aufgelöst wie ein Salzkörnchen im Wasser. Sie haben sich selbst losgelassen, sie sind zu ihrer eigenen Lösung und Erlösung geworden, zum wahren Märchen. Ach, es muss solche Menschen geben. Menschen wie den Schmied und solche, die sich um ihn versammeln im Angesicht des Todes.

Andere Märchen braucht die Welt. Keine gütigen. Wir stehen mit einem Bein immer noch in den Sümpfen der Bronzezeit, ein Beil in einer Hand, das Schafsfell über der Schulter, und die Güte wird von uns immer noch belächelt. Wir brauchen alberne Märchen mit albernen Helden. Nur durch das Mitfühlen können wir verstehen, und mitfühlen kann nur, wer selbst zerrissen ist, hin und her gerissen – zwischen Rührung und Lachen.

Vielleicht sind die wahren Wunder klein, Piotr Michailowitsch? Vielleicht sollten wir zweifeln, um den Kometen aufhalten zu können? Zweifeln, dass es ihn überhaupt gibt, dass er auf uns fällt? Vielleicht entfaltet sich die ganze, unerhörte Kraft des Gedankens darin, dass man gegen den Gedanken ankämpft? Vielleicht gibt einem die Sekunde Zeit, die man dadurch gewinnt, die Kraft, Berge zu versetzen. Nicht mit einem Schwung, nein. Langsam, aber sicher.

Neue Märchen braucht der Mensch. Märchen, von Kindern erzählt und von Kindern weitergegeben. Von Kindern, die nichts erkämpfen müssen, die mitfühlen, die leiden und lachen, Märchen, in denen keine Schlangen gewürgt und keine Prinzessinnen gestohlen werden. Alberne Märchen über Schmiede mit Eisenzähnen, über Helden, die versagen und im Scheitern getragen werden, als tätiges Wunder, als begriffenes Schicksal.

Mein Lieber, geben Sie auf. Hören Sie? Geben Sie auf. Lassen Sie alles los, dass alles wiederkommt. Ihr Gilgamesch wird sich schon finden. Oder Sie werden sich finden. Oder wir alle finden uns.

Eben habe ich mir Tee in meine Lieblingstasse gegossen. Die Tasse war die Lieblingstasse meiner seligen Mutter und ihrer seligen Mutter, und bevor sie bemalt wurde, existierte sie als herrliche Idee und Möglichkeit. Ich trinke gerne aus dieser Tasse. Auch der dünnste Tee schmeckt aus ihr hervorragend. Was sonst spricht aus solchen Dingen als die Seele?

Im Tee sah ich meine Stirn sich glätten, mein Auge klar werden, mein Harfenmädchenauge, und all die Gesichter derer, die die Tasse zu schätzen wussten, die sie nicht missachteten, die ihr für ihren Liebesdienst mit guten Gedanken dankten. Was braucht man mehr im Leben? Am Abend kommt Goriunowa zu mir, um ihre Patience zu legen. Wir werden in die Zukunft schauen.

Hier, mein Lieber, ein Rezept für Sie. Ich rechne mit Ihrer Kooperation, oder, wie Ihr Leopold Leopoldowitsch sagen würde: „Der Wald ist kahl und im Anmarsch."

Zutaten:

16 Uhr
16. September 2020
Gasthaus Zum Engel
Der erste Stuhl rechts an der Theke

Ich umarme Sie.

Liebe Anna Konstantinowna,

ich schreibe Ihnen und weiß nicht, woher und ob ich es bin, der Ihnen schreibt. Wenn Sie diese Zeilen lesen, ist alles richtig und gut. Und ob Sie es sind, die sie liest, ist unwesentlich, solange sie Sie erreichen. Hören Sie mich? Hören Sie! Ich schreibe Ihnen, liebe Anna Konstantinowna, aus meinem Zimmer, hinter dicken Wänden und kleinen, ganz kleinen Fenstern mit Sprossen, die in der Mitte ein Kreuz bilden. Dieses Kreuz wird von zwei Gardinen mit Spitzensaum umrahmt. Wenn ich es lange anschaue und dann die Augen schließe, sehe ich dieses Fenster hinter meinen Augenlidern wieder. Der Schnee wird schwarz, und das Kreuz wird so weiß und immer weißer. Dann läuft es blutrot an. Die Spitzengardine rechts und links. Mache ich die Augen noch fester zu, erkenne ich ihr Saummuster. Flaum, lodernder Flaum, Annuschka. Ihr Bild will ich mir so einprägen, damit es in meinen Augen brennen kann!

Ab und zu gehe ich ans Fenster und schaue hinaus und stelle mir vor, Sie würden um die Ecke biegen und mich am Fenster stehen sehen. Ich schaue so lange hinaus, bis ich Tränen in den Augen habe. Dann kehre ich zurück zu meinem schwarzen Brief, auf dem weiße Buchstaben zittern, und schreibe weiter.

Liebe Anna Konstantinowna… Ich wiederhole mich, ich wiederhole mich, indem ich Ihren Namen wieder und wieder und wieder und wieder sage. Ich flüstere ihn der Gardine zu, ich flüstere ihn dem Baum zu, der leichtfüßig mein Zimmer betritt. In seiner Brust leuchtet ein Kreuz, das sich langsam in eine Gardine verwandelt, während ich es betrachte.

Ob Sie ahnen, was Sie sind? Nicht meine Liebe sind Sie, sondern der Wunsch zu lieben, liebe Annuschka, mein verzweifelter, entsetzlicher Wunsch zu lieben und gut zu sein. Ob ich es kann? Als gäbe es Sie nicht! Diese Stille, diese Luft hier in dieser Tiefe! Als wäre es dunkel, aber dunkel ist es nicht. Das Licht ist immer da. Und wenn es nicht mehr da ist, dann gibt es bestimmt ein anderes Licht, die Kehrseite des Lichts.

Meine Liebe, ich schreibe Ihnen. Da war ein Stall, eine Kuh, ihr sichtbarer Atem, ihr großes Auge, darin ich – ein Spinnenkopf, ein erstarrtes Erstaunen. Da war ein Buch. Es hieß: *Einsamkeit über die.* Oder: *Die über Keitsamein.* Oder: *Tiekmasnie eid rebü.* Kennen Sie es? Ein amüsantes Büchlein. Ich kenne es nicht. Ein anderer schien es zu kennen. Ein Freund vielleicht. Man kann sich nicht mehr sicher sein, weil die Zeit so rasend schleicht. Man könnte Blumen pflücken im Schnee.

Ich schreibe Ihnen, liebe Annuschka, und ich weiß nicht, ich weiß nicht, ob ich nicht träume. Es kann sein, ich träume, dass ich Ihnen schreibe. Neulich konnte ich nicht unterscheiden, ob ich gestorben war oder bloß nicht aufwachen konnte. Da weinte ich so bitterlich, bis ich eine salzige Heiserkeit in meinem Hals spürte und bis kein Zweifel mehr war: Mein Körper hat mich nicht verlassen. Ich wünschte, ich könnte jetzt weinen, aber ich bin wie gelähmt von dieser Luft. Als wäre ich auf 1300 Metern Tiefe. Aber nein, ich sehe Berge um mich. Hohe Bergspitzen, die im Wind schaukeln. Neulich träumte ich: Ich liege im Sterben, und alle Menschen haben unsere Erde verlassen. Eine kleine Schlange mit grünen Meeraugen kommt zu mir gekrochen und fängt an, mir die Hand zu lecken. Wie ein treuer Welpe! Da fange ich im Traum an, ohne Tränen zu weinen, als würde ich mir die Seele aus dem Leib ziehen und sie wie einen Teppich ausklopfen. Dankbarkeit. Unsagbare Dankbarkeit. Für diese liebe Geste der Schlange gäbe ich alles hin. Wenn es nur kein Traum gewesen wäre! Oder war ich zu spät? Ich habe es nicht geschafft, den bärtigen Arzt im Spital zu umarmen. Seine strickenden, backenden fünf Töchter – oder waren es nur noch zwei? Ich habe die Kometen nicht aufgehalten. Sie schlugen ein, und ich habe nicht einmal einen Kratzer abbekommen. Bäume haben sie entwurzelt, aber mich verschmähten sie. Oh, Annuschka, ich schreibe Ihnen! Ich schreibe Ihnen aus meinem Hotelzimmer. Wolken ziehen an meinem Fenster vorbei wie Wale. Und ich sitze und schreibe Ihnen. Ich liege, und ich schreibe Ihnen. Ich scheine Ihnen zu schreiben, ohne zu schreiben. Hören Sie mich? Hören Sie! Da war ein umgefallener Baum. Auf den Baum setzten sich seltsame Vögel, Vögel mit Menschenköpfen. Ihre Feuerfüße zischten im Schnee, aber er schmolz nicht. Wieso denn nicht? Wissen Sie das? Werden Sie es mir sagen? Sagen Sie es mir, denn es würde mich sehr interessieren. Ihr Briefchen, Annuschka, wärmt mich – bei 20 Grad minus. Stellen Sie sich das nur vor! Ihr Briefchen trage ich in meiner Brusttasche an meinem Herzen. Mein Herz tut mir weh, weil Ihr

Briefchen so wunderschön ist. Es träumt mir von Ihrem Reich, Annuschka. Von Ihrem, Ihrem, Ihrem Reich!

So saß ich mit den Vögeln auf dem umgefallenen Baum und genierte mich. Ich, ein einfacher Bürger, und so schöne Vögel, die sich mit mir einen Baum teilten. Vor Verlegenheit holte ich meine Pfeife aus der Tasche. Einer der Vögel gab mir mit einem seiner sechs Flügel Feuer. Er reichte mir ein glühendes Stück Kohle, und ich schaute mir sein Gesicht genauer an. Es war das Gesicht meines Vaters, der im Bergwerk erblindet und längst gestorben war. Was für eine Erleichterung, seine Züge wieder zu erkennen, seinen durchsichtigen Blick auf mir zu spüren.

„Vater, du?"

Seine Stirnlampe leuchtete in den Himmel, wo er mich zu vermuten schien. „Schu-schu-schu-bi-du-udu. Schu-schuh-bi-du-udu, mein Sohn."

„Vater, Sie hier?"

„Schie-schie-schie-bu-die-idie", sang er halblaut. Oder war es ich, der da sang? „Halt dich rein, sei gern allein, lass andere sein. Schu-babu-didu", sang der Vogel, und ich machte es ihm nach: „Schu-schu-schu …"

Mein Mund brannte. Wie bei einem Kuss, wahrlich, wie bei einem Kuss. Der Vogel rieb sich sein kohleschwarzes Gesicht mit Schnee ein, und siehe da – es wurde rosig, und nur in den Wimpern blieb noch ein wenig Schwärze. Allein vom Schauen wurden meine Backen warm, und ich schaute und schaute.

Oh, das war kein gewöhnlicher Vogel, meine Liebe! Das war ein Vogel mit sechs Flügeln, und an jedem Flügel glitzerten blaue, braune und grüne Augen. Wie regennasse Kirschen waren diese Augen, so jung und gleichzeitig von dem Wissen um all seine Vorgänger schwer. All die abgeblühten Kirschbäume, jede Ameise, die sie kitzelte, jeder Specht, jedes Wölkchen, das um den Baum wanderte, um all das wussten sie. Dieses Wissen war das Matte an dem Blick, und das Junge war der feuchte Schimmer. Wenn man so ein Auge nur küssen könnte, ohne es zu verletzen! Aber man ist nicht würdig als Mensch. Wenigstens schauen durfte ich, und ich schaute in jedes dieser Augen, und in jedem dieser Augen waren Sie, liebe Anna Konstantinowna. Mal rupften Sie ein Hühnchen, mal hackten Sie Holz im Hof. Mal holten Sie mit Ihrem Blecheimer Wasser aus dem Brunnen, mal stülpten Sie Ihren Grubenhelm über das straff gebundene Kopftuch am oberen Ende des Schachtes. Sie mit einem roten Kosakengürtel und einem Raben auf der Schulter vor der tausendjährigen Eiche, Sie über die Gleise gehend mit dem Gehstock Ihrer männlichen Vorfahren. Wölfe begleiten Sie wie treue Hunde, damit kein Mensch Ihnen etwas antun kann. Sie im Theater in Ihrem einzigen und besten Kleid, in dem Pünktchenkleid, das Sie nicht besitzen. Sie am Grab Ihrer Mutter mit einem Korb voller frischer Waldpilze, singend. Sie öffnen und schließen den Mund, und es ist eine andere Stimme, die für Sie singt, eine dreifache, eine gewaltige, schüchterne Stimme, meine eigene Stimme, die sich für Sie in Stücke zerreißt. In jedes dieser Augen schaute ich hinein, bis es mir schwindelig wurde, bis ich mein Bewusstsein verlor, und als ich aufwachte, war der Baumstamm leer. Nur eine schwarze Wimper im

Schnee stach mir ins Auge. Die Wimper meines Vaters. Ich hob sie auf, wickelte sie in ein Taschentuch und ging, und mit jedem Schritt wurde die Wimper schwerer und größer in meiner Hand. Bald war sie zu der Größe einer Birkenrute herangewachsen. Da nahm ich sie unter den Arm. Bald war sie so groß wie ein junges Bäumchen. Ich legte sie mir auf die Schultern. Mein Herz tat mir weh, liebe Anna Konstantinowna. Es tat mir weh, weil ich eine Reliquie trug, die schwarze Wimper eines Bergmanns, der mein Vater hätte sein können. Ich ging, und die Vögel, unsichtbare Waldvögel, stützten mich, denn meine Last war schwer. Ich ging, und die Tiere, unsichtbare Tiere, stützten mich rechts und links. Scheue Waldtiere kamen aus ihren Verstecken, um mich beim Tragen meiner Last zu stützen. Ich ging, und die Fische, weich geschliffene Meeresfische, stützten mich mit ihren Flossen. Meine Füße gingen und schrieben Ihnen im Gehen, liebe Annuschka: „Wir gehen, wir gehen nicht umsonst, wir tragen etwas nachhause." „Heilig, heilig, heilig ist der Herr", sangen die Fuhrleute in der Ferne. „Und von seiner Heiligkeit … und von seiner Heiligkeit … und von seiner und von seiner Hei-lig-keit ist die Welt er-füllt!"

Er geht gebeugt. Als hätte er eine unsichtbare Last auf seinem Rücken. Mehrmals fällt er hin und bleibt eine Weile auf der Erde liegen, die Hand an die Stelle gepresst, wo sein menschliches Herz zu vermuten ist. Es ist ein gutes Herz, denn er redet mit den Geistern der Tiere des Waldes, durch den er geht. Ein gutes Wort erfreut nicht nur ein Tier, sondern auch einen Geist. Auch sie sind Menschen. Das alles weiß er.

Er geht und beugt sich unter etwas Unsichtbarem.

Der Himmel scheint auf ihm zu lasten. Doch bevor er sich auf den Weg machte, wurde er erhört. Das Wort, das er heimlich sprach, hörte niemand: „Schaffe mir ein Wundertier, das mir gleich sei, einen zärtlichen Bruder, der mich zerreiße im Kampf!" Ein Niemand hörte es und ließ es geschehen.

Da steigt sie den Hang hinab, ihren Zopf, staubiges Silber, löst sie im Gehen. Sie versucht nicht zu lachen, zügelt das Flattern ihres Lächelns. So vergnügt ist man nur zweimal im Leben, nur zweimal: am Anfang des Weges und ganz am Ende. Aber sie weiß es nicht, sie ahnt es nicht und leuchtet unwissend umso heller.

Einmal bleibt ihr Tuch im Geäst hängen. Sie kehrt um und legt sich das Tüchlein wieder behutsam um die Schultern.

Einmal fällt ihr eine Handvoll Schnee von einer der Tannen auf den Kopf und rutscht ihr hinter den Mantelkragen, als sie nach oben schaut. Ein Vogel sitzt auf der Spitze des Baums und spricht. Sie schaut an dem Vogel vorbei in die Wolken, als wäre er fort geflogen. Aber nein – er sitzt da und spricht.

Sie steigt den Hang hinab und schüttelt im Laufen die weichen Pfoten der Tannen, tritt mit aller Kraft, die sie hat, gegen die Baumstämme, und es fällt Schnee in den Schnee, der von einer anderen Natur zu sein scheint, wenn er auf der Erde liegt – dunkler, als würde er das Wesen der Erde begreifen.

Sie haben beide etwas Zeit.

Hin und wieder schaut er auf die Taschenuhr, die er für einen, für den einzigen Moment gekauft hat. Er kann nicht sagen, wann er die Taschenuhr gekauft hat, nicht einmal die Zeiger sieht er, während er auf die Uhr schaut. Aber er weiß: Heute ist der Tag, an dem er die Uhr trägt, zum einzigen, zum ersten und zum letzten Mal. Hin und wieder presst er sein Ohr an die Uhr, beugt sich hinab, denn die Kette ist zu kurz. Das geheimnisvolle Ticken beruhigt ihn, geht in sein Blut über, dringt hinab in die Kammer des Herzens, legt sich über das andere Ticken, das an sich und besonders heute ungenau ist. Im Abstand von dreißig Minuten schlägt die Kirchturmuhr, unerreichbar fern und irgendwo ganz in der Nähe. Er schaut in alle Richtungen, sucht nach der Quelle des Glockenspiels und findet sie nicht. „Parallelwelten", sagt er, und im selben Moment fällt etwas Schnee von einer der Tannen, unter denen sie geht.

Der Schnee streift nur den Rand ihrer Schulter. Es fängt an zu läuten. Sie hat noch Zeit. Auf einen umgefallenen Baum setzt sie sich, und sie holt einen runden Spiegel aus einer Manteltasche. Darin betrachtet sie sich kurz. Sie glaubt dem Spiegel auch heute. Das ist sie.

In einer seiner Manteltaschen befindet sich ein Knopf. Der Knopf ist zu groß, um durch das Loch im Futter hindurchzurutschen. Es beruhigt ihn, den Knopf zu betasten, seine vorhersehbare und klar umrissene Form. In Gedanken probt er alle ihm bekannten und möglichen Arten von Verbeugung. Nein, ein Handkuss wäre unpassend. Auf die Knie würde er fallen. Auf die Knie. Die Begrüßung, ein kurzer, herzlicher Satz oder am besten ein Wort, das Menschen zueinander sagen, wenn sie einander sehen.

Aus der anderen Manteltasche holt sie einen kleinen und ziemlich missratenen Apfel. Kaum beginnt sie an ihm zu kauen, wird er immer schöner und schöner, bis nichts mehr von ihm übrig bleibt. Zwei Schneefinken rollen über den Schnee. Im Kampf umarmt merken sie nicht, wie sie da am Baum steht, wie sie die Hände aus den Manteltaschen nimmt und einen Schneeball formt. Sein schattiger Geist, der ihm vorausfliegt, löst die Vögel aus ihrer Umarmung, sodass der Wurf unnötig erscheint. Die Vögel fliegen in entgegengesetzte Richtungen davon. Schneesperlinge.

Er zieht die Mütze vom Kopf. Sein Gesicht brennt, im Gehen reibt er es mit Schnee ein. Es brennt nur noch mehr. Tannen, lauter Tannen um ihn, keine Zedern, kein Zedernwäldchen, kein Körnchen Sand, nur Schnee. Aber auch das erstaunt ihn nicht mehr. Seine Unruhe scheint sich von der Kette losgerissen zu haben. Zum Glück hat er noch seine Taschenuhr. Er presst sein Ohr an das kühle Glas des Zifferblattes, schaut auf die Ziffern, die er nicht sieht. Wie spät ist es denn? will er wissen. Er rüttelt an der Uhr. Sie tickt. Er haucht auf das Zifferblatt und poliert es mit seinem Ärmel. Die Ziffern sind nicht zu sehen. „Wie spät ist es denn, Herr im Himmel!“, ruft er der Uhr an der zu kurzen Kette zu, und die Uhr sagt: „Es ist Zeit. Es ist Zeit, Petrow.“

Es ist Zeit. Sie schaut prüfend auf ihre Hände. Sind sie schön, nicht zu rot? Die Fingernägel sind alles andere als weiblich, wie eine kleine Schaufel ist jeder ihrer Fingernägel, wie ein Entenfuß. Sie streicht mit der Innenseite ihrer Rechten über ihre Wange. Nicht zu rau? Und ihr Haar? Lieber doch ein Zopf. Sie flicht einen Zopf, legt ihn sich über die linke Brust und hält sich an ihm fest, während sie einen kleinen Hügel hinaufsteigt. Sie weiß, sie steigt den Hügel hinauf, von dem sie den Gasthof *Zum Engel* sehen wird. Dort wird sie kurz stehen bleiben, um den Blick zu genießen, und zu sich sagen: „Da ist er, Annuschka. Da ist er wirklich, Konstantinowna!“ Und dann wird sie langsam wieder ins Tal hinuntergehen, wie im Traum.

„Na gut“, sagt er, glättet das fehlende Haar auf seinem Schädel, setzt die Mütze wieder auf und beginnt den Hügel hinaufzusteigen, von dem sich ihm der Blick auf den Gasthof *Zum Engel* öffnen wird. Das weiß er nur nicht, er glaubt, da sind noch andere Hügel dazwischen. Zwei oder drei oder vier vielleicht. Aber die Richtung wird stimmen. Sie ist da.

Sie steht auf dem Hügel und lässt ihr Lächeln im Wind flattern. Unter ihr liegt das winzige Dorf mit dem seltsam spitzen Kirchturm, die Schlange des sich um die Häuser schmiegenden Flusses, um die Weintraubenbündel der Häuser. In manchen brennt schon Licht. Fremdes Leben, sanft beschienen von ihrer Freude. Sie lässt ihren Blick über die beleuchteten Häuschen wandern. Er wird schon da sein.

Plötzlich kann er kaum noch atmen bei dem Anblick, der sich ihm bietet. Statt auf andere Schneehügel schaut er hinunter ins Tal, auf viele winzige Häuser. Es wird schon Abend sein, denn in den meisten Fenstern brennt Licht. Er schaut auf die Uhr. Die Zeiger sind da, aber nicht zu sehen für ihn. Er haucht auf das Zifferblatt, poliert das Glas mit dem Ärmel. Vielleicht liegt es an seiner Brille, dass er nichts sieht? Er nimmt sie ab und sieht noch immer nichts. Er schaut zur Kirche hinab. Die Kirchenuhr kann er zu seinem Erstaunen von hier aus sehen, die

Zeiger sind daran, die Ziffern lauter X. Alles stimmt, denkt er und knöpft seinen Mantelkragen auf, damit der Atem es leichter habe auf seinen Wegen. Er will ein Kreuz schlagen, bevor er ins Tal hinabsteigt, unterdrückt es aber, denn sie könnte schon da sein und ihn sehen.

Und sie sieht ihn. Sie steht auf dem Felsen und ruft. Ihren Mund macht sie auf und zu, als ob sie sänge. Aber sie singt nicht. Sie kann gar nichts sagen.

„Anna."

„Ja."

„Annuschka!"

„Ja."

„Anna!"

Er ruft für sie. Und er rennt schon, als wäre er ein Schuljunge. Er rennt schneller, als er kann, und er ruft. Er sieht sie. Wie sie da steht, auf gleicher Höhe mit ihm, wie ihr Lächeln im Aufblühen zittert. Ihre Hand, die ihren Zopf umklammert hält, als wüsste sie nicht, was tun. Sie weiß nicht, was tun. Sie steht auf dem Felsen und singt. Meerschaum fliegt auf das Deck, ein Gesang steht in der Luft, glockenähnlich und doch viel zarter, flehender. Fischernetze fliegen über sie hinweg ins Blaue, die nackten, braungebrannten Arme der Fischer ihnen nach. Und er eilt zu ihr. Er sieht sie, er sieht, wie ihr Bild in seinen Blick gleitet. Wie ein Ring in den Brunnen gleitet er selbst in ihr Bild. Wie sie da steht! Seinetwegen! Ihr kurzes, zerschlissenes Mäntelchen, eines, das niemand mehr trägt. Ihre zu dünnen Schuhe, beige, wollene Strümpfe, etwas locker um ihre Beine. Und ihr Zopf, ihr silbergrauer Zopf, an den sie sich klammert. Da lässt sie ihn los und legt die Hand flach an das

Herz, drückt die Hand an das Herz, als wollte sie es anhalten. Sie sieht ihn, wie er durch den Schnee zu ihr eilt. So nah, dass sie ihn nicht mehr sehen kann. Sie sieht ihn. Sie sieht ihn und lacht.

Und fällt.

„Anna Konstantinowna!“

Gegen Morgen wache ich auf von den Rufen der Krähen. Zärtlich, fast flehentlich ist ihr Krächzen und appetitlich wie ein Apfel. Gegen Morgen wache ich auf, betaste meinen Körper, vielleicht in Wirklichkeit, vielleicht im Traum. Ich kann hier sein oder da, oder überall und nirgends und in allen Dingen. Der Wunsch, dass jemand von mir träume, macht mich neugierig. Es muss mich geben. Ja, gegen Morgen wache ich auf, die Rede der Krähen, ihre kratzende Schrift in der Luft. Es regnet in den Garten und in den Brunnen hinein, es regnet zwischen dem Nuss- und dem Kirschbaum. Auf der Wäscheleine steht der Regen auf einem Bein, immer auf einem, und rutscht ab und springt wieder auf die Leine. Die Hagebutten verströmen ihren nassen Glanz. Ich brauche nicht zu schauen, ich weiß es. Es muss mich geben. Gegen Morgen wache ich auf. Das Zimmer schwimmt. Der knirschende Schreibtisch. Das Blatt Papier, auf dem ich zu träumen schien, zu träumen scheine, dunkelt unter mir. Das ist sicher, ich brauche nicht zu schauen. Ich bleibe liegen, die Backe an den Brief gepresst, an wen schreiben? Und was? Und wie? Mein Gott. Das Zimmer schwimmt, und Fische wirbeln wie im Traum umher, im Traum, im Traum, im Traum!

Markéta Pilátová Wir müssen uns irgendwie ähnlich sein Roman

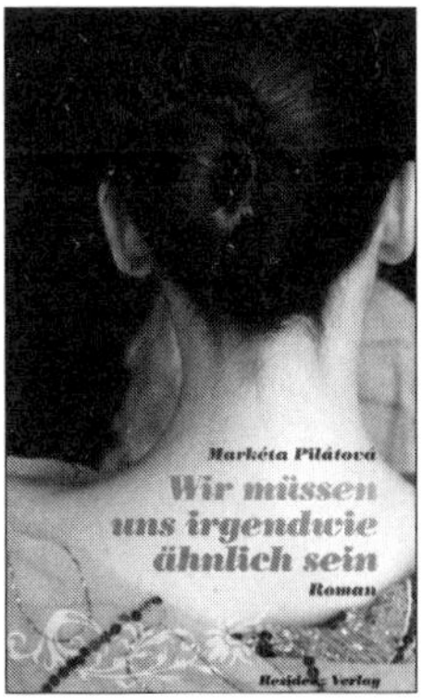

Vier Frauen suchen ihren Weg aus dem Labyrinth der Geschichte und erobern sich zurück, was ihnen auf ihren Irrwegen verloren gegangen ist: Liebe, Heimat und ein selbstbestimmtes Leben.

Man muss in der tschechischen Gegenwartsliteratur lange suchen, um ein solch geglücktes Prosadebut zu finden.
NZZ, Andreas Breitenstein

So kompliziert die Fabel dieses Romans klingen mag, so elegant und leichthändig verknüpft Markéta Pilátová diese Lebensläufe und zwei Kontinente miteinander, mit spielerischer Raffinesse. Ihr Debütroman lässt auf jeder Seite erkennen, dass sie die komplexe Leichtigkeit Milan Kunderas sehr genau studiert hat.
rbb, Sigrid Löffler

»Das Leben ist schön. Zum Verrücktwerden schön. Nicht dass es so ist. Aber ich sehe es so«, schrieb einst Hrabal. Markéta Pilátová hat aus dieser schriftstellerischen Lebensmaxime einen schönen Roman gemacht.
FAZ, Sabine Berking

autor**in**residenz

Tanja Maljartschuk Neunprozentiger Haushaltsessig

Geschichten über Sehnsüchte und Träume: Tanja Maljartschuk erzählt in beiläufigem Ton von großen Momenten, in denen sich auf einen Schlag das Leben ändert. Eine neue, frische Stimme aus der Ukraine.

Mit »Neunprozentiger Haushaltsessig« etabliert sie sich auf einen Schlag neben ukrainischen Autorinnen wie Oksana Zabuschko oder Natalya Snjadanko. Nur scheint ihr Blick auf die derzeitige ukrainische Gesellschaft noch genauer, noch grausamer – bei allem Humor und aller Skurrilität, die ihren Erzählband auszeichnen. Tanja Maljartschuk – ein Name, den man sich merken sollte.

NDR

Es sind poetische, skurrile, manchmal grausame Betrachtungen, wenn Maljartschuk das Leben irgendwo auf dem Land in der Ukraine seziert, wenn sie gesellschaftliche Verwerfungen und die Beziehungslosigkeit der Menschen offen legt. Eine literarische Entdeckung.

rbb

Patrik Ouředník Die Gunst der Stunde, 1855 Roman

1855: Eine Gruppe Gleichgesinnter macht sich auf den Weg nach Brasilien. Sie suchen die Freiheit in einem neuen Leben, Brüderlichkeit und Liebe. Doch was wird aus ihren hochfliegenden Plänen, als sie den Boden der Realität betreten?

Patrik Ouředník hat eine ungewöhnliche Exodusgeschichte geschrieben … Sein Buch ist nicht nur kurzweilig und witzig. Hinter den großen Worten … findet jeder, der einmal bei einem Sozialforum, einem Streik oder einem Anti-G8-Camp dabei war, die Debatten und Wortgefechte, die immer noch und schon wieder einer Frage wegen geführt werden: Wie kann ein gutes, geglücktes Leben jenseits des Kapitalverhältnisses aussehen?
Die Presse, Clemens Berger

Ob Patrik Ouředníks »Die Gunst der Stunde, 1855« dereinst in einem Atemzug mit George Orwells »Animal Farm« oder Joseph Conrads »The Secret Agent« genannt werden wird, soll die Literaturgeschichte entscheiden. Dass der vom tschechisch-österreichischen Schriftsteller Michael Stavarič kongenial ins Deutsche übersetzte Roman die Comédie humaine um eine ebenso kluge wie witzige Fußnote bereichert, steht aber schon heute fest.
Der Standard, Ewald Schreiber

Ouředníks Gespür für den richtigen Ton, für Komik durch zurückhaltendes Erzählen ist es zu verdanken, dass der Stoff durchaus als Modell gelesen werden darf. In Michael Stavarič' Übertragung aus dem Tschechischen ist diese ironische Note auf unaufdringliche Weise präsent …
Frankfurter Allgemeine Zeitung, Anja Hirsch

autor**in**residenz